NORBERT HORST

Mädchenware

GOLDMANN
Lesen erleben

Buch

In einem Dortmunder Bordell fallen Schüsse: Ein Überfall, bei dem die russische Prostituierte Dajana getötet und ihre Kollegin Anastasia verletzt wird. Noch bevor die Polizei eintrifft, verschwinden die Zuhälter mit Anastasia. Kommissar Thomas Adam, genannt Steiger, wird in die zuständige Mordkommission berufen. Die Ermittlungen geraten allerdings schnell ins Stocken, was vor allem an der großen Verschwiegenheit im Rotlichtmilieu liegt. Steiger wird deshalb schon bald wieder von der Mordkommission abgezogen. Doch für ihn hat der Fall eine besondere Brisanz, weil er persönlich in ihn verwickelt ist. Deshalb fahndet er im Rahmen seiner Alltagsarbeit eigenmächtig weiter. Er ist nicht der Einzige, der auf eigene Faust ermittelt. Auch Anastasias Freundin Nadeschda macht sich auf die Suche nach der Verschleppten …

Informationen zu Norbert Horst
und weiteren Titeln des Autors
finden Sie am Ende des Buches.

Norbert Horst

Mädchenware

Kriminalroman

GOLDMANN

Dieses Buch ist auch als E-Book erhältlich.

MIX
Papier aus verantwortungsvollen Quellen
FSC® C014496

Verlagsgruppe Random House FSC® N001967
Das FSC®-zertifizierte Papier *Pamo House* für dieses Buch liefert Arctic Paper Mochenwangen GmbH.

1. Auflage
Originalausgabe Februar 2015

Dieses Werk wurde vermittelt durch die Literarische Agentur Thomas Schlück GmbH, 30827 Garbsen.
Gestaltung des Umschlags: UNO Werbeagentur, München
Umschlagfoto: FinePic®, München
Redaktion: Gerhard Seidl
BH · Herstellung: Str.
Satz: DTP Service Apel, Hannover
Druck und Bindung: GGP Media GmbH, Pößneck
Printed in Germany
ISBN: 978-3-442-48166-8
www.goldmann-verlag.de

Für Dr. Thomas F. Schneider,
in Freundschaft
und mit großem Dank

Erklärung

Die Schauplätze der Geschichte in diesem Buch sind zum großen Teil real, die handelnden Personen und die Handlung dagegen reine Fiktion. Dies gilt insbesondere für die im Buch genannten Angehörigen der verschiedenen Polizei- und Strafverfolgungsbehörden, die ausnahmslos erfunden und ausdrücklich niemandem nachempfunden sind.

Sollte es dennoch Parallelen oder Ähnlichkeiten geben, sind diese zufällig und nicht gewollt.

1

August 2001

Der Gestank war es nicht, auch nicht die Dunkelheit, denn in dem spärlichen Licht, das die kleine gekalkte Scheibe oben in der Wand durchließ, konnte sie kaum ihre Knie erkennen, auf die sie hin und wieder ihr Kinn legte. In einer Ecke war ein wenig von der weißen Schicht abgeblättert, und manchmal sah sie durch dieses Loch einen Stern. Aber weil sie ihren Platz nicht verließ und sich nicht bewegte, war der Stern bald wieder verschwunden. Wenn gegen Morgen mehr Helligkeit durch dieses Loch hereinsickerte und allem nach und nach blasse graue Konturen gab, wenn sie die Körper allmählich erkennen konnte, kam die Entspannung, die mit jedem Gegenstand wuchs, der aus dem Dunkel entstand. Denn irgendwann war es zu spät, und er konnte nicht mehr kommen, weil er zur Arbeit musste und ihm Pünktlichkeit auch dann wichtig war, wenn er getrunken hatte. Er trank immer, aber diese Abende, wenn er sie schlug und einsperrte und der Alkohol etwas in seiner Seele freilegte, was sonst einigermaßen versteckt war, brauchten einen bestimmten Pegel. Und wenn er dann weitertrank, kam er irgendwann auch an diesen Ort und schlug sie ein zweites Mal, was meistens noch heftiger war. Die Schmerzen waren furchtbar, denn manchmal schlug er sie mit einem dünnen Stock aus der Hecke, einem Flitzer, wie er ihn nannte, der blaurote Striemen an den Beinen machte. Dort, wo Kleidung die Schläge ein wenig milderte, waren die Striemen nur rot und nicht ganz so dick. Schlimmer war aber diese Besinnungslosigkeit in seinem Gesicht, denn sie hatte etwas Unberechenbares, etwas, das ihr noch mehr Angst machte als das pfeifende Geräusch, das entstand, wenn er sich den Flitzer frisch geschnitten hatte und vor der Tür zur Probe ein paar Schläge in die Luft machte.

Sie ahnte auch schon mit ihren zehn Jahren, dass er auf irgendetwas in sich selbst eindrosch, wenn er sie schlug, aber sie wusste nicht, was es war, und schon gar nicht, warum dieses Etwas ihr Gesicht haben musste.

Da, wieder ein Stern. Die Bewegung war nicht wahrzunehmen, trotzdem wurde der Abstand zum Kalkrand allmählich größer. Dieser funkelte manchmal blau, wenn man ganz lange hinsah, es könnte also die Venus sein. Das wusste sie von Onkel Serjoscha, der ihr mal Sternbilder gezeigt und etwas über Planeten erzählt hatte. Die Venus funkelte blau und der Mars rot. Onkel Serjoscha wohnte allein in einer Kate in der Nähe. Er trank auch, aber je mehr er trank, desto mehr lächelte und erzählte er, über Sterne, über die Steppe oder das Meer. Aber dass sein älterer Bruder seine Tochter schlug, konnte auch er nicht verhindern.

Sie sah noch einmal genauer hin, aber der kleine, schimmernde Punkt war fast schon wieder aus dem Loch verschwunden.

Das Geräusch des eisernen Riegels an der Tür jagte ihr einen solchen Schrecken ein, dass sie die Gänsehaut an ihren Waden fühlen konnte. Sie hatte nichts gehört, nicht das Öffnen der Tür vom Haus drüben, nicht seine Schritte, und auch das kurze, scharfe Pfeifen war ausgeblieben. Aber vielleicht hatte sie es nicht wahrgenommen, weil sie an Onkel

Serjoscha und die Sterne gedacht hatte. Sie hörte, wie die Tür sich öffnete und das Stroh unter vorsichtigen Schritten knisterte. Ein paar der Hühner bewegten sich auf der Stange und machten seltsame, harte Geräusche. Es kam jemand auf sie zu, und sie konnte nicht mehr atmen. Die Schritte kamen immer näher, und sie glaubte, im Dunkeln eine Bewegung wahrzunehmen. Als sie hörte, wie ihr Name geflüstert wurde, schossen ihr Tränen in die Augen, denn sie war so erleichtert, dass sie im ersten Moment nichts sagen konnte. Die kleine schlanke Gestalt kam näher, und jetzt konnte sie auch in diesem Licht genug erkennen, um ganz sicher zu sein.

»Nadeschda.«

2

September 2013

Der Wilde Kaiser war bis zur Hälfte in den Wolken verschwunden, und Wolfgang Fahringer dachte an Forrest Gump. Die Scheibenwischer des Audi schafften es selbst auf höchster Stufe nicht, für klare Sicht zu sorgen, und im Film hatte der einfältige Lebenskünstler den Monsun in Vietnam so beschrieben, dass es dort von oben, von der Seite und sogar von unten regnen konnte. Fahringer hatte den Eindruck, das galt heute auch für Tirol. Die Hitze der letzten Tage war von einem so heftigen Gewitter abgelöst worden, wie es nur in den Bergen vorkommen konnte.

Der Kripomann der Polizei St. Johann fuhr langsam und hatte sich leicht nach vorn gebeugt, um besser sehen zu können und den Abzweig nicht zu verpassen. Der Ort lag in einem Waldstück hinter Kössen und hatte keine Adresse, weshalb das Navi nicht zu gebrauchen war.

An der Schreinerei vorbei, dann nach zweihundert Metern rechts ab in den Wald, so hatten die Kollegen es beschrieben. Er kannte die Schreinerei und fand auch den Weg.

Nach einer Kurve leuchtete ihm zuerst der reflektierende Schriftzug des Streifenwagens aus dem Grau entgegen, davor stand das Wohnmobil. Die Kollegen saßen im Auto, der Anrufer auf der Rückbank. Fahringer nahm seinen Schirm, stieg aus, lief zum Streifenwagen und setzte sich hinter den Fahrer.

»Servus.« Er kannte die Kollegen.

»Das ist der Herr Gruber, ihm gehört der Grund und Boden hier«, sagte der auf dem Beifahrersitz, »er hat angerufen.«

»Ja, das stimmt«, sagte Gruber, dem die wenigen verbliebenen Haare am Kopf klebten. »Ich hab den Wagen schon gestern gesehen und mir nichts dabei gedacht. Manchmal fahren die Leute ja irgendwohin, wenn sie müde werden und schlafen wollen, die mit den Wohnmobilen eh. Na, und ruhig ist es da ja. Gestern Abend stand er immer noch dort, und ich habe mal versucht zu öffnen, aber er war verschlossen. Wenn er morgen noch dort steht, hol ich die Polizei, hab ich mir gedacht. Ja, und da stand er heut noch. Ich hab noch bis zum Nachmittag gewartet, bin dann noch mal hin, aber jetzt stand die Tür offen. Da hab ich reingeschaut und hab's gesehen.«

Fahringer zog sich Latexhandschuhe an, spannte den Schirm auf und ging zum Wohnmobil, das ein rumänisches Kennzeichen hatte. Die Tür war offensichtlich aufgehebelt worden und jetzt angelehnt. Er öffnete sie, und der Tote lag seitlich auf dem Boden. Der Regen hatte das Innere des Wagens noch nicht völlig abkühlen können, und der Fäulnisgeruch war so intensiv und schwer, dass man das Gefühl hatte, man könne ihn anfassen und nach draußen ziehen. Obwohl die Tür längere Zeit offen gestanden hatte, waren noch Fliegen im Inneren. Fahringer sah, dass schon Maden auf der Leiche existierten. Der Tote mochte fünfunddreißig, vielleicht vierzig Jahre alt sein und konnte auch vom Aussehen her ein Rumäne sein. Vor ihm lag ein geöffneter Verbandskasten und blutiges Verbandszeug, in der rechten Hand hatte er eine Kompresse, die ebenfalls blutig war.

Fahringer versuchte, nichts mit seiner Kleidung zu berühren, machte einen Schritt vor, merkte sich die Stelle des Tritts und fasste mit Daumen und Zeigefinger den unteren Zipfel des blutigen Hemds. Vorsichtig zog er ihn nach oben und sah die Ursache für das Blut. Auch in zwanzig Jahren Kriminaldienst sah man hier nur selten eine Schusswunde, denn Tirol war nicht Kapstadt, aber dass dies eine war, erkannte Fahringer sofort. Er sah sich um, ob irgendwo eine Waffe zu sehen war. Das alles sah auf den ersten Blick zwar überhaupt nicht nach Selbstmord aus, aber auch dabei hatte er schon die verrücktesten Sachen erlebt, und manche Leute stellten Unmögliches an, um sich umzubringen. Aber er fand nichts.

Vorsichtig verließ er das Fahrzeug und verschloss die Tür.

Einer der Kollegen war ausgestiegen, an seinem Mützenschirm hingen ein paar Tropfen.

»Und?«

»Ihm hat jemand ein Loch in den Bauch gemacht, und ich glaube, wir sollten rausfinden, wer.«

Er nahm das Handy und wählte die Nummer der Mordbereitschaft.

Der Regen war schwächer geworden.

3

September 2013

Jana Goll fuhr den schwarzen Ford rechts ran und parkte am Straßenrand. Steiger beugte sich ein wenig vor und sah im Rückspiegel der Beifahrerseite, dass die beiden Streifenwagen hinter ihnen hielten. Alle stiegen aus und versammelten sich in kleiner Runde auf dem Bürgersteig. Von den Uniformierten kannte Steiger nur Krüger, einen alten Haudegen, dem sich fünfundzwanzig Jahre Nachtdienst im Dortmunder Norden so ins Gesicht geschrieben hatten, dass es selbst im Dämmerlicht eines Herbstmorgens zu sehen war. Die anderen drei waren junge Leute, die er mal im Vorbeigehen auf dem Hof des Präsidiums oder in der Wache gesehen hatte. Aufgefallen war ihm dabei nur die türkische Kollegin.

»Das ist das Objekt.« Jana zeigte auf ein Haus mit grauem Putz, der Zaun war schief, und es fehlten ein paar Elemente. Zwei abgemeldete Autos standen auf einer Grasfläche, die vielleicht mal Rasen gewesen war, und vor der Tür hatte jemand ein paar Schubkarren Bauschutt entsorgt, aus dem schon kleine Grasbüschel wuchsen. »Jochen Konrad soll sich hier seit einiger Zeit aufhalten und auch nachts schlafen, wir haben darauf ziemlich sichere Hinweise von einem Informanten.«

Jana nahm vier Kopien eines Fotos aus ihrer Klappmappe und gab jedem der anderen eine. Steiger lächelte still. Jeder andere hätte ein Foto dabeigehabt und es gezeigt. Sie war jetzt drei Jahre beim Einsatztrupp, fuhr meistens mit ihm, und ihre Sorgfalt war ihm von Anfang an aufgefallen. Die Besprechung und die Organisation solcher Aktionen überließ er seit längerer Zeit schon ihr, nicht nur weil er ihr vertraute, sondern weil sie noch alles vor sich hatte und weil er ihren Ehrgeiz akzeptieren konnte, denn sie lebte ihn mit Respekt und nicht gegen andere.

»Das Foto ist von einer ED-Behandlung vom April 2012, also etwa ein gutes Jahr alt, und unser Informant sagt, dass er noch so aussieht. Konrad hat drei Haftbefehle offen über insgesamt vier Jahre, unter anderem wegen Einbruch. Gewalttätig ist er nicht, davon steht jedenfalls nichts in der Akte, ist aber schon mal bei einer Vernehmung abgehauen und hat es bei einer anderen mit Sprung aus dem ersten Stock versucht. Hat also einen schnellen Schuh, der Junge, darum auch eure Unterstützung, für die ich mich schon mal bedanken möchte.«

Zwei der jungen Kollegen nickten.

»Ich hätte gern einen Hund dabeigehabt, war aber leider nicht möglich heute Morgen. Wenn wir ihn mit einer Frau antreffen, ist das eine Ina Meier, mit der ist er seit einiger Zeit zusammen, wie der Informant sagt.« Steiger sah, dass Krüger kurz die Augenbrauen zusammenzog. »Die ist einundvierzig, hat mal hier und mal dort gewohnt und hat keine Erkenntnisse bei uns. Sonst dürfte niemand im Haus sein.« Jana sah kurz auf die Uhr. »Zehn nach sechs, ich schlage vor, zwei von euch postieren sich jeweils hinten an den Hausecken, einer an der Eingangstür. Steiger und ich gehen von der Seite ins Haus, es soll nämlich einen Seiteneingang geben, der nicht verschlossen ist. Darum hätten wir dich, Sven …«, Sven nickte kurz, »… gern bei uns, falls er doch Ärger machen sollte, was nach Aktenlage eigentlich nicht zu erwarten ist, sagte ich schon. Noch Fragen.«

»Sind Tiere im Haus«, fragte Krüger mit einer Stimme, die noch nicht ganz wach klang.

»Ach, ja, danke.« Jana tippte sich mit dem Finger gegen die Stirn. »Soweit der Informant wusste, sind keine Tiere, also auch kein Hund, im Haus.«

Allgemeines Nicken, alle gingen los.

Als Steiger, Jana und der junge Kollege, den sie Sven genannt hatte, vor der Seitentür standen, wartete er noch einen Moment, damit alle ganz sicher an ihrem Platz waren, wechselte noch kurz einen Blick mit seiner jungen Kollegin und drückte dann sacht die Klinke nach unten.

Auch wenn er ihr sonst vieles überließ, in solchen Situationen ging er vor, was nicht nur an den vierundzwanzig Jahren lag, die sie trennten. Er hatte nie in seinem Leben ein Bedürfnis nach eigenen Kindern gehabt, auch in den wenigen Jahren seiner Ehe nicht. Bei Jana hatte er sich letztens bei der Vorstellung erwischt, wie es wäre, eine solche Tochter zu haben. Er fand das Gefühl nicht unangenehm, was ihn wunderte.

Er schaltete seine Taschenlampe an und öffnete die Tür. Den Lichtschalter fand er gleich rechts, und die Windungen einer Sparbirne in einer Plastikfassung warfen weißes Licht in einen schmalen Flur. Steiger sah, dass davon drei Türen abgingen.

»Hier ist die Polizei!« Sie hatten vorher nur geflüstert, deshalb wirkte Steigers Stimme nun wie ein Nebelhorn. »Jochen Konrad, hier ist die Polizei, wir kommen jetzt rein.«

Steiger ging langsam vor, die beiden anderen hatten ihre Waffe in der Hand. Irgendwo waren Geräusche zu hören.

Die erste Tür links war angelehnt, Steiger drückte sie auf und blickte in eine verdreckte Küche. Die Geräusche wurden lauter, und sie hörten Stimmen, die flüsterten. Kurz bevor er die nächste Tür erreichte, wurde diese von innen einen Spalt geöffnet.

Steiger machte zwei schnelle Schritte und öffnete die Tür mit einem Ruck ganz. Jochen Konrad stolperte zurück ins Dunkel des Zimmers. Er trug Unterhose, ein BVB-T-Shirt und hatte ein verquollenes Gesicht.

»Guten Morgen, Herr Konrad, Adam, Kripo Dortmund.« Obwohl nur ein Streifen seines Gesichts zu sehen gewesen war, hatte Steiger den Mann vom Foto sofort erkannt. Die beiden anderen standen links und rechts von ihm und hielten die Waffe vor der Brust. Jana drückte ein paarmal den Lichtschalter, aber nichts tat sich.

»Was soll denn der Scheiß?« Konrad strich sich eine Strähne aus dem Gesicht, die Frau im Bett setzte sich aufrecht hin, auch sie im BVB-T-Shirt. Trotz des Dämmerlichts fielen Steiger ihre unruhigen Augen auf. Sven ging an Konrad vorbei und knipste die Nachttischlampe an, die es nicht viel heller machte.

»Was der Scheiß soll? Sie sind festgenommen, weil Sie mehrere Haftbefehle offen haben.« Steiger sagte es ganz ruhig und behielt die Frau im Auge, aber Jana war schon bei ihr und zog die Bettdecke weg. »Ich denke, die ganz große Überraschung dürfte das aber für Sie jetzt nicht sein, Herr Konrad, oder?«

Steiger kannte diese Situation, es war, als vibriere etwas in der Luft, denn er wusste, dass sich in Konrads Kopf wahrscheinlich grad alles überschlug, um vielleicht doch noch eine Möglichkeit zu finden, die nur noch jetzt, in diesen nächsten Sekunden existierte, darum musste man aufpassen.

Die Frau verließ das Bett und wollte durch eine schmale Tür neben dem Schrank verschwinden.

»Halt!« Jana hielt sie zurück.

Die Frau blieb stumm, aber von ihr ging selbst dann eine Unruhe aus, wenn sie nur dastand, fand Steiger. Ihm fiel auf, dass sie nie jemanden ansah.

Im Nebenraum klappten Schranktüren, und Schubladen wurden auf- und zugeschoben.

»Bitte«, sagte Jana, als sie fertig war, und ließ Ina Meier an sich vorbei eintreten.

Sven gab den dreien draußen per Funk Bescheid, dass die Lage im Griff war.

»So, Herr Konrad, ich schlage vor, Sie packen ein paar Unterhosen und die Zahnbürste ein, damit das heute noch was wird«, sagte Steiger. »Die Haftbefehle zeigen wir Ihnen dann auf der Dienststelle.«

Die Kollegen von draußen waren hereingekommen, Krüger und der andere junge Mann unterhielten sich im Flur, die junge Türkin trat ins Zimmer und drückte auf den Lichtschalter.

»Kannst du vergessen, haben wir auch schon probiert«, sagte Sven und steckte seine Waffe ins Holster.

Etwas träge zog sich Konrad ein BVB-Sweatshirt über den Kopf, stieg in seine Jeans und ohne Strümpfe in ein Paar Puma-Turnschuhe. Er kramte unter dem Bett eine Tasche hervor und stopfte ein paar Klamotten aus dem Schrank hinein. Als er ins Bad wollte, kam die Frau ihm entgegen. Sie hatte sich angezogen und trug jetzt ein weites Hemd und eine Jeans.

Konrad machte eine schnelle Bewegung, zu schnell für Steiger, der grad noch verhindern konnte, dass die Badezimmertür geschlossen wurde.

»Keine Zicken, Meister, okay, aber wenn es nicht anders geht«, sagte er, hielt Konrad am Arm fest und drehte sich um. »Hast du mal 'ne Acht?«

Sven löste seine Handschellen vom Gürtel und kam auf Steiger zu. Die Frau hatte die ganze Zeit ihren Platz nicht verlassen und mit verschränkten Armen und gesenktem Blick dagestanden. Als Sven an ihr vorbeiging, löste sie ihre Arme, und Steiger sah das Messer sofort.

»Sie hat ein Messer, verdammt, pass auf, sie hat ein Messer!«, schrie er, aber es war zu spät. Mit einer schnellen Bewegung stach sie zu und erwischte den jungen Kollegen oberhalb der Gürtelschnalle. Sven schrie, schlug den Arm mit dem Messer weg, traf die Frau mit der anderen Faust am Kopf und fiel dann rückwärts aufs Bett. Die anderen stürzten sich auf die Messerstecherin, was Steiger kaum wahrnehmen konnte, weil Konrad versuchte, ihn wegzustoßen. Er trat und schlug sich frei und wollte das Badezimmerfenster öffnen. Steiger erwischte in mit zwei Geraden am Kopf, einem Haken auf den Körper und begrub ihn unter sich.

»'ne Acht, schnell, 'ne Acht!«, brüllte er und drückte Konrads Kopf nach unten.

Die junge Türkin kam, drehte Konrad den Arm nach hinten und schloss die Handschelle um sein Handgelenk.

Steiger sah sich um, zerrte kurz zur Prüfung mit aller Kraft an der Heizung und schloss dann den zweiten Bügel um das Rohr.

Sven lag auf dem Bett, Jana und Krüger hatten die Wunde freigelegt, es sickerte sacht Blut heraus.

»Verdammte Scheiße.« Sven versuchte, den Kopf zu heben und die Wunde anzusehen.

»Bleib unten«, sagte Krüger, und Steiger fiel die Ruhe auf, mit der er sprach. »Der Notarzt ist unterwegs, Svenni, versuch, ruhig zu bleiben und ruhig zu atmen. Wir kriegen das hin.«

Die junge Türkin sprach am Handy mit der Leitstelle, der andere Kollege hatte die Frau gefesselt und kniete auf ihr.

Steiger sah sich die Wunde an. Sie hatte ihn unterhalb der Schutzweste erwischt, der Schnitt war vielleicht vier Zentimeter breit und blutete wenig. Aber Steiger wusste, dass bei Bauchstichen die inneren Blutungen das größere Problem waren.

Sven starrte zur Decke, versuchte, Krügers Rat zu befolgen, aber das Beben in seinem Atem war deutlich zu hören.

Erst ganz leise, dann immer deutlicher war ein Martinshorn zu vernehmen, und alle erkannten am Ton, dass es kein Streifenwagen war.

»Das ist der Arzt, Svenni, wir kriegen das hin«, sagte Krüger.

Steiger ging nach draußen, um sie durch den Seiteneingang zu lotsen.

4

Steiger fragte sich, ob es ihr Weinen war, weil er auch das nicht kannte. In den gut drei Jahren, die sie jetzt im Einsatztrupp war, hatte er Jana nie weinen sehen, auch nach den wirklich harten Einsätzen nicht. Es war etwas anderes in ihrem Gesicht, was ihn berührte, weil er es noch nie bei ihr wahrgenommen hatte. Er konnte es nicht genau benennen, aber es hatte etwas mit Verlust zu tun, sie schien bei der Aktion etwas verloren zu haben.

»Die irre Ina, ich hätte es wissen müssen!« Krüger hatte die Hände in den Taschen, sah aus dem Fenster und schüttelte den Kopf.

Die Türkin und der zweite junge Kollege saßen wortlos auf der Schreibtischkante.

»Und warum hast du dann nichts gesagt?« Es kam vorwurfsvoller heraus, als Steiger es wollte.

»Na, weil sie gesagt hat, die Frau hätte keine Erkenntnisse bei uns.« Krüger drehte sich um, zeigte mit dem ausgestreckten Arm auf Jana und sah Steiger an. »Okay, ist es jemand anderes, hab ich mir gedacht, kann ja bei dem Namen gut möglich sein. Weiß der Teufel, wie viele Ina Meiers es gibt.« Er steckte die Hand in die Tasche und ging wieder ans Fenster.

»Und wer ist die irre Ina?«, fragte Steiger.

»'ne völlig Verrückte.« Er drehte sich wieder um. »Du

bist lange genug dabei, Steiger, du kennst doch diese Typen. Wir haben den ganzen Tag mit Durchgeknallten zu tun. Viele von denen sind harmlos, und Ina Meier ist auch keine große Kriminelle, die macht nur Kleinscheiß, Ladendiebstahl und so, aber bei der Polizei sieht die sofort rot. Die hat echt nicht alle Tassen im Schrank und die ist extrem link. Mir hat sie mal vor Jahren in den Streifenwagen gepisst, als wir sie festgenommen haben, nur aus Protest, und das geht sogar noch, die beißt nämlich auch, wenn nichts anderes mehr geht.« Erneut drehte er sich zum Fenster und wurde wieder ruhig. »Ich habe einfach gedacht, es wäre jemand anders, Mann. Aber schon richtig, als Jana den Namen sagte, hätte ich es wissen müssen, verdammt, und hätte auch was sagen müssen.«

»Nein, hört auf damit.« Es war das Erste, das Jana sagte, seit sie zusammensaßen. »Es ist meine Sache.« Sie sah erst Steiger an und dann Krüger, der sich wieder umgedreht hatte. »Ich habe es vorbereitet, ich habe die Personen abgefragt, also habe ich auch die Verantwortung, völlig egal, was genau schiefgelaufen ist. Ich allein habe einen Fehler gemacht und niemand anders.«

Steiger überlegte, ob er etwas dazu sagen sollte, dass es ja auch seine Sache gewesen sei und er vorher hätte nachfragen können, dass man doch ein Team sei und darum auch gemeinsam die Verantwortung trage, aber er hatte das Gefühl, dass es vielleicht das war, was Jana jetzt am wenigsten brauchte, und ließ es.

Die Tür ging auf, und Gisa Kracht kam herein. Die Chefin des Einsatztrupps hatte ein paar Blätter Papier in der Hand und setzte sich wortlos so neben Jana, dass sich ihre Beine berührten. Nach einer Weile wandte sie den Kopf.

»Es war ein Zahlendreher«, sagte sie und hob die Papiere ein wenig in die Höhe. »Das Computerprotokoll ist eindeutig. Du hast letzte Woche alle Personen abgefragt. Ina Meier ist am 03.04.1971 geboren. Du hast 04.03.1971 eingegeben.«

Jana nickte stumm, ohne ihre Chefin anzusehen, und für einen Moment war nur das Ticken der Dortmunder-Union-Uhr über der Tür zu hören.

Das Telefon klingelte, und Gisa Kracht nahm ab.

»Kracht.«

Sie nickte ein paarmal, räusperte sich bestätigend und blickte nach einer Zeit einmal in die Runde, weil mittlerweile jeder sie ansah. Sie bedankte sich und legte auf.

»Das war Czerwinski aus dem Krankenhaus.« Sie lächelte. »Der Kollege hat Glück gehabt, großes Glück, wie der Arzt sagte. Es besteht keine Lebensgefahr. Sie haben ihn operiert, und es ist alles gut gelaufen. In ein paar Wochen macht er wieder Dienst.«

Jana blickte ihre Chefin an und zitterte am ganzen Körper. Steiger sah, dass sie versuchte, die Tränen zu kontrollieren, aber es gelang ihr nicht.

Die Tür ging auf, und ein uniformierter Kollege von der Wache steckte seinen Kopf herein.

»Hier seid ihr. Wir haben vier Einsätze offen, Leute, einer davon ein Unfall mit Verletzten … Braucht ihr noch lange?«

»Nein, nein, wir kommen«, sagte Krüger.

Die drei Jungen erhoben sich sofort und folgten ihrem Wachhabenden zügig, Krüger nahm seine Jacke vom Stuhl und ging als Letzter. Neben Jana blieb er stehen und legte ihr eine Hand auf die Schulter.

»Ich bin jetzt achtundzwanzig Jahre dabei, Jana, und in

diesen Jahren ist mir so was zweimal genauso passiert. Aber ich hab dabei einfach Schwein gehabt.«

Jana sah ihn an und nickte wortlos.

Steiger sah, wie Krüger noch einmal ihre Schulter drückte und ein Lächeln versuchte. Dann folgte er den anderen.

5

Nachdem Helga die zwei Bier hingestellt hatte und gegangen war, wurde Steiger klar, dass er sich überschätzt hatte. Es entstand eine Pause, die mit Worten gefüllt werden wollte, aber er wusste nicht, mit welchen. Vorsichtig tippte er ihr Glas mit seinem an, und Jana nippte ein wenig am Schaum.

Aus den Boxen ertönte WDR 4, und Steiger war klar, dass das der Wunsch des Bootsmanns gewesen war, der neben dem Vorstopper und einem Mann, den Steiger hier noch nie gesehen hatte, der einzige Gast um diese Mittagsstunde war. Und so hörte er jetzt den Schlager einer Frau, die davon sang, mit ihrem Geliebten höher zu fliegen, aber auf einen besetzten Himmel zu treffen.

Jana starrte wieder in ihr Bier, schob das Glas ein wenig hin und her, und Steiger wusste nicht mehr, ob es eine gute Idee gewesen war, sie mit in den »Totenschädel« zu nehmen. Aber sie einfach allein nach Hause gehen zu lassen hatte er für die schlechtere Lösung gehalten. Er wünschte sich, Batto wäre jetzt da, nicht nur weil der mal für ein paar Jahre einen Job hatte, bei dem er Kollegen nach solchen Geschichten psychologisch betreute, er hatte auch sonst mehr Talent, den Menschen ein gutes Gefühl zu geben, gerade in solchen Situationen. Aber Battos Tour hatte Spätdienst, und so würde er ohne seinen Freund auskommen müssen.

»Er wird wieder gesund, das ist doch das Wichtigste«, sagte er endlich. »Und du hast doch gehört, was Krüger gesagt hat. Jedem passiert mal so was.«

Sie schnaufte ein wenig, ohne ihn anzusehen. »So was nicht. Ist dir das schon mal passiert?«

Einen Moment suchte er nach einer anderen Antwort, fand aber keine. »Nein, genau so jetzt nicht, aber viele andere Sachen.«

»So? Was denn für andere Sachen?«

»Ich hab einmal fast einen Kollegen erschossen, hab es erst im letzten Moment gesehen, da war ich nicht viel älter als du. Wir hatten Täter am Werk in einer Möbelfirma. Als wir kamen, bin ich durchs Einstiegsfenster rein und mit gezogener Waffe durch die Räume. In einem der Lagerräume ging das Licht nicht, es war ziemlich dunkel, und ich habe eine Gestalt auf mich zukommen sehen. Erst im letzten Moment habe ich gemerkt, dass es ein Kollege war, der auf der anderen Seite durch das Ausstiegsfenster rein war. Wir wussten nichts voneinander, weil der Zwei-Meter-Funk mal wieder nicht ging.«

Sie hatte ihn die ganze Zeit nicht angesehen, aber jetzt.

»Aber es ist nichts passiert. Siehst du, das meine ich. Sven liegt aber ganz real mit einem Loch im Bauch im Krankenhaus, das ist ein Unterschied, Steiger. Siehst du das nicht?«

Steiger hatte sein Bier ausgetrunken, und Helga stellte ihm ein neues hin.

»Und bei dir alles klar, Helga?«, fragte Steiger dankbar, als sie ihm den Strich auf den Deckel schrieb.

Sie blieb stehen und hielt einen Moment inne. »Wenn du mich schon so fragst: Ja, heute ist wieder alles klar.«

Steiger zog die Stirn in Falten.

»Ich habe einen Tumor im Darm, haben sie mir letzte Woche nach einer Untersuchung gesagt. Seit heute Morgen weiß ich, dass er gutartig ist. Nur raus muss das Ding irgendwann.«

»Noch mal Schwein gehabt, was?«

»Ja, noch mal Schwein gehabt, das kannst du laut sagen. Hab 'ne ziemliche Scheißwoche hinter mir. Gibt doch nichts Schlimmeres als die Ungewissheit.«

Sie ging wieder hinter die Theke und steckte sich eine Zigarette an.

Jana hatte Helga hinterhergeblickt, starrte jetzt aber ins Leere. Im Radio sang jemand vom blauen Meer.

»Und Sven wird eben auch wieder gesund, man kann es nicht oft genug sagen.«

»Ja, das Loch nähen sie ihm wieder zu, schon klar. Aber was ist mit seinem Kopf? Vielleicht kann er nie wieder Dienst machen, Steiger, weil er ab jetzt Angst hat in solchen Momenten, er wäre nicht der Erste.«

Steiger wusste, dass sie recht hatte.

»Ich kann dich doch verstehen, Jana, ich kann doch verdammt verstehen, wie es dir jetzt geht. Dauert vielleicht auch noch 'ne Weile, aber irgendwie kriegt man immer die Kurve. Vielleicht hilft es dir, wenn du ihn besuchst.«

Sie sah ihn ganz plötzlich an, als habe er etwas Verbotenes ausgesprochen.

»Und wenn er mir Vorwürfe macht?«, sagte sie nach einer Weile.

»Ja, vielleicht tut er das, aber dann weißt du es. Und schlimmer als deine eigenen sind die auch nicht, da sei man sicher.«

»Ich habe Angst«, sagte sie.

»Ja, klar, hätte ich auch. Aber manchmal sind es die Dinge, vor denen wir Angst haben, die uns helfen. Is'n bisschen wie beim Zahnarzt. Und es geht doch nicht nur um Sven, du musst doch auch deinen Kopf wieder in Ordnung kriegen, oder?«

Er stieß noch mal mit ihr an, und jetzt nahm sie einen kleinen Schluck.

6

Volker Schwarz hatte keine Ahnung, wo er war.

Obwohl sein Bein mittlerweile höllisch wehtat, war er gerannt, aber er hatte weder auf die Richtung geachtet, noch wusste er, wie lange. Jetzt humpelte er durch eine Straße, die aussah wie alle Straßen in allen Städten, in denen Menschen ihre Autos vor Häusern parkten, in denen sie lebten. Er versuchte, etwas wiederzuerkennen, denn er wusste auch nicht, wo sein Auto stand, was noch schlimmer war.

Er versuchte, sich an etwas zu erinnern, doch in seinem Kopf überschlugen sich die Bilder, als würden verschiedene Filme gleichzeitig auf eine Leinwand geworfen. Martinshörner klangen weit weg, aber er hätte nicht sagen können, ob das daran lag, dass sie tatsächlich fern waren, oder an dem dumpfen Summen, das seit dem Schuss in seinen Ohren war.

Unter einer Straßenlaterne blieb er stehen und befühlte vorsichtig durch das Loch im Hosenbein die Wunde an seinem Oberschenkel. Sie war nicht besonders tief, blutete aber immer noch stark.

Ein alter Mann mit einem Hund kam den Gehweg entlang, sah ihn kurz an und ging dann mit schweren Schritten weiter.

In einer Tasche des Jacketts fand er eine Packung Taschentücher. Daran hatte er noch gedacht, an das Jackett, zum Glück, denn auch sein Autoschlüssel und seine Mappe mit den Papieren waren darin.

Als der erste Schuss gefallen war und das Geschrei losging, hatte ihn die Frau bereits bis auf die Unterhose ausgezogen, und er konnte sich nicht erinnern, jemals in seinem Leben so schnell wieder in die Klamotten gekommen zu sein. Er hatte keine Ahnung, was da außerhalb des kleinen Zimmers passierte, weil alles in einem Gemisch aus Gebrüll und Gekreische, aus Poltern und Schüssen unterging, nur dass er da rausmusste, das hatte er gewusst.

Unter einer Straßenlaterne blieb er stehen. Vorsichtig riss er das Loch ein wenig größer und wischte das Blut ab. Jetzt konnte er sehen, dass es nicht nur ein Riss war, sondern doch mehr fehlte als ein wenig Haut. Die Wunde klaffte auf und sah anders aus als alle Wunden, die er bisher gesehen hatte. Er presste das Papiertaschentuch darauf und konnte so verhindern, dass das Blut weiter an seinem Bein herablief.

Wieder kam jemand den Bürgersteig entlang, aber er wandte sich ab, und das Pärchen beachtete ihn nicht weiter.

Wo stand der verdammte Wagen? Mit Bedacht hatte er ihn ein paar Straßen weiter geparkt und war zweimal links abgebogen, bevor er vor dem richtigen Haus gestanden hatte. Ein Kiosk, an der Ecke gegenüber war ein Kiosk gewesen, daran erinnerte er sich endlich. Er humpelte weiter. Immer noch waren Martinshörner zu hören, und am Ende der Straße sah er kurz Blaulicht aufblitzen und einen Streifenwagen die Querstraße entlangrasen.

Als länger kein Schuss gefallen war und die Stimmen und der Lärm aus dem oberen Stockwerk zu kommen schienen, hatte er vorsichtig die Tür geöffnet. Auf dem Flur hatte eine der Frauen gelegen, es war die ältere gewesen, sie lag regungslos, und ihren Kopf umrahmte eine Blutlache. Er war zum Ausgang gelaufen, und wie aus dem Nichts war der Mann mit der Waffe aufgetaucht und hatte sofort auf ihn angelegt. Was dann passiert war, konnte er nicht mehr sagen, denn an der Stelle begann in Volker Schwarz' Erinnerung die Multi-Cinema-Show. Er hatte irgendwie versucht, die Hand mit der Waffe zu fassen, und der Schuss war dicht an seinem Kopf losgegangen. Sie waren beide gestürzt, er hatte sich aufgerappelt und war wieder gerannt. Als der zweite Schuss fiel und er den Treffer spürte, war er sich sicher gewesen, dass sein Leben zu Ende sein würde. Erst auf der Straße, nachdem er um die dritte Hausecke gebogen war, wurde ihm langsam klar, dass er davongekommen war. Trotzdem hatte er nicht anhalten können und war weitergerannt.

Der Kiosk. Er blieb stehen, schaute genauer hin und ging mit der leisen Skepsis dessen, der seinem Glück nicht traut, langsam weiter, aber mit jedem Schritt war er sich sicherer. Das war der Kiosk. Und da stand sein Wagen. Für einen Moment war er so erleichtert, dass er sein Bein nicht spürte.

Den Verbandskasten fand er schließlich in einem der Seitenfächer des Kofferraums. Nach ein paar Versuchen war ihm klar, dass er die Wunde so nicht verbinden konnte. Mit flüchtigem Blick sah er sich um, öffnete den Gürtel und ließ die Hose herunter. Es blutete nicht mehr so stark, und er tupfte die Wunde frei. Als er die Plastikhülle aufreißen wollte und ihm die Binde entglitt, fiel ihm auf, wie sehr er zitterte. Er hob die weiße Rolle wieder auf.

»Kann ich Ihnen helfen.«

Volker Schwarz hatte den jungen Mann mit Koffer nicht kommen sehen. Der Fremde trat sofort näher, kniete sich vor ihm hin und sah ihn dann von unten ernst an.

»Wo haben Sie sich die denn geholt?«, fragte er.

»Lassen Sie, bitte, das geht schon.« Er wandte sich ab. »Ich bin gestürzt, drüben auf der Baustelle.« Mit einer flüchtigen Geste zeigt er irgendwohin.

Der junge Mann war aufgestanden, sah auf die Uhr. »Um diese Zeit? Sie müssen damit ins Krankenhaus. Ich kann das beurteilen, ich bin Mediziner. Die Wunde muss dringend versorgt werden.«

»Ja, ja, schon gut.« Volker Schwarz nahm das Jackett von der Ladefläche, schloss den Kofferraum. Dabei rutschte seine schwarze Mappe aus der Tasche, und ihr Inhalt verteilte sich auf dem Boden. Während er sich die Hose hochzog, begann der Mann damit, die Sachen aufzuheben.

»Danke, es geht schon.«

Er nahm alles wieder an sich und ging um den Mann herum zur Fahrertür. »Ich werde ins nächste Krankenhaus fahren.« Er setzte sich hinters Steuer, aber der Mann war ihm gefolgt.

»Ganz sicher?«

»Ja, ja, natürlich.« Er schloss die Fahrertür, kramte nach seinem Autoschlüssel und steckte ihn ins Zündschloss.

Endlich ging der Kofferträger weiter, blickte sich noch ein paarmal um, beschleunigte dann aber seinen Schritt, als ob er es sehr eilig hätte.

Trotzdem war es besser, von hier zu verschwinden.

Volker Schwarz startete den Wagen mit Mühe und versuchte, den Rückwärtsgang einzulegen, was nicht gelang. Er stellte den Motor wieder ab, und eine Weile sann er über eine Lösung nach. Dann umfasste er mit aller Kraft das Lenkrad und presste sich in den Sitz. Irgendwie musste er dieses verdammte Zittern in den Griff kriegen.

7

Als Steiger am nächsten Abend zum Dienst kam und Jana sah, war es immer noch da in ihrem Gesicht, als habe sie einen Milchbart oder einen Brotkrümel im Mundwinkel, aber er war sich nicht sicher, ob er sich das vielleicht nur einbildete.

Vom Rest des Einsatztrupps saßen nur Bulthaup und Krone am Tisch, die schon wegen eines Einsatzes am Mittag angefangen hatten und bald Feierabend machen würden. Gisa Kracht war ungewöhnlicherweise auch noch da und bat Jana kurz in ihr Büro. Sie hatte der jungen Kollegin auch gestern nicht sofort angeboten, in den nächsten Tagen zu Hause bleiben zu können, weil Gisa eine erfahrene Polizistin war. Sie wusste, dass es meist keine Hilfe war, Menschen in solchen Situationen das zu nehmen, was ein Weg durch den Tag sein konnte.

Steiger nahm sich einen Kaffee und sah nach den Haftbefehlen. Es lag an diesem Donnerstagabend zunächst nichts Besonderes an. Sie hatten so spät angefangen, um gegen Mitternacht mit den Leuten vom Einbruch ein Hehlergeschäft auffliegen zu lassen. Bis dahin würden sie wie üblich versuchen, Leute festzunehmen, die noch offene Haftbefehle hatten. Er nahm sich zwei, die wegen Einbruchdiebstahl ein paar Monate absitzen mussten, weil sie die Geldstrafe nicht bezahlt hatten. Wahrscheinlich Junkies, die sich Kohle für Stoff besorgen wollten, dachte er und machte sich auf den Weg zur Kriminalaktenhaltung, um nachzusehen, ob er recht hatte.

Als er zurückkam, war die Stimmung eine andere. Bulthaup und Krone rannten an ihm vorbei, und auch das Gespräch zwischen Jana und der Chefin war schon beendet.

»Was ist denn los?«, fragte er.

»In der Nähe vom Hafen hat es eine Schießerei gegeben, wahrscheinlich mit einem Toten.« Gisa hatte den Telefonhörer am Ohr. »Ich sprech grad mit der Leitstelle, gleich mehr.«

Steiger sah Jana an, die ihre Sachen unter den Arm geklemmt hatte und am Türrahmen lehnte, und jetzt wusste er, dass er es sich nicht eingebildet hatte. Wäre sie die Jana, die er kannte, hätte sie bei solch einem Anlass schon im Auto gesessen und auf ihn gewartet.

»Wollen wir?«, fragte er. »Auch wenn sich dort jetzt die Kollegen wahrscheinlich gegenseitig tottreten.«

Nach einer Weile nickte sie und folgte ihm zum Wagen.

Steiger fuhr schnell in Richtung Hafen, und Jana hatte sie bei der Leitstelle angemeldet. Die Kollegin dort versuchte, mit Routine und zielstrebiger Gelassenheit die Lage zu steuern, was nicht einfach war, weil bei solch einem Anlass alles, was an Streifenwagen, Kripofahrzeugen und sonstiger Polizei unterwegs war, dabei sein wollte. Auch Battos Stimme hatte er kurz am Funk gehört, obwohl der Tatort nicht zu seinem Bereich gehörte. Steiger erinnerte sich an seine ersten Einsätze dieser Art vor fast dreißig Jahren. Alle hatten da immer von Jagdtrieb gesprochen und taten es in solchen Situationen bis heute, aber er hatte das immer für falsch gehalten. Er war sich sicher, es hatte mehr mit dem Gefühl zu tun, an etwas Bedeutendem beteiligt zu sein, dabei zu sein, wenn es um Großes geht, vielleicht sogar manchmal um Leben und Tod. Das gab einem unglaubliche Kraft, weil es eine besondere Art von Euphorie war, die sich dann in einem breitmachte. Irgendwann hatte er festgestellt, dass es nicht mehr da war, dieses Gefühl, und wie so oft suchte er auch jetzt nach dem Zeitpunkt, wann es ihm verloren gegangen war. Vielleicht würde er dann auch wissen, warum.

Sie waren fast angekommen, und die ersten Fahrzeuge am Ort meldeten mindestens einen Toten und eine schwer verletzte Person, viel mehr war nicht bekannt, nur dass geschossen worden war. Steiger bog in die Straße ein, und es bot sich ihm das Bild, das er erwartet hatte: eine blaue Lichtorgel von unzähligen Streifenwagen. Er parkte auf dem Bürgersteig, und sie stiegen aus. Weiter vorn sah er Georg Weber in der offenen Tür eines Streifenwagens stehen und mit zwei Funkgeräten hantieren. Weber war Dienstgruppenleiter für diesen Bereich und bei so einer Lage so etwas wie der Einsatzleiter vor Ort.

»Kannst du mir schon was sagen, Georg?«, fragte Steiger, als Weber das Mikro kurz absetzte.

»Tag Steiger, wahrscheinlich ist die Sache gelaufen, wir …« Er unterbrach noch einmal und sprach eine Anweisung ins Handfunkgerät, dass man den Notarzt die Verletzte rausholen lassen und ansonsten ab jetzt sehr vorsichtig sein solle, weil das Ganze nun ein Tatort sei. Dann wandte er sich wieder den beiden Kripoleuten zu.

»Das war die Bestätigung. Wir waren jetzt in allen Räumen, und es ist niemand mehr drin, außer einer toten und einer schwer verletzten Frau, die allerdings grad abtransportiert wird. Beide Frauen haben Schusswunden. Ansonsten hat niemand irgendwas gesehen, jedenfalls wissen wir noch nichts. Der Anrufer, ein Rentner, der da hinten wohnt«, er zeigte die Straße entlang, »hat nur Schüsse gehört, als er an den Mülltonnen war, dann hat er ein oder zwei große, dunkle Autos wegfahren sehen, das war's, mehr kann ich euch im Moment nicht sagen.« Er setzte sich in den Wagen und begann wieder zu funken.

Steiger und Jana gingen noch ein paar Schritte Richtung Haus, das eine alte Villa war, die zumindest von außen schon bessere Zeiten gesehen hatte.

Die Sanitäter brachten die Verletzte auf einer Trage die Eingangstreppe herunter. Ihr Kopf war dick verbunden, und einer der Sanis hielt einen Tropf. Sie schoben sie in den Wagen, schlossen die Tür und fuhren ab. Erst als sie in die Querstraße einbogen, schalteten sie das Martinshorn ein.

Steiger wusste, dass hier im Augenblick nichts mehr zu tun war. Es gab niemanden, nach dem gefahndet wurde, und die ersten Zeugen waren schon befragt. In einer halben Stunde würde die Mordkommission die Arbeit aufnehmen, und jeder Schritt in das Haus konnte jetzt eine Spur vernichten, die wichtig sein konnte.

Auf dem Weg zurück zum Wagen traf er Toni Sawitzki. Toni war freie Fotojournalistin, und sie kannten sich von einer Rauschgiftsache vor vielen Jahren. Sie hatte ihm damals Infos angeboten, brauchbare dazu, wenn er ihr erlaubte, bei der Festnahme wie zufällig dabei zu sein und Bilder zu schießen. Steiger war auf den Deal eingegangen, was zu einer weiteren Festnahme geführt hatte. Und weil sie fair war und keine krummen Sachen machte, gab er ihr seitdem manchmal Bescheid, wenn es irgendwo etwas Außergewöhnliches zu fotografieren gab, möglichst bevor der Rest der Meute davon erfuhr. Im Gegenzug versorgte sie ihn mit Infos, denn sie war gut in der Szene verdrahtet. Aber nicht nur das. Toni besorgte ihm auch hin und wieder etwas Shit für den Hausgebrauch, er schlief damit oft einfach besser. Weil es sich schlecht machte, irgendwann mal jemanden festnehmen zu müssen, von dem man drei Wochen vorher ein Piece »Schwarzen Afghanen« erworben hatte, kaufte Toni hin und wieder etwas für ihn, manchmal versorgte sie ihn auch aus dem eigenen Bestand, denn sie rauchte seit Jahren. Sie waren irgendwann beim gemeinsamen Bier mal darauf gekommen.

»Hallo Toni.«

»'n Abend Steiger, na, lang nicht gesehen.«

»Ja, das stimmt. Hast du alles im Kasten?«

»Ach, nichts, was die anderen nicht auch hätten.«

Steiger sah, dass Jana schon weiter vorgegangen war. »Sorry, ich konnte nicht anrufen, es musste alles sehr schnell gehen.«

»Schon gut, du wirst schon mal wieder was für mich haben. Tschüs, bin sehr in Eile.«

Ist sie immer, dachte Steiger und fragte sich, wie lange man so einen Job machen konnte, ohne einen Herzinfarkt zu bekommen.

»Fahren wir«, sagte er zu Jana, die am Auto wartete.

Er gab ihr den Autoschlüssel, weil sie eigentlich immer fuhr. Sie stiegen ein, und er nahm sich das Klemmbrett mit den beiden Haftbefehlen. An den ersten hatte er sich einen Notizzettel mit den drei Adressen geheftet, wo sie den Junkie laut Kriminalakte möglicherweise abfischen konnten.

Er nannte Jana die erste, drückte den passenden Status am Funkgerät, und sie fuhren los.

Batto hatte Spätdienst, und Steiger fiel auf, dass sie sich seit über einer Woche nicht gesehen hatten. Vielleicht konnte man sich nachher einen Kaffee bei ihm abholen.

8

Volker Schwarz bog in seine Straße ein, rollte an den blitzblanken Vorgärten und Häusern vorbei und versuchte trotz der Dunkelheit festzustellen, ob irgendeiner der Nachbarn draußen war.

Das Bein tat entsetzlich weh, und er hatte unterwegs auf einem Parkplatz an der A52 den Verband erneuert, weil die Wunde nicht aufhören wollte zu bluten und schon den Sitz versaut hatte. Aber er war kein Arzt und hatte es in der Eile einfach über der Hose verbunden, was ihm jetzt ganz sicher blöde Fragen einbringen würde.

Zum Glück war niemand zu sehen. Er parkte den Wagen vor dem Carport, dadurch war der Weg zum Haus etwas weiter, aber er blieb außerhalb des Bewegungsmelders für das Licht. Mit Mühe bewegte er sich, so schnell es das Bein zuließ, zum Seiteneingang und umging so auch das Licht an der Haustür.

In der Küche nahm er sich einen Stuhl und setzte sich ins Dunkel.

Warum hatte er sich auf diesen Irrsinn eingelassen? Hatte er den Verstand verloren. Wenn Nicole das erfahren würde, wäre alles vorbei. Aber er hatte kaum Zeit zu Selbstvorwürfen, denn sein inneres Kino begann wieder, hatte eigentlich auch auf der Fahrt nie ganz aufgehört, und er hatte keine Ahnung, wie er den Weg von Dortmund nach Mönchengladbach geschafft hatte. Auch das Zittern kam zurück, obwohl er sich beschwörend einredete, dass er jetzt in Sicherheit war. Alles war gut, er war in seinem Haus, seine vier Wände umgaben ihn, sein Auto stand draußen, niemand hatte ihn gesehen, und seine Frau würde erst übermorgen zurückkommen … Aber es half nichts. Er rutschte vom Stuhl, glitt auf die geheizten weißen Fliesen und wurde so heftig geschüttelt, dass er mit den Beinen den Stuhl umstieß. Irgendwann ließ es nach, und er lag nur noch da, regungslos und mit kaum wahrnehmbarem Atem, und nur ganz allmählich drang die Welt wieder in sein Bewusstsein. Er sah durchs Küchenfenster den Giebel des Nachbarhauses, sah, wie dort jemand das Licht ein- und ausschaltete, hörte, wie im Keller die Heizungspumpe ansprang, wie der Hund für einen Moment an ihm schnüffelte und wieder verschwand, vor allem aber fühlte er den Schmerz in seinem Bein. Mit Mühe stand er auf, ging ins Bad und machte zum ersten Mal, seit er nach Hause gekommen war, Licht. In einer Schublade fand er eine Schere und zerschnitt Hose und Verband. Das Bein war von oben bis unten blutverschmiert, obwohl die Wunde gar nicht so groß war. Dennoch war ihm klar, dass sie versorgt werden musste. Wieder fiel ihm auf, dass sie anders aussah als alle Wunden, die er sich in seinem Leben zugezogen hatte, und er war sich sicher, dass ein Arzt ihren Ursprung erkennen würde. Wer also könnte das tun, wer könnte sie nähen, verbinden oder was auch immer damit gemacht werden musste? Er hatte gehört, dass Ärzte Schusswunden melden müssen, wusste aber nicht, ob das stimmte. Gab es da nicht eine ärztliche Schweigepflicht? Ihr Hausarzt kam nicht infrage, weil auch Nicole seine Patientin war. Sollte er ins Krankenhaus fahren und sich eine abstruse Geschichte einfallen lassen? Würde jeder Arzt sehen, dass es eine Schusswunde war? Aber irgendwas musste geschehen. Er stellte sich in die Dusche und wusch das Bein. Dann tupfte er mit eine Wundlösung die Wunde so gut es ging sauber, was furchtbar brannte. Es fehlte einfach etwas Haut und Gewebe.

Thorsten Naumann.

Wie aus heiterem Himmel fiel ihm dieser Name ein. Thorsten hatte mit zu seiner Clique in der Schule gehört, und sie hatten sich auf einem Klassentreffen vor ein paar Monaten wieder gesehen, nach zwanzig Jahren. Thorsten war mittlerweile Orthopäde, hatte erzählt, dass er eine eigene Praxis irgendwo in der Nähe von Aachen hatte. Sie hatten sogar die Handynummern ausgetauscht, um vielleicht in Kontakt zu bleiben, was aber nicht geschehen war. Er überlegte noch einen Moment, aber eine andere Möglichkeit fiel ihm nicht ein.

Volker Schwarz nahm das Handy aus seiner Jackentasche und sah dabei, dass auch die Jacke Blutflecken hatte. Die Zeitangabe auf dem Display zeigte ihm, dass es 23.37 Uhr war, als er auf »Anrufen« drückte.

»Thorsten Naumann.«

»Hallo Thorsten, hier ist Volker Schwarz.«

»Mein Gott, Volker, du, um diese Zeit.«

»Ich brauche deine Hilfe, Thorsten. Wenn es geht, noch heute Nacht.«

9

2003

Es hatte nichts mit der Jahreszeit zu tun, es passierte im Frühling, wenn die weiße Sonne durch das erste Birkengrün fiel, ebenso wie im Herbst, den sie wegen der Stürme besonders mochte. Sie wusste auch nicht, wann es angefangen hatte, denn in ihrer Erinnerung war sie schon immer mit Lust durch den Wald gelaufen, der direkt hinter dem Haus begann, in dem sie aufgewachsen war. Oft schon hatte sie den halben Tag verträumt und verspielt, war umhergestromert, hatte ihre Lieblingsplätze auf den Hügeln und am Bach besucht, dann lief sie einfach los, manchmal schon auf dem Weg, der ein Stück in den Wald hineinführte, bog dann ab in das Laub, auf dem die Tritte weich federten, sprang über morsche Stämme und Baumstümpfe, über Gruben und Ameisenhaufen, wich Ästen aus, rannte immer weiter. Manchmal stolperte sie, fiel hin und grub ihre Hände in den Boden unter dem Laub, dass sie hinterher ganz würzig nach Erde rochen. Und manchmal, ganz ohne sich anzukündigen, an wenigen Tagen geschah es, als würde sie beim Laufen den Kontakt zum Boden verlieren, als gösse jemand Schwerelosigkeit über ihr aus, die ihren Körper anzuheben schien. Dieses Gefühl, wenn es kam, setzte immer schon ein, kurz nachdem sie losgelaufen war, oft war es sogar so, als sei sie nur deshalb losgelaufen, um diesem Gefühl Raum zu geben, dieser Kraft, die ihre Schritte ganz leicht und ihre

Bewegungen mühelos machte, sodass sie keine Müdigkeit spürte, keine Atemnot, kein Stechen in der Seite und rannte und rannte, auch dann weiterrannte, wenn der Wald zu Ende war und die endlosen Wiesen begannen. Oft lachte sie laut dabei, juchzte, schrie, weil da etwas war, was rausmusste, und es fühlte sich an, als sei sie vollkommen frei und stark und unverwundbar.

Wenn sie danach zurückkam und wieder mit normalen kleinen Schlenderschritten die Pfützen in den beiden erdigen Spuren umging und, wo es möglich war, die Reste des Grasstreifens benutzte, den die Reifen der Autos und Wagen in der Mitte der Dorfstraße verschont hatten, glühten diese Empfindungen immer noch in ihr nach, nur das Gefühl der Freiheit verblasste ein wenig, aber auch das verschwand nie ganz.

»Wo warst du wieder?«, fragte Tante Veronika meist, wenn sie nach solchen Touren das Haus betrat, und solange sie nur diese Frage stellte und sie nicht schlug, war es ein guter Tag. Onkel Gennadi stellte nie eine Frage, und er sagte auch sonst kaum etwas zu ihr, er schlug wortlos und auch nicht immer. Das machte es am Anfang unberechenbar, und Schläge, die man nicht erwartet, gegen die man sich nicht wenigstens innerlich ein wenig zusammengerollt hatte, schmerzten im Nachhinein noch ein wenig mehr.

Aber sie war ja unverwundbar, und irgendwann im Laufe der Jahre hatte sie gespürt, dass diese Schläge sie zwar trafen und meist rote Flecken hinterließen auf den Wangen oder am Hals oder auf den Armen, wenn sie versucht hatte, sich zu schützen. Aber sie erreichten nicht die Stelle, aus der dieses Gefühl wuchs und in ihr emporstieg, diese Energie, die sie schützte und trug, die ihren Lauf zu einem Flug machte und von der dann immer noch so viel da war, dass es laut und lachend aus ihr heraus wollte.

Als sie zwölf Jahre alt war und ihr bewusst wurde, dass in diesen Momenten etwas mit ihr geschah, was sie der Welt eine Zeit enthob, begann sie zu überlegen, warum das so bei ihr war und ob es anderen auch so ging. Aber obwohl sie es gern gewusst hätte, sprach sie nie mit jemandem darüber, mit keinem Erwachsenen und auch mit niemandem ihres Alters, nicht einmal mit Dajana oder Anastasia, weil sie es für möglich hielt, dass es nur ihr so ging, und sie ihr Geheimnis nicht preisgeben wollte, denn dafür war es ihr zu kostbar.

Wenn sie darüber nachdachte, ahnte sie manchmal, dass es etwas mit ihrer Traurigkeit zu tun haben könnte, die in diesen Augenblicken so weit weg war und die sie sonst so häufig begleitete. Sie erinnerte sich an ganz frühe Momente, in denen sie in ihrem Leben traurig gewesen war, etwa als sie sich jeden Abend vor dem Einschlafen gewünscht hatte, als Vogel aufzuwachen, und jedes Mal weinen musste, weil sie am nächsten Morgen immer noch die kleine Nadeschda war mit Armen statt mit Flügeln. Auch davon hatte sie noch niemandem erzählt, niemandem außer Babuschka.

Babuschka wohnte in einer kleinen Kate am Rande des Dorfes und war die Mutter von Tante Veronika und ihrer Mutter, und sie war der liebste Mensch, den Nadeschda kannte. Babuschka war schon alt, konnte aber noch die meisten Dinge des Lebens selbst erledigen. Bei allem anderen ging sie ihr manchmal zur Hand, und alle paar Tage sahen auch Tante Veronika und Onkel Gennadi nach dem Rechten. Bei Babuschka war alles anders. Sie schlug nie, war freundlich, und mit ihr konnte man über alles reden, oft auf Deutsch, weil sie diese Sprache so liebte und ihr das

Deutsche in sich so wichtig war. Sie erzählte oft von ihrer Kindheit in Samara, wo alle Deutsch geredet hatten, und sie hatte noch deutsche Bücher, von denen die meisten so zerlesen waren, dass viele Seiten nur noch mit Klebeband zusammengehalten wurden. Ihr Lieblingsbuch war von Karl May und ihre Lieblingsfigur Old Shatterhand. Denn er war stark, listig und klug, er war unbesiegbar, er war ihr Held. An manchen Tagen redeten sie nur deutsch miteinander, und so hatte Nadeschda die Sprache im Lauf der Zeit gelernt.

Babuschka hatte einmal gesagt, das mit der Traurigkeit könne vielleicht daran liegen, dass sie ihre Eltern nie kennengelernt hatte, denn ihr Vater hatte die Mutter noch vor der Geburt verlassen, die Mutter selbst war bei einem Unfall gestorben, kein halbes Jahr nach der Geburt. Sie wusste nicht, ob das stimmte, denn sie kannte ihr Leben ja nur als eines ohne Eltern, und so hörte sie irgendwann auf, darüber nachzudenken. Sie wusste nur, wenn es im Wald mit ihr passierte, war das alles weg.

Darum nahm sie diese Momente irgendwann als etwas, das einfach zu ihr gehörte, ohne Grund, ohne Ursache, ein Geschenk des Schicksals, das sie für eine Weile von allem trennte, vor allem von der dumpfen Kälte, die in dem Haus herrschte, in dem sie lebte. Denn auch wenn sie die Tochter ihrer jüngsten Schwester war, hatten weder Tante Veronika noch Onkel Gennadi etwas mit diesem störrischen und starken Kind anfangen können, und auch die beiden erwachsenen Söhne der beiden, ihre Cousins, hatten sie früher schon genauso wenig beachtet wie heute bei ihren seltenen Besuchen.

Die Schläge ertrug sie, auch weil das nichts Besonderes war, alle in der Schule erzählten davon, dass sie geschlagen wurden, manche viel heftiger als sie selbst. Auch die Arbeit, die sie jeden Tag zu erledigen hatte, machte ihr meistens nichts aus, auch wenn es oft sehr viel war. Aber dieses Gefühl, etwas zu sein, was besser nicht da wäre, daran konnte sie sich nicht gewöhnen, und es legte sich in manchen Augenblicken wie ein schweres, feuchtes Tuch auf sie.

Es war an einem Tag in den Wochen vor den Sommerferien. Sie hatte sich wie so oft gegen eine Anweisung des Lehrers aufgelehnt, was zur Folge hatte, dass sie wie in den drei Jahren zuvor ein paar Wochen der Ferien in einem Erziehungslager verbringen würde. Niemand wusste, dass es zum Plan der drei gehörte, und niemand hatte die Absicht bemerkt, weil Widerstand auch sonst etwas war, was zu ihr gehörte.

Sie trafen sich nach der Schule an ihrem üblichen Platz am Teich und besprachen, wie Dajana ebenfalls noch dabei sein konnte, damit sie dort auch in diesen Wochen beisammen waren. Anastasia stand schon auf der Liste, weil ihr Vater über genügend Einfluss verfügte, um es auf andere Weise einzufädeln, und es ihm entgegenkam, wenn das Kind in den Ferien ein paar Wochen einfach weg war, seit dem Tod seiner Frau vor zwei Jahren noch mehr als früher. Bei Dajana war das am schwierigsten. Sie war ein stiller Mensch, sprach auch in ihrer Dreierrunde am wenigsten und lehnte sich niemals gegen etwas auf.

Dajana war in ihrer Gruppe die, die eigentlich immer nur mitmachte, die mitkam, mitspielte, mitlief. So war sie auch zu ihnen gestoßen. Dajana und Anastasia kannten sich seit ihrer Geburt, weil sie Nachbarskinder waren und schon deshalb häufiger miteinander gespielt hatten, woraus im Lauf der Schulzeit eine Freundschaft geworden war. Als

Nadeschda und Anastasia in der Schule ihre Zuneigung zueinander entdeckten und sich häufiger trafen, war Dajana eines Tages einfach mitgekommen, und dabei war es geblieben.

Sie kamen überein, dass Dajana ein paar Tage unentschuldigt fehlen solle, das hatte in den letzten Jahren meist einen Aufenthalt im Ferienlager zur Folge gehabt. Es würde zu Hause Ärger und Schläge dafür geben, das war sicher, aber zu etwas anderem war Dajana nicht in der Lage.

Auf dem Heimweg entschloss sich Nadeschda zu einem kurzen Besuch bei Babuschka, obwohl zu Hause noch Arbeit auf sie wartete. Sie öffnete die Tür des kleinen blau gestrichenen Hauses mit den Eternitplatten auf dem Dach und rief laut hinein, dass sie da sei, weil Babuschka nicht mehr gut hörte und oft erschrak, wenn sie einfach plötzlich im Zimmer stand. Sie rief noch einmal, ein wenig lauter, bekam aber keine Antwort. Langsam ging sie in den dunklen Flur, sah in der Küche nach, wo die Katze zusammengerollt neben den Holzscheiten am Herd lag. Wieder rief sie laut nach Babuschka, aber es blieb still. Auch im Bett lag sie nicht, was manchmal schon am Tag vorkam, wenn sie sich nicht gut fühlte, und Nadeschda hatte den kleinen Raum fast schon wieder verlassen, als sie durchs Fenster zwischen den beiden Erdbeerreihen im Garten die Gestalt liegen sah. Sie brauchte ein paar Sekunden, um zu begreifen, dass diese dunklen Sachen, die im ersten Moment aussahen wie weggeworfene Kleidung, Babuschka war. Sie rannte nach draußen, schrie unentwegt ihren Namen, kniete sich neben den Körper und zog und rüttelte daran, aber die alte Frau rührte sich nicht. Nadeschda sprang auf, lief zum nächsten Haus, das ein Stück die Straße runter war, und traf dort auf Iwan, der sofort mitkam. Als sie Babuschkas Haus wieder erreichten, war Onkel Gennadi dort, der etwas zu essen hatte bringen wollen. Er hatte sie auf den Rücken gedreht, und erst jetzt konnte Nadeschda die violette Gesichtshaut sehen, den eigenartig verzogenen Mund und die halb geöffneten Augen, aus denen alles Leben gewichen war.

Sie starrte darauf und begriff nicht, was passiert war.

»Sie ist tot«, sagte Onkel Gennadi und sah dabei Iwan an.

Als der erste, kaum spürbare Hauch der Bedeutung dieser Worte in ihr ankam, rannte sie los. Sie rannte die Dorfstraße entlang, wich keiner Pfütze aus, vorbei an ihrem Haus, rannte über den Waldweg, in den Wald hinein und rannte und rannte. Sie sprang über morsche Stämme und Baumstümpfe, über Gruben und Ameisenhaufen, wich Ästen aus, rannte immer weiter, aber das Gefühl kam nicht. Trotzdem rannte sie weiter, so lange, bis alles in ihr brannte und stach, bis ihre Beine vollkommen kraftlos waren und sie keine Luft mehr bekam. Sie kniete sich hin, legte die Stirn auf die kühle Erde und spürte in sich nur Schmerzen und Angst und Unsicherheit, und als das dumpfe Wummern des eigenen Bluts in ihren Ohren allmählich leiser wurde, hörte sie, wie ihr rasselnder Atem ganz langsam in ein Wimmern überging, in ein Weinen, das sich anfühlte, als könne sie nie wieder damit aufhören.

10

2013

Um Viertel nach acht wurde Steiger am nächsten Morgen von der Türklingel geweckt. Er hatte länger geschlafen als gewöhnlich, weil er unüblicherweise noch einmal eingeschlafen war nach dem üblichen sehr frühen Aufwachen. Er zog sich eine Hose an und ging zur Tür.

»Morgen Thomas.«

Jenny wohnte zwei Etagen tiefer, war fünfzehn und einer der wenigen Menschen, die ihn Thomas nannten. Obwohl sie irgendwann mitbekommen hatte, dass er seit der Schulzeit wegen seines Vaters für alle Steiger hieß, weil der einer der letzten Steiger auf Zeche Hugo in Gelsenkirchen gewesen war, war sie dabei geblieben.

»Darf ich einen Moment reinkommen?«

»Du hast mich geweckt.«

»Tut mir leid, aber eigentlich bist du doch um die Zeit immer schon ein paar Stunden wach.«

Sie hatte seine Antwort kaum abgewartet, ging an ihm vorbei und setzte sich in die Küche.

Er blieb einen Moment an der geöffneten Tür stehen, und die Vertrautheit ihrer Worte berührte ihn eigenartig, aber nicht unangenehm.

»Ich muss erst zur zweiten Stunde und hatte keine Lust, allein zu sein.«

Er folgte ihr und begann, Kaffee in den Filter zu kippen.

Jennys Mutter war alleinerziehend und jeden Morgen sehr früh aus dem Haus, weil sie mehrere Putzstellen hatte. Jenny war schon als Kind so oft allein gewesen, dass Steiger irgendwann sogar die abstruse Idee hatte, sie lebe allein in der Wohnung. Nach einer Drogengeschichte vor einem Jahr, in die Jenny reingeschlittert war und die er undienstlich geregelt hatte, hatte er mit der Frau geredet, und erst seitdem wusste er, dass es sie tatsächlich gab.

»Willst du was trinken.«

Sie schüttelte den Kopf.

Steiger nahm sich einen Stuhl und setzte sich über Eck. Eine Zeit lang war nur das Röcheln der Kaffeemaschine zu hören. Jenny spielte mit ihren Haaren und sah ihn nur von Zeit zu Zeit an. Sie besuchte ihn öfter, schon seit Jahren, war jetzt aber länger nicht da gewesen.

»Und, wie isses so, Jenny? Was macht die Schule?«

Er hatte die Frage als Scherz gemeint, auf den sie sonst gespielt gequält reagiert hätte, aber sie ignorierte den Versuch.

»Wie alt bist du, Thomas? Fünfzig, oder?«

»Einundfünfzig, noch.«

»Hast du Freunde?«

Er überlegte einen Moment. »Freunde … Da gibt es eigentlich nur einen, einen richtigen, meine ich.«

»Und du warst schon mal verliebt?«

Steiger zog die Stirn kraus. Er war sich ziemlich sicher, dass er sich an einem Mittwochmorgen kurz nach dem Aufstehen und ungewaschen mit einer Fünfzehnjährigen an seinem Küchentisch nicht über seine Liebe unterhalten wollte.

Jenny schien sein Zögern zu spüren.

»Du warst doch mal verheiratet, hast du doch mal erzählt?«

»Das ist tausend Jahre her, Jenny, und war auch nur ein kurzes Intermezzo, gemessen an dem, was da so normal ist.«

»Trotzdem, hast du deine Frau damals geliebt?«

Das Handy klingelte, und Steiger beeilte sich dranzugehen. Es war Gisa.

»Jetzt werde ich schon von der Chefin zu Hause angerufen, mein Gott. Werde ich plötzlich wichtig?«

»Hör auf, dich zu suhlen, Steiger. Du wolltest laut Dienstplan heute Mittag anfangen, ja?«

»Deshalb steht es da so.«

»Kannst du früher kommen? Du und Jana, ihr müsstet in die Mordkommission von der Schießerei gestern Abend, MK Villa haben sie sie genannt. Jochen Bulthaup hat die letzten beiden MKs gemacht, Benno die davor, Dieter hat morgen Urlaub, und sonst hab ich keinen.«

»'ne Stunde brauch ich aber noch, ich bin grad aufgestanden.«

»Natürlich. Jana habe ich auch schon benachrichtigt, sie ist auch auf dem Weg. MK-Leiter ist Gernot Griese.«

»Okay, ich bin gleich da.«

Griese war einer der jüngeren Kollegen im KK 11, hatte erst ein paar Mordkommissionen geleitet, und Steiger kannte ihn nur von einigen gemeinsamen Einsätzen.

Er blickte Jenny an, die ihn ansah.

»Du hast es gehört, Jenny, ich muss los.«

»Ja, hab's gehört. Hat es mit der Sache im Industriegebiet zu tun?«

»Ja.« Er stand auf und goss sich einen Kaffee ein.

»Ich hab's gestern im Fernsehen gesehen, wirklich krass.« Sie stand auf und nahm ihre Tasche. In der Tür zum Flur blieb sie kurz stehen. »Können wir noch mal darüber reden, wenn du Zeit hast?«

Er sah, dass es ihr sehr ernst war, und zum zweiten Mal an diesem Morgen berührte ihn die Vertrautheit, die ihm dieses Mädchen entgegenbrachte.

»Ja, können wir. Die nächsten Tage wird es aber wohl schlecht gehen. Ich bin in einer Mordkommission und werde kaum zu Hause sein.«

»Okay. Ich probier es einfach mal.«

Sie ging und ließ die Tür ins Schloss fallen.

Steiger überlegte noch einen Moment, warum er mit ihrer Frage vorhin Schwierigkeiten gehabt hatte. Und ihm fiel wieder ein, dass er Eva gestern noch angerufen, aber nicht erreicht hatte.

Dann ging er ins Bad.

11

Steiger betrat den großen Raum, in dem sich die Mordkommission eingerichtet hatte, und sah Jana bereits am langen Tisch sitzen; sie las etwas. Es waren nur wenige Blätter, und er nahm an, dass sie sich schon die erste Spur aus ihrem Körbchen genommen hatte.

Das hatte sich in all den Jahrzehnten nicht geändert, trotz DNA, Handy-Massendaten und GPS-Verfolgung. Es gab immer noch die billigen Plastikkörbchen, auf deren Rand die handgeschriebenen Namensschilder der Teams steckten und in denen die Spuren lagen, und manchmal, wenn die in irgendeiner Provinzbehörde grad nicht zur Hand waren, nahmen sie die Pappdeckel der Kartons, in denen das Druckerpapier geliefert wurde.

Jana war konzentriert und bemerkte ihn nicht.

Gernot Griese saß auf der Kante seines Schreibtischs und erklärte einer Handvoll Kollegen gestikulierend irgendetwas zum Tatort. Steiger kannte alle. Seine Hand streifte im Vorbeigehen zur Begrüßung Janas Schulter, und er sah sich nach ein paar Schritten um. Sie blickte kurz hoch und ließ ein lächelndes Erkennen über ihr Gesicht fließen. Das war der Augenblick, auf den er sich gefreut hatte, in diesem Moment fiel ihm das zum ersten Mal auf.

Griese unterbrach seine Rede und gab Steiger die Hand.

»Thomas, Morgen. Schön, dass du da bist. Deine Partnerin ist auch schon angekommen. Wir warten noch ein paar Minuten auf einige andere, dann sage ich für alle was zum Fall.«

Zum Glück hatte schon jemand für Kaffee gesorgt. Steiger goss sich einen Becher ein, der eine Macke am Rand hatte, und grüßte Michael Beckmann, der offensichtlich den Aktenführer machte, weil er einen der Tische schon mit Ordnern bepackt hatte und einen Stapel Blätter sortierte.

Steiger setzte sich zu Jana. »Na, einigermaßen geschlafen?«

Sie legte Spur 27 beiseite und lehnte sich zurück. »Es geht. Ich habe schon besser geschlafen, aber auch schon mal schlechter.« Ihr Lächeln war müde und so, als habe sie es länger nicht geübt.

Steiger nahm sich das Papier. »Unsere erste Spur?«

Sie nickte. Ein Zeuge hatte beim Müllwegbringen vor ein paar Tagen jemanden gesehen, der ihm verdächtig vorkam, war sich aber nicht ganz sicher, ob die Person in das Haus gegangen war, in dem die Schießerei stattgefunden hatte.

Ein Kollege und eine Kollegin vom Einbruch kamen herein, grüßten und gingen auch zu Griese.

»Haben wir ein Auto.«

»Ja, wir sollten Autos aus unseren eigenen Dienststellen mitbringen, ich habe den Ford dabei.«

Steiger nahm einen Schluck Kaffee und blickte in die Runde. Dieser Augenblick hatte seine eigene Stimmung. Die meisten, die eintrudelten, waren alte Kripoleute und hatten im Lauf der Jahre unzählige Tatorte beschrieben, Leichen untersucht, Menschen vernommen und eingesperrt, und viele konnten wahrscheinlich nicht annähernd sagen, wie oft sie sich am Morgen plötzlich in einer Kommission wie dieser wiedergefunden hatten, noch bevor sie mit ihrer eigentlichen Arbeit beginnen konnten. Hier wartete nichts anderes auf sie als an den meisten anderen Tagen, trotzdem war die Stimmung eine andere als sonst, aufgekratzter, ursprünglicher, und die Leute hatten in ihrer Erwartung, dass es gleich losging, dass die Party gleich begann und sie von Anfang an dabei waren, augenblicklich fast etwas Kindliches, fand Steiger. Jedenfalls die meisten.

»Okay, Leute, nehmt euch einen Kaffee und sucht euch einen Platz, fangen wir an.« Griese stand vom Schreibtisch auf und ging zur Magnettafel, an der ein Kartenausschnitt und erste Fotos und Skizzen vom Tatort hingen. »Ich beginne mal mit dem, was wir wissen. Gestern Abend hat es in einer alten Villa am Hafen eine Schießerei gegeben. Dabei sind zwei Frauen verletzt worden, eine davon tödlich. Wir hatten drei Anrufe von Anwohnern auf der Leitstelle, was eigentlich wenig ist, aber da oben wohnen nicht mehr so viele, ich komme noch dazu. Als die Kollegen ankamen und endlich drin waren, war außer den beiden Opfern niemand mehr im Gebäude. Bei beiden Frauen handelt es sich mit großer Wahrscheinlichkeit um Prostituierte, beide sind vom äußeren Eindruck her sehr unterschiedlich alt. Die Tote ist ziemlich jung und scheint auch keine Deutsche zu sein, von ihr haben wir dieses erste Foto.«

Er deutete auf einen Ausdruck am Board. Das Bild zeigte eine junge, stark geschminkte Frau mit blutverschmiertem Gesicht und langen dunklen Haaren, die ebenfalls blutverklebt waren. Ihre Augen waren noch halb geöffnet und hatten diese gebrochene Leblosigkeit, wie nur der Tod sie erzeugte.

»Die Verletzte ist deutlich älter. Von ihr haben wir noch

kein Bild, weil sie schon auf dem Weg ins Krankenhaus war, als wir kamen. Von beiden Frauen haben wir bis jetzt keine Personalpapiere am Tatort gefunden, ihre Identität steht also nicht fest.«

Wieder ging er zum Board und klemmte das Foto des Hauses mit einem Magnet-Button etwas höher.

»Das Haus ist kein festes Bordell, soweit wir wissen, ist aber irgendwie in der Weise genutzt worden, daran lässt die Einrichtung keinen Zweifel. Es gehört laut Katasteramt seit einem Jahr einem einundachtzigjährigen Bulgaren aus Remscheid, der aber wahrscheinlich nicht der tatsächliche Besitzer ist, sondern ein Strohmann. Das Haus macht von außen nicht den besten Eindruck, ist aber dafür innen besser in Schuss als erwartet. Es gibt acht Räume auf zwei Etagen, dazu drei Bäder, alles ziemlich üppig ausgestattet, und einen Barraum im Erdgeschoss.«

Er tippte auf einen provisorischen Grundriss.

»Die Tote lag in diesem Zimmer, die Verletzte hier auf dem Flur. Außerdem haben wir noch Blutspuren an zwei verschiedenen Stellen gefunden, die nach erster Einschätzung nicht von den beiden Opfern stammen können. Ihr seht, ein echter Riesentatort, wir haben auch zwei Leute dran, und auch die KTU ist mit größerer Mannschaft da.«

»Sieht aber ziemlich nach 'ner Rotlichtgeschichte aus, oder?« Hanno Brenner von den Einbrechern. »Wisst ihr nichts über die Hütte? Steiger, ihr seid da doch immer ziemlich unterwegs?«

»'ne, sagt mir nichts, und das ist auch nicht mehr so wie früher, Hanno. Bei den Bulgaren und Rumänen kriegst du so schnell keinen Fuß in die Tür, fängt schon bei der Sprache an, aber was erzähl ich dir das?«

»Wir haben so wenige Zeugen«, ergriff Griese wieder das Wort, »jedenfalls bis zum jetzigen Zeitpunkt, weil hier eh große Lücken in den Häuserreihen sind und einiges an Brachland und ehemaliger Industrie. Und auch in den Häusern, die noch da sind, gibt es Leerstände. In den paar Firmen, die wir dort haben, eine Spedition, ein Abfallunternehmen und so weiter, hat um die Zeit nach ersten Infos kaum noch jemand gearbeitet; zwei Leute haben wir schon befragt, die haben nichts bemerkt. – Ich schlage folgende Vorgehensweise vor: Die Tatortarbeit läuft schon seit gestern Abend, könnt ihr euch denken. So richtig tolle Spuren haben sich daraus noch nicht ergeben, bisher. Die Handydaten sind beantragt, das dauert aber noch eine Zeit, wie üblich, und auch um die Besitzverhältnisse des Hauses kümmert sich schon ein Team. Zwei Teams sind seit heute Morgen schon draußen und haben erst mal mit den Zeugen angefangen, die wir schon haben. Außerdem werden wir in diesem Umkreis«, er zeigte auf eine weitere Karte, die um den Tatort einen schraffierten Bereich hatte, »Zettel hinterlassen und zumindest in jeder Wohnung nachfragen, ob jemand etwas gesehen hat. Ich fahre nachher zur Obduktion der Toten. Ein Team fährt ins Krankenhaus und versucht mal, bei der Verletzten zu ermitteln, ob es irgendetwas zu deren Identität gibt. Vermisst ist zurzeit niemand, auf den eine der beiden Beschreibungen passen würde.« Er sah nach oben und legte zwei Finger auf die Lippen. »Ich glaub, das war's erst mal. Habt ihr für den Augenblick noch Fragen?«

Niemand sagte etwas.

»Okay, dann fangen wir an.« Griese wollte aufstehen, setzte sich aber noch einmal. »Ach, ja, das vielleicht noch. Ich bin erst seit einem Jahr in dieser Behörde, das wissen die meisten, und das ist hier erst meine dritte MK als Leiter. Michael Beckmann macht die Aktenführung und Marcel Krone die Massendaten, und ich bin froh und glücklich, so einen alten Hasen und so einen Könner an meiner Seite zu haben. Als Michael die Liste der Kollegen las, die kommen, also eure Namen, nickte er und sagte, alles erfahrene Leute. Ich bin sehr froh darüber, dass das so ist und ich euch dabeihabe.«

Steiger wusste nicht, ob er den Spruch echt finden sollte. Trotzdem war da plötzlich ein warmes Gefühl in der Magengegend, was ihn störte.

12

Als er mit Jana in den Wagen steigen wollte, klingelte Steigers Handy. Es war Gisa.

»Was gibt's?«

»Schröder hat mich grad angerufen. Er wollte dich sprechen.«

»Ich hab zu arbeiten.«

»Steiger … Ich hab ihm gesagt, wenn ich dich erreiche, schaust du bei ihm rein, er hat es gestern schon mal versucht, hab ich eben vergessen, dir zu sagen.«

»Worum geht es?«

»Es geht natürlich um die Festnahme.«

Steiger hatte nicht grundsätzlich etwas gegen Führungskräfte, es gab ja auch solche Leute wie Batto und Gisa darunter. Er war sich selbst immer ein wenig verdächtig, wenn er in den ewigen Chor mit einstimmte und über die Idioten da oben schimpfte, weil dieser Zug doch so grandios an ihm vorbeigerauscht war und Neid meist nicht die Objektivität im Arm hatte, wenn er daherkam. Der Anteil der semibegabten, denk-ökonomischen Charakteramateure war in der Führungsriege, selbst bei denen aus dem höheren Dienst, vermutlich nicht größer als beim Fußvolk, auch wenn Steiger in manchen Situationen wer weiß was auf das Gegenteil verwettet hätte. Bei den egoistischen Ellbogenvirtuosen sah es da schon anders aus, die schienen dort tatsächlich sehr viel üppiger vertreten zu sein. Schröder gehörte für ihn ganz sicher dazu, und nicht nur das. Er war für Steiger außerdem ein mittelmäßig intelligenter, egoistischer Angstbeißer, einer, der hauptsächlich darauf bedacht war, den eigenen Arsch zu retten, und der beim Anblick einer Flamenco-Tänzerin wahrscheinlich als Erstes daran dachte, dass das nicht gut für die Gelenke sein konnte.

Steiger klopfte und trat ein, ohne zu warten.

»Ah, Herr Adam.« Schröder blieb sitzen und bot den Platz vor seinem Schreibtisch an, mit etwas zu behäbiger Geste, wie Steiger fand.

»Sie hatten Gesprächsbedarf, Herr Schröder?«

»In der Tat, habe ich. Es geht um vorgestern, um den Einsatz, bei dem der Kollege Sven Wittwer schwer verletzt worden ist.«

»Ja?«

»Nicht besonders gut gelaufen, würde ich sagen.«

»Würde ich auch sagen.«

»Sie waren bei diesem Einsatz der Verantwortliche?«

»Auch das ist richtig.«

Es entstand eine Pause.

»Da habe ich andere Informationen, Herr Adam. Ich habe auch schon mit den Leuten aus dem Wachdienst gesprochen, die sagten, es habe so ausgesehen, als wenn Frau Goll die Sache geleitet hat.«

»Sie haben von Verantwortung gesprochen, nicht von Leitung.«

»Was soll diese Spitzfindigkeit. Also hatte Frau Goll die Sache doch in der Hand.«

»Sie hat alles vorbereitet, das ist richtig, wie sie es schon unzählige Male getan hat.«

»Und damit überfordert ist, wie man sieht.«

»Sie war nicht überfordert, die Aktion war von vorn bis hinten vorbildlich vorbereitet, ihr ist ein Zahlendreher bei einer Abfrage unterlaufen.«

»Was zu der schweren Verletzung eines Kollegen geführt hat. Mal ganz abgesehen von den Folgen für den Beamten, die glücklicherweise glimpflicher verlaufen sind, als zu befürchten war. So etwas können wir uns nicht leisten, Herr Adam. Frau Goll hat die Fachhochschule gerade mal gute vier Jahre verlassen. Wir können von Glück reden, dass die Presse noch keinen Wind davon bekommen hat.«

»Jana ist eine außerordentlich gute und verantwortungsbewusste Polizistin, sie ist klug, sehr gewissenhaft und vor allem kollegial, im Gegensatz zu manch anderem, der hier im Hause gepuscht wird.«

»Offensichtlich nicht gewissenhaft genug, wie man sieht.«

»Ein Zahlendreher ist ein Versehen, das jedem passieren kann. Dass es zu diesem Unfall gekommen ist, ist bedauerlich, natürlich.«

»Es darf aber nicht passieren, auch wenn es nicht zu solchen Folgen führt.«

»Ich bin sicher, Herr Schröder, wenn ich mich mal ein wenig unter Ihren Kollegen aus früheren Zeiten in diesem Hause umhöre, wird ein Zahlendreher das Mindeste sein, was ich zu hören kriege.«

Steiger sah, dass Schröder einmal durchatmete.

»Auch wenn Sie sich in der Vergangenheit für Führungsaufgaben nicht gerade überqualifiziert haben, Herr Adam – Sie sind ja nicht umsonst da, wo Sie sind –, verlange ich, dass Sie in Zukunft in solchen Situationen, in denen Sie zumindest aufgrund Ihres Alters die Verantwortung tragen, diese auch wahrnehmen und sie nicht einer jungen Kollegin aufoktroyieren.«

Jetzt ließ Steiger eine Pause entstehen.

»Ich werde auch in Zukunft dann, wenn ich meine, es sei angebracht, mein Wissen aus dreißig Jahren Dienst auf der Straße weitergeben, was oft genug der Fall ist, und ich werde alles dafür tun, dass alle immer gesund aus der Sache rauskommen, aber ich werde auch in Zukunft nicht kontrollieren, ob eine fähige junge Kollegin, der ich vollkommen vertraue und von der ich hoffe, dass sie mal etwas wird in diesem Laden und bis dahin nicht verbogen worden ist, die Namen richtig geschrieben hat.«

»Dann sollten wir vielleicht überlegen, ob man Ihnen weiterhin junge Kolleginnen und Kollegen anvertrauen kann.«

»Tun Sie das. Ich bedaure, dass es hier dazu gekommen ist, dass es Sven und Jana schlecht geht, aber ich werde auch in Zukunft Kollegen so behandeln, wie es sich gehört.«

»Seien Sie froh, dass Sie eine Chefin haben, die zu Ihnen steht, Herr Adam. Mit Frau Goll habe ich über die Folgen, die das für Sie haben kann, schon persönlich gesprochen.«

Steiger stand auf und verließ das Büro.

Jana wartete im Wagen und startete, nachdem Steiger eingestiegen war. Sie fuhr Richtung Tatort; der intensive Morgenverkehr war längst abgeebbt, und im Funk war das Tagesgeschäft zu hören.

»Du hast gestern mit Schröder über die Sache mit Sven gesprochen?«

Jana sah weiter auf die Straße. »Ja.«

»Was wollte er?«

»Er sagte, ich solle sorgfältiger sein und das könne nicht ohne Auswirkung auf meine Beurteilung bleiben.«

»So ein Arsch.«

»Das mit der Beurteilung ist kein bisschen wichtig, Steiger, echt nicht. Hauptsache, Sven geht es wieder gut.«

Wieder hörten sie eine Weile dem Funk zu.

»Du hättest es mir erzählen können.«

Jetzt sah sie ihn an, nickte dann. »Ja.« Sie lächelte verlegen. »Vielleicht wollte ich es einfach ein wenig verdrängen.«

13

Die Granitstufen waren am Rand mit einem leichten grünem Belag überzogen, an den Ornamenten der Haustür blätterte an manchen Stellen der Lack. Steiger schellte.

Der Mann, der öffnete, war alt, trug braune Lederhausschuhe und eine graue Strickjacke.

»Herr John, Adam, Kripo Dortmund, das ist meine Kollegin Frau Goll. Sie hatten bei der Polizei angerufen.«

Er blickte von einem zum anderen, brauchte einen Moment. »Ja, hatte ich.«

Raucherstimme.

»Dürfen wir kurz reinkommen?«

Er ging ins Wohnzimmer vor und bot ihnen Platz an. Es roch frisch gelüftet, was Steiger wunderte. Wohnungen mit solchen Bildern an den Wänden und solchen Möbeln rochen meist anders.

»Sie hatten angerufen, weil Sie etwas gehört und gesehen haben gestern Abend.«

»Ja, hab ich. Ich war draußen an den Mülltonnen, und da hab ich aus der Richtung, wo es passiert ist, Schüsse gehört.«

»Sie haben gleich gewusst, dass es Schüsse waren? Das können Sie erkennen?«

»Ja, kann ich, ich war zwölf Jahre beim Bund.«

Daher das akkurate Lüften, dachte Steiger.

»Es war sogar zu hören, dass sie wahrscheinlich nicht im Freien abgefeuert worden sind, mehr in einem Haus, wo vielleicht ein Fenster oder eine Tür offen steht.«

»Wie viele?«

»Gehört hab ich drei.«

»Wie weit ist es von hier bis zum Tatort?«

»Ein-, zweihundert Meter Luftlinie sicherlich.« Er zeigte in die Richtung. »Und wenn der Wind günstig steht … Man konnte es jedenfalls deutlich hören.«

»Und dann haben Sie etwas gesehen?«

»Ja, es kam jemand kurz danach aus Richtung der Villa gelaufen. Ich meine, da wusste ich ja noch nicht, dass es die alte Konrad-Villa war, hab ich ja erst hinterher erfahren. Ich dachte erst, es wäre wieder was in den Wohnungen der Ölaugen gewesen, war es aber nicht.«

Der Blick des Mannes glitt immer wieder zu Jana hinüber und haftete auf ihr, auch wenn er mit Steiger sprach.

»Was meinen Sie damit?«

»Zwei Straßen weiter ist so ein Hauskomplex, da wohnt nur Ausländerpack, und da ist oft Remmidemmi.«

Steiger sah John einen Moment wortlos an, aber der Blick des Mannes blieb fest.

»Sie scheinen mit der Ausländerpolitik unseres Staates nicht ganz einverstanden.«

»Das kann man so sagen.«

»Geht's verbal trotzdem etwas gemäßigter, Herr John?«

»Nä, geht es nicht. Sehen Sie doch mal, was hier im Dortmunder Norden los ist, was haben die denn aus der Gegend gemacht. Ich habe die Kaftanträger, Schwatköppe und Beuterussen nicht hergeholt, da muss ich mich auch nicht zurückhalten.«

Steiger sah Jana an, die zuckte mit den Schultern.

»Kommen wir mal zu den Schüssen zurück. Können Sie was zum Zeitpunkt sagen?«

»Auf die Uhr habe ich nicht geschaut, es muss so gegen sieben gewesen sein.«

»Und Sie haben einen Mann laufen sehen? Wohin, woher, wie sah der aus?«

»Als ich es knallen gehört habe, bin ich von den Mülltonnen an die Straße, und da kam er kurze Zeit später aus Richtung der Villa, bog dann an der Ecke drüben ab«, er deutete in eine Richtung, »und dann war er weg.«

»Wie sah er aus?«

»Weiß ich nicht genau, es war ja schon dunkel, und so gut sind meine Augen nicht mehr. Er trug 'ne helle Hose, jedenfalls keinen Kaftan, und rannte, wie, tja, echt wie um sein Leben.«

Wieder lag sein Blick lange auf Jana.

»Er muss also jünger gewesen sein, wenn er so schnell rannte«, fragte Jana.

John nickte langsam. »Ja, so wie der rannte, kann er zumindest nicht besonders alt gewesen sein.«

»Aber sonst können Sie nichts weiter sagen? Größe, Statur, Kleidung?«

»Ne, Besonderes war da nichts. Der sah halt normal aus, vielleicht eins achtzig groß, eher schlank, nur dass er eben wie ein Bescheuerter rannte.«

»Und ob er vor etwas wegrannte, haben Sie nicht sehen können?«

John schüttelte stumm den Kopf.

Jana nickte kurz Steiger zu und stand auf. Steiger blieb noch sitzen.

»Sie wohnen ja nun in der Nachbarschaft, Herr John, haben Sie irgendwann mal in letzter Zeit etwas Auffälliges an der Villa Konrad bemerkt? Personen, Autos.«

»Ich hab nur bemerkt, dass da seit 'nem knappen halben Jahr von außen zumindest die Einfahrt und der Hof dahinter neu verlegt worden sind, und innen scheint auch was gemacht worden zu sein. Vor Monaten stand mal kurze Zeit 'ne Mulde im Hof. Aber sonst hab ich nichts Auffälliges bemerkt.«

»Was passiert zurzeit in dem Haus.«

»Auf dem Parkplatz stehen öfter Autos, wenn ich da mit dem Hund gehe, aber eigentlich gehe ich immer in die andere Richtung, wegen der Grünflächen.«

Wieder einer, der jedes kleine Stück Rasen in ein Hundescheißhaus verwandelt.

»Was da in dem Haus vor sich gehen könnte, wissen Sie nicht.«

»Kann schon sein, dass da irgendwelche Rumänen ihre Schwestern zum Vögeln anbieten, das passiert doch mittlerweile überall, aber was da wirklich läuft ... Ich hab keine Ahnung.«

»Okay, Herr John, vielen Dank bis hierhin«, sagte Steiger, stand ebenfalls auf und ging mit Jana Richtung Flur. John folgte ihnen. »Ihre Aussage müsste noch einmal im Präsidium aufgeschrieben werden, wenn es geht, heute oder morgen.«

John nickte. »Kriege ich da noch eine Vorladung?«

»Das hier ist eine Vorladung. Melden Sie sich an der Pforte des Präsidiums und fragen Sie nach der Mordkommission.«

»Wen haben die denn da abgeknallt? Ich meine, solange

sich das Gesindel gegenseitig über den Haufen schießt, ist es ja egal, im Gegenteil, aber man will es ja wissen, wenn so was in der Nachbarschaft passiert.«

»Es ist ein Mensch umgekommen, und es sind Menschen verletzt worden.« Steiger ging die fünf Stufen nach unten. »Und viel Erfolg weiterhin auf dem Weg der Nächstenliebe und Toleranz, Herr John.«

Er sagte es im Gehen und ohne sich umzudrehen.

14

2003

Nadeschda erwachte. Sie blickte zum Fenster und versuchte einzuschätzen, wie spät es war und wie lange es noch dauern könnte, bis auf dem Flur zum Wecken gebrüllt wurde.

Ab da hatten sie fünf Minuten Zeit, um zur Toilette zu gehen, sich zu waschen und in Sportzeug in Zweierreihen vor der Tür zu stehen. Denn der Tag hier begann mit einem Marsch vor dem Frühstück, bei dem zwischendurch manchmal gelaufen wurde. Wie lange die Strecken waren, die gelaufen werden mussten, hing von Boris ab und davon, ob am Tag vorher irgendetwas in der Gruppe vorgefallen war, ob eine von ihnen aus der Reihe getanzt war oder ob jemand eine Regel gebrochen hatte. Und dafür gab es genügend Gelegenheiten, denn der Tag war gespickt mit Regeln.

Sie mochte diese Momente zwischen Erwachen und Aufstehen, weil es hier an diesem Ort an den meisten Tagen die einzige Zeit war, in der sie mit sich allein sein konnte. Sie hob ein wenig den Kopf und blickte auf die vier anderen in den Etagenbetten an der Wand gegenüber, aber alle schliefen noch. Das galt auch für Dajana im Bett über ihr, das konnte sie hören, denn sie hatte sich seit ihrem Erwachen noch nicht bewegt.

Sie verbrachten diese Wochen in alten Militärbaracken, die nur im Sommer bewohnbar waren, weil die Armee, als sie die Gebäude vor Jahren aufgab, alles mitgenommen hatte, auch die Öfen, und manchmal fiel auch das Wasser eine Zeit lang aus. Die Räume stanken, weil die Sonne und der Wind im Frühling und im Sommer die kalte Feuchtigkeit des langen Winters nie ganz aus den Wänden saugen konnten. Aber sie waren ja auch nicht hier, um sich wohlzufühlen oder eine angenehme Zeit zu verbringen. Diese Lager gab es nur für Jugendliche und Kinder, die in der Schule oder zu Hause durch Aufsässigkeit und Widerstand aufgefallen waren. Kinder mussten gehorchen, darüber herrschte Einvernehmen, damit sie nicht noch mehr zur Last wurden als ohnehin schon, und wenn sie das nicht taten, musste man ihren Willen brechen, und dabei war es egal, ob in den eigenen vier Wänden ansonsten intensiv gebetet wurde oder ob der Kommunismus in den letzten Jahrzehnten Gott zum Teufel gejagt hatte. Der Wille zum Gehorsam war das Ziel der Aufenthalte in diesen Ferienlagern. Die meisten Eltern wollten ihre Kinder gezähmt wiederhaben oder zumindest gezähmter. Das, was sie mit Schlägen nicht geschafft hatten, sollte hier passieren. Alle wurden zu Hause geschlagen, Nadeschda kannte niemanden in ihrer Klasse, der nicht geschlagen wurde, die meisten heftig. Manche Väter achteten darauf, dass die Mädchen keine Narben behielten, denn sie mussten noch verheiratet werden, aber geschlagen wurden auch sie, und dickere Schläuche machten eben keine Narben.

Nadeschda empfand die Zeit im Lager trotzdem nicht belastend oder gar als Qual, und das hatte zwei Gründe: Sie mussten dort oft Sport bis zur Erschöpfung machen, und es herrschte eine fast militärische Pflicht zum Gehorsam, aber es wurde niemand geschlagen; und es lag an Boris. Sie hätte nicht sagen können, wie alt er war mit seinem Igelschnitt über der faltigen Stirn und dem braunen Gesicht. Sie schätzte ihn nicht so alt wie Onkel Gennadi, und er war früher nicht nur Soldat gewesen, sondern sogar mal in irgendeinem Krieg angeschossen worden, das hatten die anderen Aufpasser erzählt. Das war auch der Grund dafür, dass er zwar nicht humpelte, aber dass sein Gang und sein Lauf ein wenig unrhythmisch waren, dass seine Schritte nie gleich lang waren. Und wenn er eine kurze Hose trug, beim Schwimmen oder beim Sport, sah man die Narbe am Oberschenkel.

Draußen sangen die Vögel schon sehr intensiv, lange konnte es nicht mehr dauern.

Anastasia lag in der Baracke nebenan. Bei der Aufteilung wurde vermieden, dass Freundinnen zusammen auf ein Zimmer kamen, und dass Anastasia ihre Freundin war, wussten alle. Bei Dajana hatten sie es übersehen, was kein Wunder war.

Dass Boris Soldat gewesen war und mal Soldaten ausgebildet hatte, spürte man in jeder Sekunde, die man mit ihm verbrachte. Er duldete kaum Widerspruch, lachte so gut wie nie, und er konnte hart sein, wenn jemand zu früh aufgab, wenn bei den Märschen, beim Laufen oder beim Schwimmen eine von ihnen vorgab, nicht mehr zu können, denn er hatte ein Gespür dafür, wenn es nicht so war. Wer bei den Liegestützen betrog, machte zehn extra, die letzten drei mit seinem Fuß im Nacken.

Und diese Unnachgiebigkeit zeigte er auch, wenn es um ihn selbst ging. Was immer er den Mädchen abverlangte, machte er vor, wenn es sein musste zweimal. Und wenn sie nach dem Abendessen bis zur Nachtruhe eine Zeit für sich auf den Zimmern hatten, rannte er bis zur Erschöpfung durch die Landschaft.

Trotzdem ging etwas von ihm aus, das den Mädchen die

Angst nahm, vielleicht weil er bei aller Härte, die ein russisches Soldatenleben bedeutete, eine Stelle in sich bewahrt hatte, an der ihm ein Gefühl dafür geblieben war, wann etwas Richtiges falsch wurde, wann Strenge zur Demütigung wurde. Und wer ihn erlebte, wenn er bei den Liegestützen den Fuß in den Nacken stellte oder eine von ihnen anschrie, die weinerlich zusammenbrach, wurde manchmal davon überrascht.

Er übte den ganzen Tag Macht aus, aber er tat es mit dem Anspruch, sich ihrer würdig zu erweisen, und war unnachgiebig gegenüber allen, die sie für etwas benutzten, was in seinen Augen falsch war. Nadeschda erinnerte sich an das Lager im letzten Sommer. Einer der Aufpasser war Juri. Auf den Märschen oder beim Sport schrie er die Mädchen an, aber sobald Boris nicht dabei war, tat er so, als sei er auf ihrer Seite. Nicht indem er es sagte, aber sein Verhalten veränderte sich augenblicklich. Irgendwann erzählten sich ein paar der Mädchen, dass er sie angefasst hatte, zunächst nur ein wenig, hier und da versteckt beim Sport, dann aber, wenn er sie allein traf, ganz offen und fordernd. Als zwei sich wehrten, hatte er ihnen gedroht. Die Mädchen hatten sich nicht getraut, damit zu Boris zu gehen, aber eine der Frauen unter den Aufpassern hatte ein Gespräch mitgehört. Boris hatte sie danach einzeln zu sich kommen lassen und befragt, um festzustellen, dass sie nicht logen, und sie hatten gegenseitig bezeugt, dass es so war.

Am nächsten Tag war Juri verschwunden.

Nadeschda hörte das Schlagen der Schwingtür, das dem Brüllen zum Wecken vorausging. Kurz danach wurde ihre Tür aufgerissen, und eine der Aufpasserinnen rief noch mal ins Zimmer, dass sie aufstehen sollten. Nadeschda stieg aus dem Bett und sah, dass Dajana über ihr doch schon wach war und ein schmerzverzerrtes Gesicht machte.

»Was ist los?«

»Ich krieg meine Tage.« Sie lächelte gequält.

»So schlimm.«

»Nicht immer, nur manchmal, da hab ich zwei Tage vorher immer ziemliche Krämpfe.«

Sie setzte sich auf, die Beine hingen über der Kante.

»Dann sag Boris, dass es nicht geht.«

Dajana schüttelte den Kopf. »Nein, manchmal wird es besser, wenn ich mich bewege, und ich will nicht, dass wir wegen mir irgendeine Strafe bekommen.«

Nadeschda half ihr vom Bett, und sie gingen gemeinsam zum Waschraum.

Ein paar Minuten später standen sie wie üblich in Sportzeug auf dem Platz zwischen den beiden Barackenreihen, wo aus den Nähten der Betonfelder immer noch Gras und Kräuter wuchsen, obwohl sie gleich am zweiten Tag einen ganzen Nachmittag den Platz gesäubert hatten. Heute marschierten sie mit Boris allein, was selten war. Meist war einer der anderen mit dabei.

Die Baracken lagen wie alle Militärstandorte weit abseits der nächsten Ortschaft in der Steppe, und so marschierten die Mädchen mit zügigem Schritt und leeren Mägen durch einen warmen russischen Morgen mit mildem Licht. Es hatte seit Wochen nicht geregnet, und das Gras in der Steppe begann an einigen Stellen schon, braun zu werden.

Nadeschda ging zwei Reihen hinter Dajana und sah schon bald, wie diese sich beim Gehen krümmte und nach wenigen Hundert Metern das Tempo nicht mehr mithalten konnte. Auch Boris fiel es auf, und er rief zum Halten.

»Was ist los, Pertseva?«

»Ich habe Schmerzen.«

»Wo?«

»Dort.« Dajana rieb die Stelle unterhalb des Bauchnabels.

»Was Falsches gegessen?«

»Nein.«

»Was dann? ’ne Idee?«

»Ja.«

»Geht’s etwas ausführlicher.«

»Ich kriege meine Tage.« Sie sagte es leise und sah dabei nach unten.

»Und darum kannst du nicht gehen?«

»Ja, manchmal tut es weh.«

»So, dass du nicht gehen kannst?« Das Unverständnis veränderte seine Stimme.

»Es tut halt weh. Aber es geht vielleicht gleich wieder.«

»Wenn alle Frauen so ein Gewese darum machten, sähen wir ja niemanden von euch mehr normal über die Straße gehen.«

»Es tut weh.« Bei diesen Worten zuckte sie und verzog das Gesicht.

»Und jetzt sollen wegen dir hier alle warten? Stell dich nicht so an, Pertseva. Seit Millionen von Jahren haben Frauen damit zu tun, mach nicht so eine Nummer daraus.«

»Ich versuche es.« Dajana stellte sich aufrecht hin und atmete tief durch.

»Das ist ungerecht.«

Boris sah Nadeschda mit scharfem Blick an. »Habe ich dich gefragt, Barbashina?«

»Nein, aber es ist ungerecht.«

»Ich will jetzt nicht diskutieren, wir gehen weiter.«

Dajana sah Nadeschda an, schüttelte kaum merklich den Kopf und machte eine beschwichtigende Handbewegung. Dann gingen sie weiter, und es war zu sehen, wie sehr Dajana sich quälte. Aber sie hielt durch, und es wurde bis zum Schluss keine Strecke gelaufen, was ungewöhnlich war.

Bei der Rückkehr auf das Gelände stellten sie sich wie immer noch einmal auf und durften erst gehen, nachdem Boris sie dazu aufforderte.

»Barbashina, ich will mit dir reden, in meinem Büro.«

Alle anderen Mädchen sahen Nadeschda an, sie fing nur Dajanas und Anastasias Blicke auf, in denen Sorge war.

Boris hatte sein Büro drei Baracken weiter. Sie folgte ihm hinein, er setzte sich hinter seinen Schreibtisch und blickte einen Moment wortlos nach unten.

»Ich mag keine Widerworte, das weißt du, auch noch vor allen und in einer Sache, die einen nichts angeht. Ich will das nicht noch mal erleben.« Sein Ton war scharf.

»Aber es war ungerecht.«

»Du hast das nicht zu entscheiden.«

»Aber Sie können das auch nicht entscheiden, denn Sie sind ein Mann.«

»Das ist völlig gleichgültig. Alle anderen Frauen machen kein Gewese davon.«

»Das stimmt nicht, und es ist auch kein Gewese. Und Sie können das nicht beurteilen, weil Sie ein Mann sind. Ich sage Ihnen ja auch nicht, dass Sie anders gehen sollen, weil ich nicht weiß, wie weh es tut, angeschossen zu werden.«

Er stand langsam auf, kam etwas nach vorn und stützte sich mit beiden Fäusten auf der Schreibfläche ab. Sein braunes Gesicht wurde dunkler, und Nadeschda konnte ihn atmen hören.

»Du kannst frühstücken gehen«, sagte er nach einer Weile, seine Stimme war leiser als vorher.

Nach dem Frühstück packten sie ihre Sachen zum Schwimmen, denn einmal in diesen zwei Wochen fuhren sie einen ganzen Tag an den nächstgelegenen See. Was so sehr nach Ferien klang, war in Wahrheit einer der härtesten Tage in diesen zwei Wochen und bedeutete zunächst eine Busfahrt von gut einer Stunde. Bevor sie einstiegen, stellten sie sich in der üblichen Formation auf, weil dieses militärische Ritual immer vor und nach allem stattfand. Boris stellte sich wie immer vor die Gruppe und prüfte, ob alle vollzählig erschienen waren. Zum Schwimmen begleiteten ihn drei andere Aufpasser. Es verging eine Zeit, in der niemand etwas sagte.

»Pertseva, was ist mit deinen Schmerzen?«

Diese Frage kam so überraschend für alle, auch für Dajana, dass sie nicht sofort antwortete.

»Bin ich zu verstehen, Pertseva?«

»Ja«, sagte Dajana, »ich verstehe Sie. Ich habe noch Schmerzen.«

»Wenn es nicht geht, kannst du hierbleiben.«

Wieder vergingen einige Sekunden, bevor Dajana antworten konnte.

»Ich …«, sie musste sich räuspern, »ich denke, es wird gehen.«

»Gut, dann fahren wir.«

Er machte eine etwas wirre Handbewegung Richtung Bus, und Nadeschda hatte den Eindruck, er vermied es so sehr, in ihre Richtung zu sehen, dass er sie mit keinem Blick intensiver hätte ansehen können.

Sie stiegen ein und fuhren los.

15

2013

Der weiße Sprinter der Kriminaltechniker stand vor der Villa Konrad.

Sie hatten nach der Anhörung Johns noch in den drei Firmen nachgefragt, die dem Tatort am nächsten lagen, aber von den Leuten, die sie angetroffen hatten, war nur einer der Inhaber zur Tatzeit noch in seinem Büro gewesen, und der hatte erst von der Sache etwas mitbekommen, als er auf dem Heimweg zweimal kontrolliert worden war. Ansonsten waren meist nur Reinigungskräfte in den Gebäuden gewesen, die um diese Zeit ihre Arbeit erledigten, aber um sie zu befragen, mussten erst ein paar Telefonate geführt werden.

Bevor sie dazu wieder ins Präsidium fuhren, wollte Steiger einen Blick auf den Tatort werfen. Er hätte beim besten Willen nicht sagen können, in wie vielen Kommissionen er im Lauf der Jahre mitgearbeitet hatte, meist Mordkommissionen, doch die ein oder andere größere Brandstiftung oder schwere Vergewaltigung war auch dabei gewesen. Irgendwann war ihm aufgefallen, dass er mit einem besseren Gefühl ermittelte, wenn er sich ein Bild von dem Ort gemacht hatte, wo es passiert war, wenn er dort gewesen war. Sicherlich hatte es damit zu tun, sich später bei der ein oder anderen Frage die Vorstellung erleichtern zu können, was wie geschehen sein könnte, aber es war auch etwas anderes. Er hatte das Gefühl, dass in dieser Atmosphäre noch ein Rest der Energie dessen, was da passiert war, existierte und etwas in ihm auslöste. Er hätte es nicht genau beschreiben können, aber es war eine Kraft. Er kam sich ein wenig eigenartig vor bei diesen Gedanken, denn eigentlich war so Zeugs mehr Battos Sache, und wäre der Freund ihm mit so einer Erklärung gekommen, hätte er ihm das wahrscheinlich als esoterischen Scheiß um die Ohren gehauen. Aber er spürte es deutlich, dass etwas mit ihm vor sich ging, dass die Begegnung mit diesen Orten eine Regung in ihm wachrief und dass er anders von dort fortging, als er gekommen war.

Die Tür war verschlossen, und er klopfte. Heiner Thees öffnete. Thees war schon so lange im KK 11, wie Steiger denken konnte, und als Tatortmann ein alter Hase. Er trug einen weißen Overall, aber die entspannte Version ohne Mundschutz und Überzieher über den Schuhen, und er hielt ein Diktiergerät in der Hand.

»Morgen Heiner.«

»Morgen.« Thees machte ein fragendes Gesicht.

»Wir wollten uns mal den Tatort ansehen, geht das schon?«

Er nickte und winkte sie knapp herein.

»Hier unten sind wir ziemlich fertig, die KTUler sind noch oben im Raum, wo die Tote lag, da können wir zumindest noch nicht rein.«

Er blieb am Anfang des Flurs stehen, von dem fünf Türen abgingen. Bei einer der beiden Wandlampen fehlte der Glasschirm.

»Hier lag die Schwerverletzte …« Er zeigte auf einen großen dunklen Fleck im roten Teppichfilz, aus dem ein kleines Quadrat rausgeschnitten worden war. »Wir haben bisher über zehn Einschüsse gezählt, einen hier«, er deutete auf ein Loch in der Wand in Kopfhöhe, »einen dort, haben aber nur sechs Hülsen gefunden. Wahrscheinlich haben also mindestens zwei geschossen, davon einer mit ’nem Revolver. Der dritte Einschuss hier unten ist dort Richtung Ausgang in Kniehöhe. Da war auch Gewebe und ein wenig Blut auf dem Boden.«

Thees öffnete die zweite Tür links.

»Hier ist auch jemand verletzt worden, auch etwas heftiger. Wir haben auf dem Bett reichlich Blut gefunden und zwei Einschüsse in der hinteren Wand und im Boden, beide durch das Bett.«

Das Zimmer war klein, und außer dem Bett standen noch ein Tisch und ein Sessel darin. An den Wänden die üblichen kitschigen Ekstasebilder. Passten gar nicht zum Rest, fand Steiger, weil den Möbeln und Tapeten dieses Versifft-Plüschige fehlte, das man in solchen Tempeln sonst so oft antraf.

»Was ist in den anderen Räumen?« Jana stand in der Tür und zeigte den Flur entlang.

»Zwei der Zimmer sehen ähnlich aus wie dieses, dann gibt es noch ein Bad und eine Bar. In den Räumen ist aber nicht geschossen worden. Der Rest hat wohl oben stattgefunden.«

Thees stieg die Treppe hinauf.

»Was ein bisschen eigenartig ist: Das Haus scheint nicht dauernd bewohnt zu sein, ich meine, es scheint niemand hier zu leben oder ständig hier zu sein. In den anderen Bars und Puffs dieser Art gibt es ja meist ein paar Zimmer, in denen die Mädels wohnen, sich was kochen oder essen. Hier fehlt das alles. An Vorräten hast du eigentlich nur Sachen, die man für eine Feier braucht. Alkohol reichlich, salzige

Knabbersachen, Schokolade und ein bisschen Obst, Erdbeeren zum Beispiel. Aber 'ne anständige Mahlzeit könntest du dir hier nicht zubereiten, im Gefrierschrank ist nur Eis.« Er blieb am Kopf der Treppe stehen. »Was noch eigenartiger ist: Wir haben keinerlei Personalpapiere gefunden. Weder von der Verletzten noch von der Toten, auch sonst keine Handtasche, keine Ausweise in irgendwelchen Klamotten, weil auch die kaum zu finden sind, wo doch anzunehmen ist, dass nicht alle ihre Klamotten anhatten, aber nichts. Und wenn wir mal schätzen, anhand der Gläser und Betten, die benutzt waren, müssen mindestens zehn Menschen hier gewesen sein, vielleicht auch ein paar mehr. Warten wir mal die Auswertung der Fingerspuren ab.«

Er ging weiter zu dem Zimmer, aus dem Geräusche und Stimmen kamen.

»Die, die noch abhauen konnten, werden ihre Sachen mitgenommen haben, das hätte ich auch getan, vor allem meine Papiere«, sagte Jana, »und bei der Verletzten und der Toten gehen wir doch davon aus, dass sie Nutten waren, oder? Dann sind das in solchen Läden meist Osteuropäerinnen, und die haben sowieso nichts, was man finden könnte. Einen Ausweis schon gar nicht.«

Thees blieb vor der Tür stehen.

»Schon richtig. Auffallend ist nur, dass wir gar nichts gefunden haben, nicht mal 'ne verdammte Bahnsteigkarte. Dafür aber reichlich Blut.« Er ging zur Seite und gab den Blick in den Raum frei.

Die beiden Kollegen waren so vermummt, dass Steiger Wolf Richter nur deshalb erkannte, weil sie mal ein paar Jahre ein Büro beim Einbruch geteilt hatten und er diese Nase, von der man jetzt nur den oberen Teil sah, selbst dann dem Kollegen hätte zuordnen können, wenn er sie nach einer Bombenexplosion abgetrennt auf dem Bürgersteig gefunden hätte. Der andere Kollege schien einer der neuen Jüngeren bei der KTU zu sein.

Richter blickte auf und hielt einen Moment inne.

»Morgen, Steiger.«

»Morgen Wolf.«

Er schwitzte, und das wenige, das von seinem Gesicht zu sehen war, glänzte.

»Ist das da tatsächlich ein Blutfleck?« Steiger zeigte auf eine dunkle Stelle im Teppich, die einen Durchmesser von mindestens einem Meter hatte.

»Ja, er hat ihr in den Hals geschossen, sollte vielleicht sogar ein aufgesetzter Schuss sein, hat aber das Genick verfehlt, so wie es aussah, dafür aber die Halsschlagader geöffnet. Sie ist verblutet, nehm ich an.«

Steiger überlegte, dass der Teppich einen Teil des Blutes aufgenommen haben musste und dass auf Fliesen die Lache wahrscheinlich noch größer gewesen wäre. Er hatte viel Blut in seinem Leben gesehen, aber an eine solche Lache konnte er sich nicht erinnern.

Sein Handy klingelte, die Nummer war unterdrückt.

»Adam.«

»Griese hier. Thomas, seid ihr mit euren Ermittlungen durch? Oder könnt ihr was einschieben?«

»Können wir.«

»Ich bräuchte jemanden, der zur Obduktion fährt. Ich bin hier im Augenblick unabkömmlich. Ist beim Bestatter, du kennst das doch. Was wichtig ist: Wir brauchen ein Foto vom Gesicht der Toten, bevor sie den Schläfenschnitt machen, für eine eventuelle Veröffentlichung. Ich hab mit der

Frau des Bestatters telefoniert, die hat alles dabei, um sie herzurichten. Der Fotograf und jemand von der KTU sind schon da.«

»'ne Viertelstunde brauchen wir aber, wir sind im Augenblick am Tatort.«

»Kein Problem, die Obduzenten sind auf dem Weg und werden noch nicht da sein, sie sind auch informiert, ich hab eben noch mit denen gesprochen.«

Steiger drückte das Gespräch weg und sah Jana an. »Wir fahren zur Obduktion, alles Weitere erzähl ich im Auto.«

Sie verabschiedeten sich und gingen.

16

Griese hatte sich verrechnet, denn Steiger und Jana kamen gemeinsam mit den Obduzenten auf dem Parkplatz des Bestatters an. Steiger kannte die Ärztin von einer Obduktion vor Jahren, hatte aber ihren Namen vergessen. Sie kam lächelnd auf sie zu und reichte beiden die Hand.

»Guten Tag, Frau Goll, guten Tag, Herr Adam.«

»Guten Tag, Frau Dr. Brunner«, sagte Jana.

Ihm war schon oft ihr gutes Gedächtnis aufgefallen.

Die beiden mitgereisten Assistenten schleppten drei Koffer hinein, und sie folgten ihnen.

Die Leiche lag nackt in Rückenlage auf dem Obduktionstisch; bis auf eine große Wunde am Hals und viel Blut im Gesicht und in den Haaren schien sie unversehrt. Ein junger Kollege von der KTU hatte den Torso mit Klebestreifen abgeklebt und war dabei, diese durchzunummerieren. Jana begrüßte ihn wie einen Bekannten, erwiderte aber sein Lächeln nicht. Als er fertig war, machte der Fotograf zwei Bilder fürs Protokoll. Bestatter Pachulke und eine Frau standen in einer Ecke und grüßten wortlos.

»Die Identität der Toten steht nicht fest, Frau Dr. Brunner«, sagte Steiger, »ist es okay, wenn wir vorher, also vor dem Schläfenschnitt, ein Foto für eine Veröffentlichung machen? Dafür müssten wir sie nur ein wenig herrichten, Sie kennen das ja.«

Nach dem Schläfenschnitt wurde der Leiche die Gesichtshaut ein Stück weit heruntergezogen, um das Schädeldach zu öffnen, und Steiger hatte noch nie erlebt, dass sie dasselbe Gesicht hatte, nachdem man sie wieder hochgezogen hatte. Es war immer erstaunlich, weil es doch bis auf die letzte Zelle dasselbe Gewebe war wie vorher, aber es war nicht mehr dasselbe Gesicht.

Die Obduzentin krempelte die Ärmel ihres Kittels auf, zog sich Latexhandschuhe an und trat an die Leiche. Sie befühlte vorsichtig die Wunde am Hals.

»Ist okay, nur an der Wunde müssten sie vorsichtig sein. Warten wir halt ein wenig.« Sie sagte den Satz in Richtung der Bestatter mit einem Nicken.

Der KTUler, den Jana mit Matthias begrüßt hatte, zog die letzten Klebestreifen vom Bauch der Toten ab und sicherte sie auf einer Folie.

»Sie können ja schon anfangen, ich muss nur noch Fingerabdrücke nehmen, und das geht auch dabei, oder?«

Der Bestatter nickte und schob die Leiche ein Stück nach oben, sodass der Kopf über dem Becken hing. Nicht anders als beim Frisör, dachte Steiger. Die Frau verteilte etwas Shampoo im verklebten Haar, begann, es zu waschen, und Steiger roch, dass es Apfelshampoo war. Ihr Mann wusch vorsichtig das getrocknete Blut vom Gesicht. Nachdem sie das schulterlange Haar frottiert hatten, zogen sie die Tote zurück in die alte Position und legten ihr einen großen Holzkeil unter die Schulter. Die Totenstarre begann schon nachzulassen, genügte aber noch, um den Kopf in der Schwebe zu halten.

Die Obduzenten begannen, ihr Besteck auszupacken, und unterhielten sich dabei über eine Geburtstagsfeier des

Chefs, für die noch ein Geschenk besorgt werden musste. Die Entscheidung fiel auf eine Kiste Wein.

»Jetzt hab ich vorher gar nicht drauf geachtet, ob sie einen Scheitel hatte, aber ich nehme an, wir kämmen es eh nach hinten, dass man das Gesicht erkennt.« Frau Pachulke sah Steiger an.

»Ja, am Gesicht hat sie ja nichts, für ein Identifizierungsfoto ist die Frisur nicht so wichtig.«

Sie stellte sich hinter die Leiche und begann zu föhnen.

Ihr Mann hatte das blasse Gesicht schon vorsichtig mit Make-up bedeckt und rieb ihr etwas Rouge auf die Wangen.

Wie so oft, wie eigentlich bei jeder Leiche, fiel Steiger auf, wie wenig Ähnlichkeit Tote mit Schlafenden hatten. Da kann er sich bemühen, wie er will, dachte Steiger, er kriegt das Leben nicht wieder in sie hineingeschminkt. Aber das war ja auch nicht der Sinn der Sache.

Als sie fertig waren, stellte sich der Fotograf auf einen Hocker vor dem Obduktionstisch, um das Gesicht frontal fotografieren zu können. Er machte noch ein paar Bilder aus anderen Positionen und nickte irgendwann wortlos den Obduzenten zu.

Einer der Assistenten trat mit Zollstock an die Leiche und maß ihre Größe.

»Eins achtundsechzig.« Er sagte es, ohne hochzusehen.

Dr. Brunner nahm ihr Diktiergerät.

»Eins Punkt. Leiche einer nicht identifizierten Frau. Schlank, guter Ernährungszustand. Geschätztes Alter zwischen zwanzig und dreißig Jahren. Absatz.

Zwei Punkt. Die Leiche ist nackt, die Spurensicherung der Kriminaltechnischen Untersuchung ist abgeschlossen. Absatz.

Die Leiche ist ausgekühlt, die Zeichen des Todes …«

Steiger tastete in seiner Tasche nach den Zigarillos und stellte fest, dass er sie zu Hause vergessen hatte.

17

Jana parkte den Wagen rückwärts ein, und Steiger übertrug den Kilometerstand ins Fahrtenbuch. Auf dem Weg zum Eingang kam ihnen Batto mit einem jungen Kollegen entgegen. Wie so oft, wenn er den Freund ein paar Tage nicht gesehen hatte, fiel Steiger auf, dass Batto aussah wie grade dem Uniformenkatalog entstiegen. Seit sie die blaue Version trugen, kam das Graue in seinem Haar deutlicher durch. Aber es änderte nichts an seiner Attraktivität. Batto lächelte beim Näherkommen.

»Wie schön, ihr zwei, hallo Jana.«

Er schickte den Jungen mit der Tasche und den Klamotten vor, um schon mal den Streifenwagen aufzurüsten, und reichte beiden die Hand. Steiger war kein Händeschüttler, aber auf den Touren der Schutzpolizei und in den meisten Kommissariaten war das oft ein ungeschriebenes Gesetz zu Dienstbeginn, weil sie es scheinbar für ein Zeichen von Respekt hielten. Steiger fand, dass der Respekt nicht daran hing und es manchmal sogar etwas Lächerliches hatte, bei Menschen, die man jeden Tag sah, immer erst eine Runde zu drehen und ja keinen zu vergessen, auch die nicht, vor denen man keinen Respekt hatte.

»Lange nicht gesehen«, sagte Batto und gab Steiger einen sanften Hieb auf die Schulter.

»Du arbeitest ja immer, wenn normale Menschen leben.«

»Laber nicht. Außerdem: Die Arbeit ist doch unser Leben, bei dir doch auch, oder?« Er legte Steiger mit einem Lächeln den Arm um die Schulter und schüttelte ihn. »Wollen wir nach dem Spätdienst ein Bier trinken, ich komme auch zum ›Totenschädel‹.«

»Ich bin in der MK und weiß nicht, wie lange es heute geht, ist der erste Tag. Ich kann dich ja anrufen, wenn es klappt.«

»Sehr schön, macht's gut.«

Der Junge hatte den Streifenwagen schon vorgefahren. Bevor Batto einstieg, stoppte er.

»Ach, Jana«, er kam zurück und fasste mit der Rechten den Unterarm der Kollegin, »ich habe von der Sache mit Sven gehört und hab's auch gelesen. Wie geht es dir damit?«

Batto, wie er leibt und lebt, dachte Steiger. Bei manchen Menschen sah so etwas aus wie eine Pose, und selbst bei vielen, die das professionell machten, spürte Steiger oft, dass eine solche Frage eine Folge ihres Jobs war, als schwebe eine unsichtbare Erwartung in der Luft. Bei Batto war das anders. Er hatte sich schon immer für die Menschen interessiert. Nur fragte er manchmal ein wenig anders, seit er für ein paar Jahre diese Seminare gegeben hatte.

Jana sah ihn lange an. »Es geht schon«, sagte sie schließlich, aber ihre Augen wurden ein wenig feucht.

Batto nickte, sah Steiger an, dann wieder Jana.

»Sei achtsam mit dir, okay?«

»Ja«, sagte sie tonlos.

»Und du auch, ja«, er sah Steiger an, »mit ihr, meine ich. Mit dir bist du es eh nicht.«

Er gab Steiger noch einen sanften Hieb, stieg ein, und sie fuhren los.

Steiger ließ Jana schon vorgehen und gönnte sich einen schnellen Zigarillo in der Raucherecke auf dem Hof.

Im MK-Raum waren reichlich Leute, und Steiger sah erst jetzt, dass die Kommission größer war, als er gedacht hatte. Er begrüßte zwei Kollegen vom Betrug, die ihm noch nicht über den Weg gelaufen waren. Die BVB-Uhr stand auf Viertel vor sechs, und bis zur Besprechung war noch eine gute Viertelstunde Zeit.

»Du auch einen?«

Jana schüttelte den Kopf.

Steiger nahm sich einen Kaffee, sah, dass keiner der Rechner frei war, und ging in die Räume des Einsatztrupps zwei Etagen tiefer, um den Vermerk über das Gespräch mit John zu schreiben.

Um kurz nach sechs, als er wieder nach oben kam, hatte Griese schon mit der Besprechung begonnen, und der Raum war so voll, dass nur noch ein Platz auf der Fensterbank frei war.

Griese saß am Kopfende des langen Tisches.

»... retrograden Telefondaten, dazu sagt euch jetzt Marcel etwas.«

Marcel Krone war einer der Jungen im KK 11 und in dieser MK der Mann für die Massendaten. Das war eine der wirklichen Veränderungen in der Arbeit und vielleicht nur noch vergleichbar mit dem Aufkommen der DNA-Spuren, dass sie außer für den Tatort und die Akten in einer solchen Kommission jemanden haben mussten, der sich nur um die Telefondaten kümmerte, und es war kein Zufall, dass es einer der Jüngeren war.

»Also, so viel ist dazu jetzt noch gar nicht zu sagen. Wir

haben die retrograden Daten der entsprechenden Funkzelle über einen Zeitraum von vierundzwanzig Stunden gesichert, und es haben sich in dieser Zeit etwas mehr als neunzigtausend Teilnehmer eingewählt, das ist erst mal unsere Basis, mit der wir arbeiten, und gar nicht so viel. Ich hätte bei einem Zeitraum von vierundzwanzig Stunden fast mehr erwartet. Liegt vielleicht daran, dass es nicht absoluter Innenstadtbereich ist. Wir gleichen da jetzt schon mal ein paar Dinge routinemäßig ab, aber das dauert noch ein wenig. Ansonsten ist es wie immer: Wenn ihr Fragen zu irgendwelchen Mobilfunknummern in euren Spuren habt, die ihr nicht selbst recherchiert kriegt, wendet euch vertrauensvoll an mich.« Er sah in die Runde und nickte dann Griese kurz zu.

Zwischendurch war Heiner Thees reingekommen, hatte leise seine Sachen abgelegt, sich einen Kaffee genommen und neben Steiger gestellt.

»Okay, danke Marcel.« Griese sah Thees an. »Hallo Heiner. Und? Was gibt es Neues vom Tatort? Oder willst du erst mal ankommen und einen Kaffee trinken?«

Thees zuckte mit den Schultern. »Nicht so viel, was ihr noch nicht wisst. Wir haben jetzt alles an Spuren gesichert, was da war, und warten auf die Auswertungen. Nach unseren Erkenntnissen müssten vierzehn Schüsse abgegeben worden sein, wenn nicht noch einer irgendwo durch ein offenes Fenster geflogen ist. Oder es steckt noch ein Projektil in einem Opfer, das wir nicht kennen. Denn auch wenn wir die Blutbestimmung noch nicht haben, sind wir mittlerweile sicher, dass wir neben der Toten und der Verletzten mindestens noch einen, wahrscheinlich zwei weitere Verletzte haben. So wie das Blut im Haus verteilt ist, kann es an zwei anderen Stellen nicht von unseren Opfern stammen, nämlich …«, er ging zum Grundriss der beiden Etagen am Whiteboard, »… hier und hier.«

»Du meinst, es sind zwei Leute verletzt, vielleicht schwer verletzt abgehauen? Die muss doch einer gesehen haben.«

»Ja«, sagte Thees, »wenn wir vier verschiedene Blutspuren haben und nur zwei, denen wir sie eindeutig zuordnen können, ist es nicht anders möglich.«

»Dazu passt unsere Spur, wenn ich mal einhaken darf.« Blase zeigte schüchtern auf. »Wir haben einen Arzt aus dem Knappschaftskrankenhaus befragt, der angerufen hatte. Er selbst hat nichts gesehen, aber sein Freund, ebenfalls junger Arzt, hat ihn gestern angerufen und in dem Gespräch etwas von einer eigenartigen Verletzung eines Passanten erwähnt, die wie eine Schusswunde ausgesehen habe. Das Problem dabei: Den Zeugen selbst konnten wir noch nicht befragen, weil er seit gestern mit ›Ärzte ohne Grenzen‹ im Kongo unterwegs ist, das Gespräch war ein Abschiedstelefonat mit dem Freund vom Flughafen, er hat den Kumpel nur noch mal schnell angerufen, um sich zu verabschieden, und es gab noch einiges Organisatorische zu besprechen. Das ist allerdings auch ein Argument dafür, dass er recht haben könnte, denn der Zeuge ist auch schon mit ›Ärzte ohne Grenzen‹ in Afghanistan gewesen und weiß wahrscheinlich, wie Schusswunden aussehen. Wir haben es heute schon ein paarmal versucht – er hat nämlich auch da unten ein Mobiltelefon –, aber keine Verbindung bekommen. Wenn das morgen auch nicht klappt, gehen wir mal über die Organisation.«

»Wo war der Passant verletzt?«

»Konnte unser Zeuge nicht sagen. Der Freund hat es

auch nur beiläufig am Telefon erwähnt. Wie gesagt, es war der Abschied für ein paar Wochen.«

»Danke, Kalle«, sagte Griese. »Sonst noch was dazu?«

Steiger sah Jana mit hochgezogenen Augenbrauen an, nickte, aber sie winkte ab und zeigte auf Steiger.

»Wir hatten auch einen Zeugen, der jemanden um die Zeit hat rennen sehen. Er wohnt zweihundert Meter vom Tatort, hat die Schüsse gehört, als alter Bundeswehrsoldat gleich richtig eingeschätzt und hat dann jemanden laufen sehen aus Richtung des Tatorts, einen Mann, mehr konnte er kaum dazu sagen, der wie um sein Leben gerannt sei, das waren seine Worte.«

»Kann man wie um sein Leben laufen, wenn man verletzt ist?«

Steiger fiel eine der ganz wenigen Geschichten ein, die sein Onkel Karl, der ältere Bruder seines Vaters, aus dem Krieg erzählt hatte. Er war verwundet und musste einen Platz überqueren, den Scharfschützen im Visier hatten. Mit jedem Mal, wenn er sie erzählt hatte, war er sicherer gewesen, dass er trotz Unterschenkel-Durchschuss nie schneller gelaufen war in seinem Leben.

»Ich weiß es nicht, vielleicht gerade deshalb. Und wir wissen ja auch nicht, wo und wie schwer die Leute verletzt worden sind.«

»Wo du schon dabei bist, Thomas: Noch was von der Obduktion?«

»Ja, erst mal haben wir wirklich gute Bilder für die Veröffentlichung gemacht, auch von einer Tätowierung am Bauch, einem Vogel. Die Obduzentin hält das Opfer für nicht viel älter als zwanzig, höchstens fünfundzwanzig, und die Frau hatte noch nicht entbunden. Vom Aussehen her können wir davon ausgehen, dass es eine Osteuropäerin ist, vielleicht Russin, was ja zu den Gesamtumständen passen würde. Todesursache ist eindeutig Verbluten. Der Schuss ist von hinten in den Hals eingedrungen und hat die Halsarterie massiv geöffnet. Ob es ein aufgesetzter Schuss ins Genick werden sollte, ist schwer zu sagen. Es ist zumindest aus ziemlicher Nähe geschossen worden. Sonst waren am Opfer keine Auffälligkeiten, auch keine, die auf Gewalteinwirkung hindeuten.«

Steiger sah, dass einige der Kollegen nickten.

»Danke, Thomas«, sagte Griese.

»Noch zu der Identität.« Thees ging noch einmal dazwischen. »Wir können jetzt wirklich sicher sagen, dass es keinerlei Hinweise, schon gar keine Papiere gibt, die auf eine der Personen hindeuten, die dort waren, das ist schon eigenartig. Als wenn jemand vor unserem Eintreffen wirklich den Staubsauger gespielt hat, was das angeht.«

»Ja, haben wir auch überlegt. Laut Einsatzprotokoll auf der Leitstelle sind zwischen dem ersten Anruf und dem Eintreffen des ersten Streifenwagens fünfeinhalb Minuten vergangen. Wenn man jetzt noch eine leichte Verzögerung einrechnet, bis man anruft, sind es vielleicht gut sechs Minuten, da kriegt man einiges beseitigt. Aber schon richtig, es muss jemand bewusst gemacht haben. Was haben die Teams, die um den Tatort unterwegs waren?«

Die Klinkenputzer brachten wenig mit. Einige der Anwohner hatten etwas gehört, aber kaum jemand hatte etwas gesehen. Ein Junge hatte einen Mann rennen sehen, aber er konnte ihn auch nicht genau beschreiben.

»Okay, Leute, danke.« Griese stand auf und beendete die Besprechung.

Steiger ging zum Körbchen, es lagen zwei neue Spuren darin. Er überflog den Text und sah, dass es mit dem Bier mit Batto klappen könnte.

18

»Die Zuordnung fehlte, die Zuordnung.«

Steiger musste innerlich lachen. Der Vorstopper analysierte für Christa, die Wirtin, mit schwerer Zunge und neuem Vokabular das Abwehrverhalten des BVB in den letzten Bundesligaspielen. Wenn er um die Zeit noch im »Totenschädel« saß, hatte er regelmäßig den Kanal voll, und dann gab es kein anderes Thema für ihn. Seinen Namen hatte er bekommen, weil jeder hier wusste, dass er Ende der Fünfzigerjahre in einem kleinen Klub im Dortmunder Norden, dessen Namen Steiger vergessen hatte, von Max Merkel unter die Lupe genommen worden war und eventuell für den BVB verpflichtet werden sollte. Sein Pech war, dass an dem Tag sein Gegenspieler Lothar Emmerich hieß, der in dem Spiel fünf Tore schoss. Fünf Buden gegen den Vorstopper. Merkel verpflichtete daraufhin »Emma« und nicht ihn.

Niemand wusste, ob die Geschichte stimmte, aber jeder der Stammgäste im »Totenschädel« hätte sie aufs Stichwort bis ins Detail erzählen können. Und zu der Zeit hatte man beim Fußball so wenig von Zuordnung gesprochen, wie heute noch jemand wusste, was ein Vorstopper war.

Helga stellte ihnen noch zwei Bier hin, und Steiger dachte daran, dass es das letzte sein sollte, weil die Arbeit in der Mordkommission nicht erst am Nachmittag begann, wie das meistens beim Einsatztrupp der Fall war.

»Jedenfalls solltest du deine Jana ein wenig im Auge behalten. So wie sie heute Morgen aussah, ist das nicht verkehrt.«

Steiger spürte, dass ihm das »deine« angenehm war, obwohl es eigentlich den Rahmen dessen sprengte, wie man über Kollegen sprach.

»Ja, mach ich schon.« Er trank einen Schluck. »Sie hat Angst, ihn zu besuchen. Aber ich glaub, sie würde es gerne.«

»Ja, klar hat sie Angst. Manche Kollegen stecken so etwas relativ ungerührt weg, aber bei ihr sah das nicht so aus. Und je früher solche Gespräche stattfinden, umso besser. Ach, Scheiße, du weißt das alles.«

Ja, Steiger wusste das alles, vielleicht nicht so professionell wie Batto, und nach außen den Psychoheini zu geben lag ihm gar nicht. Aber vielleicht bekam man in keinem Job intensiver mit, wie viel an diesen Dingen dran war, weil man doch den ganzen Tag mit Paradebeispielen dafür zu tun hatte, was aus einem Menschen werden kann, wenn das Leben ihm schon früh aufs Maul haut, und weil man eben nirgendwo sonst solche Situationen erlebte wie Jana und Sven.

»Wie geht es Caroline?«, fragte Steiger.

»Gut. Ist zurzeit auf einer Fortbildung in Hamburg. Kommt morgen wieder.«

»Wie lange seid ihr jetzt eigentlich schon zusammen?«

»Fast drei Jahre.«

»Ganz schön lange für deine Verhältnisse.«

»Ja, es passt seit langer Zeit mal wieder ganz gut, vor allem emotional. Seit Britta war ich sicher nicht mehr so verliebt.« Er lächelte. »Ehrlich.«

Britta war Battos Ehefrau gewesen, bis vor ungefähr

zwanzig Jahren die Liebe nicht mehr ausgereicht hatte, die großen Unterschiede der beiden auszugleichen. Außer der Erinnerung an eine große Leidenschaft war Batto aus diesen zehn Jahren ein kleines Vermögen geblieben, was auch nicht das Schlechteste war.

»Klingt gut«, sagte Steiger und nahm noch einen Schluck.

»Ja, solltest du auch mal wieder probieren. Vielleicht wird's dir ja wieder gefallen.«

Sie kannten sich seit dreißig Jahren, und Batto war ohne jeden Zweifel das für ihn, was die Leute einen besten Freund nennen, und Steiger war sicher, dass es Batto andersrum genauso sah. Es gab Dinge, die wusste außer dem Freund kein anderer Mensch von ihm. Aber dass er seit langer Zeit zu Eva ging, das hatte er Batto noch nie erzählt, und Steiger hätte nicht sagen können, warum das so war. Sicher hätte er verstanden, dass ein Mann Anfang fünfzig zu einer Prostituierten ging, auch regelmäßig. Aber vielleicht wäre dann in seinem Kopf das gewesen, was jeder sich mit dieser Information zusammengereimt hätte. Und vielleicht wollte Steiger nicht erklären, dass sie oft gar nicht miteinander schliefen, sondern nur die Nacht beieinander lagen und redeten und manchmal sogar aufs Reden verzichteten. Wenn er es einem erzählt hätte, dann Batto, gar keine Frage, aber es gab etwas, das ihn zurückhielt, dieses Besondere zwischen ihm und Eva jemand anderem zu erklären. Und vielleicht wollte er es sich auch selbst nicht erklären, hatte er manchmal den Verdacht.

»Lass man, ich komme schon zurecht.«

Christa hatte sich in Sicherheit gebracht und zapfte wieder, und jetzt erklärte der Vorstopper einem Rentner, der nur dann in den »Totenschädel« kam, wenn seine Frau ihr Theater-Abo abarbeitete, die Geheimnisse der Abwehrarbeit im modernen Fußball. Es ging immer noch um die Zuordnung.

»Wo warst du eigentlich die letzten Tage?«, fragte Steiger. »Hab zweimal versucht, dich anzurufen, aber dein Handy war aus. Und auf deiner Tour haben sie nur gesagt, du wärst nicht da.«

Batto nahm einen Schluck Bier. »Ich war im Krankenhaus.«

Steiger sah ihn an. »Krankenhaus?«

»Ja. Ich habe eine Biopsie machen lassen, machen lassen müssen.«

Jetzt wandte Batto sich ihm zu.

»Biopsie?«

»Prostata.« Batto lächelte. »Wir werden alle älter, mein Lieber. Bei der großen Hafenrundfahrt haben sie festgestellt, dass die vergrößert ist.«

»Und?«

»Morgen kriege ich das Ergebnis.«

Steiger spürte, wie etwas in ihm fest wurde, und er wusste nicht, ob es aus Angst oder Enttäuschung war. Eine Weile schwiegen sie.

»Warum hast du es mir nicht erzählt?«

Batto blickte nach unten. Dann löste er seine Hand vom Bierglas, legte sie auf Steigers Oberschenkel und sah ihn an.

»Keine Ahnung. Vielleicht wollte ich es selbst nicht wahrhaben und dachte mir, wenn ich es niemandem erzähle … Vielleicht war es so was in der Art.«

»Hast du Schiss.«

Batto nickte. »Scheiße, ja, hab ich. Mehr als ich gedacht hätte. Weißt du, man liest so viel darüber … fast jeder Zweite über fünfzig hat das, kannst du hundert mit werden, alles kein Thema. Aber wenn sie es dir sagen, ist es echt noch mal was anderes.« Er nahm einen Schluck Bier. »Dabei ist die Vögelei gar nicht das Wichtigste. Wenn sie dir das Ding wegnehmen müssen, kannst du froh sein, wenn du hinterher noch pinkeln kannst, wann du willst.«

»Das wird schon gut gehen.«

Der Rentner gegenüber an der Theke gab auf, zahlte und ging.

»Ja, sag ich mir auch. Abwarten und erst dann Sorgen machen, wenn es angesagt ist. Na ja, und so ganz unwichtig ist das mit der Vögelei auch nicht.«

Er zog die Augenbrauen hoch und lächelte verlegen.

»Es gibt doch die blauen Pillen.«

»Schon, aber wenn sie dir das Ding mitsamt dem umgebenden Nervengeflecht wegnehmen, nützen die dir wahrscheinlich auch nichts mehr.«

Steiger überlegte, ob er den Scherz machen könnte.

»Hab mal von so einer Pumpe gelesen. Da ersetzen sie dir die Schwellkörper durch Luftkissen, nehmen dir ein Ei weg und bauen dir dafür eine Pumpe ein.«

Batto stoppte mitten in der Bewegung, setzte das Glas ab und sah ihn von der Seite an.

»Guck nicht so, hab ich echt gelesen, dass es das gibt. Genau für die Fälle, wenn gar nichts mehr läuft.«

»Und wie geht das dann. Warte, Schatz, ganz kleinen Augenblick, bin gleich geil, pfffft, pfffft, pffft …«

»Ja, so ähnlich, wahrscheinlich.«

Batto verzog das Gesicht und begann zu lachen. »Stell dir das mal vor.« Er versuchte, es zu unterdrücken, aber nach und nach zuckte sein ganzer Körper. »Stell dir das echt mal vor …«

Steiger musste ebenfalls lachen. »Und es hat noch andere Vorteile«, sagte er, »auch die Frau hat es dann ja in der Hand.«

»Klar«, Batto konnte kaum noch sprechen, »'tschuldigung, mein Hengst, ich leg grad noch mal etwas nach, okay, pffft, pffft, pffft ...« Er hielt sich die Hände vors Gesicht und machte Geräusche beim Lachen, die Steiger von ihm nicht kannte.

»Scheiße ...«

Christa kam zu ihnen, amüsiert und mit Fragezeichen im Gesicht.

»Kann ich noch was für euch tun?«

»Pffft, pffft«, machte Steiger.

Batto stand auf, musste sich auf den Oberschenkeln abstützen.

»Noch zwei Bier«, sagte Steiger, aber er war kaum zu verstehen.

19

Anastasia erwachte. An den hellen Linien, die von den Jalousien in die Dunkelheit gezeichnet wurden, erkannte sie, dass es Tag sein musste.

In ihrem Dorf, als sie noch Kind war, hatte niemand Jalousien gehabt. Ein paar Häuser hatten Fensterläden, aber ihres hatte auch die nicht gehabt. In den Schlafzimmern ihres Hauses hingen Rollos vor den Fenstern, die kleine Löcher hatten und an den Seiten etwas zu kurz waren, sodass es eigentlich immer schon hell im Zimmer wurde, wenn die Sonne aufging. Jalousien hatte sie erst gesehen, als sie mit acht Jahren eine Woche in den Ferien bei Tante Ludmilla in der Stadt gewesen war. Am Anfang kam ihr bei diesen Linien manchmal im Halbschaf die Fantasie, es seien die beleuchteten Etagen eines Hochhauses auf einem Berg in der Ferne, und manchmal kam diese Vorstellung auch jetzt noch in ihr hoch, wenn sie es sah, noch halb im Dämmerzustand.

Aber irgendetwas war heute anders. Sie tastete ihr Gesicht ab und fühlte den Verband am Kopf, der auch ihr linkes Auge verdeckte. Und erst jetzt kam der Schmerz zurück, am Kopf und vor allem an der Hüfte, und erst jetzt kamen auch die Bilder wieder, die gestern erst verschwanden, nachdem sie die Spritze bekommen hatte.

Sie wusste nicht, wo sie war, aber die Geräusche dieses Hauses ähnelten denen der Häuser, die seit so vielen Monaten immer wieder neu für ein paar Wochen ihre Bleibe waren, und auch der Geruch war derselbe. Sie kämpfte gegen die Bilder an, denn sie wusste, mit ihnen kam das innere Zittern zurück, aber sie drängten sich unaufhaltsam wie eine Lawine in ihre Vorstellung. Und immer endeten sie bei dem einen mit dem Mann in schwarzer Kleidung und mit der Sonnenbrille, der plötzlich vor ihr stand und schoss.

Sie nahm eine Bewegung wahr und sah Galina an ihrem Bett. Anastasia hatte sie nicht reinkommen hören, und sie war eines der Mädchen, die für Dimitri gearbeitet hatten, schon bevor sie mit Oleg nach Deutschland gekommen war. Natalja, die Vierte von ihnen, hatten sie mittlerweile in ein anderes Haus gebracht. Sie alle waren von Niki und Christo und ihren Leuten übernommen worden. Anfangs war es schwer gewesen mit Galina, sie waren sich aus dem Weg gegangen und hatten sich gegenseitig nicht gut behandelt, bis zu dem Tag, an dem beide voneinander erfuhren, dass sie ein Kind hatten, dass auf jede von ihnen eine Tochter wartete und beide Töchter den Namen Elena trugen.

Galina kam an ihr Bett und legte vorsichtig eine Hand auf Anastasias Arm. »Wie geht es dir?« Sie sprach leise.

»Ich habe Schmerzen«, sagte Anastasia, »große Schmerzen. Und ich habe Angst. Ich zittere immer so.«

Galina strich ihr sanft übers Gesicht. »Kann ich was für …«

Die Tür ging auf, und Galina schreckte hoch.

»Was tust du hier, verflucht. Verschwinde.«

Anastasia erkannte Nikis Stimme und hörte Christo antworten.

»Geh an deine Arbeit.«

Es war noch ein dritter Mann dabei, den sie nicht kannte. Niki zog die Jalousien hoch, und das Licht schmerzte einen kurzen Moment im Auge. Erst jetzt spürte sie, wie benommen sie noch war. Auch der dritte Mann war Bulgare, sprach aber einen etwas anderen Akzent. Sie hatte in der Zeit die Sprache nicht perfekt gelernt, aber viel besser, als sie dies zu erkennen gab, und verstand fast alles.

»Das ist sie«, sagte Niki vom Fenster aus.

Der dritte Mann war älter als die beiden anderen, hatte graue Haare und stellte eine Tasche auf das Fußende des Betts. Wortlos nahm er ihr den Verband am Kopf ab.

»Wer hat sie verbunden?«

»Eines der Mädchen«, sagte Christo, »sie meinte, sie habe das gelernt.«

»Sieht so aus.«

Niki stellte sich hinter den Grauhaarigen.

»Ich will nur wissen, ob sie wieder zu gebrauchen ist.«

Der Ältere reagierte nicht darauf, sondern tastete ihre Stirn und die Augenbraue ab.

Sie stöhnte, weil es schmerzte, und zuckte zurück.

»He, stell dich nicht so an.« Niki packte sie hart am Arm.

»Lass das.« Der Mann sprach ruhig und mit einer leisen Schärfe. »Es muss genäht werden, sofort. Ist schon fast zu spät.«

»Wird man etwas sehen?«

Er tastete noch einmal die Wunde ab, noch einmal schmerzte es.

»Es wird eine Narbe geben, auch keine kleine. Ist aber nichts, was man nicht unter Schminke verstecken kann.«

»Das Auge behält sie?«

»Ja.«

»Und das andere da?«

Der Mann hob die Bettdecke an und zog ihr das T-Shirt hoch. Er löste vorsichtig den blutigen Verband auf dem Beckenknochen, trotzdem tat sie einen unterdrückten Schrei.

»Verdammt, stell …«

»Sei ruhig.« Der Alte wandte den Kopf, ohne Niki direkt anzusehen, die Schärfe in der Stimme war deutlicher als beim ersten Mal.

»Man muss deutlich mit ihnen reden, sie verstehen es sonst nicht.«

Der Alte reagierte nicht, sondern untersuchte sie weiter.

»Die Wunde ist tief, es tut weh.«

Christo stand am Kopfende des Betts und rauchte.

»Wird dort etwas zurückbleiben?«

Wieder ließ sich der Mann Zeit mit der Antwort.

»Ja, eindeutig, das hier sieht nicht gut aus. Eigentlich müsste sie in ein Krankenhaus.« Er stand auf und öffnete seine Tasche. »Der Beckenknochen hat etwas abbekommen. Wir müssen es nur sofort versorgen. Kann ich mir irgendwo die Hände waschen?«

»Hier ist das Bad.« Christo ging vor.

»Erst werde ich ihr was geben, dann kann es schon wirken.«

Er nahm eine Spritze aus der Tasche und zog sie mit einer klaren Flüssigkeit auf.

»Wie lange wird sie ausfallen?«

»Schwer zu sagen. Ein paar Wochen sicherlich.«

Sie drehte sich auf die unverletzte Seite und sah aus dem Fenster. Vor einer Wolke flog ein Vogel, ganz langsam.

Den Stich spürte sie kaum.

20

2004

»Nadeschda, Nadeschda.«

Anastasia musste den Namen noch einmal sagen, um sicherzugehen, dass es die Freundin war, die da in der Dunkelheit und dem Gestank und der Einsamkeit des Hühnerstalls wieder zu ihr kam, obwohl es niemand anderes sein konnte.

Seit sie damals zum ersten Mal gekommen war, um sie zu befreien, wartete Anastasia jedes Mal, wenn es wieder so war. Aber Nadeschda kam auch sonst oft zu ihr. Meist in warmen Nächten, wenn sie nicht schlafen konnte, klopfte sie ans Fenster, und manchmal redeten sie dann die halbe Nacht. Wenn auf das Klopfen so spät niemand öffnete, wusste Nadeschda, wo die Freundin zu finden war.

Als Anastasia von ihrem Sitz aufstand, spürte sie erst die Taubheit in ihren Beinen, die im ersten Moment mehr schmerzte als die Striemen von den Schlägen.

Nadeschda legte ihr die Arme um die Schultern, und als das bekannte Gesicht ganz dicht vor ihr war, konnte sie in dem Zwielicht sogar das Lächeln darauf erkennen.

Einige der Hühner wurden lauter und bewegten sich auf der Stange, eines schlug kurz mit den Flügeln, dann ein zweites, aber sie beruhigten sich wieder.

»War's schlimm dieses Mal?«

»Es war schon schlimmer.«

»Verdammter Wodka«, sagte sie.

»Ach, es ist nicht der Wodka, damit geht es nur schneller.« Anastasia strich sich mit der Hand über die Beine und fühlte die leichte Schwellung.

»Erst mal raus hier.«

Nadeschda ging vor Richtung Ausgang, beider Schritte knisterten weich auf dem Stroh. Als sie den Riegel schon in der Hand hatte, hörten sie, wie die Tür drüben am Haus geöffnet wurde.

»O nein, er kommt!« In Anastasias Stimme war Panik. »Er kommt! Du musst weg.«

»Nein, wir müssen beide raus hier. So betrunken wie er ist, kriegt er uns nicht«, sagte Nadeschda und zog die Freundin am Arm.

»Nein, dann schlägt er mich beim nächsten Mal tot.«

»Was willst du tun? Hierbleiben?«

Sie hörten draußen das leise, knisternde Geräusch, das entsteht, wenn ein Zweig bricht. Dann kamen die Schritte näher, und sie konnten das Licht durch die Ritzen der Tür sehen. Die Mädchen flohen in den hintersten Winkel des Stalls. Nadeschda kauerte sich halb unter das Podest, auf das die Hühnerstangen genagelt waren, Anastasia blieb einfach stehen, weil sie wusste, dass es kein Entkommen gab. Wie immer in diesen Situationen kam ihr Vater wortlos auf sie zu, sie hörte nur sein schweres Schnaufen, weil sie es vermied, in dieses Gesicht zu sehen. Er fasste sie am Arm, murmelte etwas Undeutliches, und der erste Schlag traf sie auf den Armen. Immer wieder durchschnitt der dünne Stock die Luft mit dem typischen Geräusch, das mit einem hellen, fast unscheinbaren Klatschen endete, auf das ein Wimmern folgte.

Irgendwann, als sie das Sirren und Klatschen und Wimmern nicht mehr ertrug, sprang Nadeschda auf, rannte nach draußen, fand eine fingerdicke Stange und lief zurück. Im gelben Licht der Lampe sah sie nur den gewaltigen Rücken und den Arm, der in behäbiger Regelmäßigkeit auf und ab fuhr.

Sie umfasste das Eisen, holte aus und schlug mit aller Kraft, die ihr zur Verfügung stand, auf die Gestalt, auf diesen endlosen Rücken.

Augenblicklich hörte die Bewegung auf. Alexander Nikolajew knickte ein, sackte auf die Knie und fiel zur Seite wie ein gesprengter Industrieschornstein.

In der Stille, die dann folgte, hörte Anastasia ihren schluchzenden Atem so deutlich, als wäre es das einzige Geräusch auf der Welt. Die kleine Lampe warf nur ein mattes Licht auf die Szenerie, aber genug, dass die Mädchen das Blut erkennen konnten, das aus einer Wunde an seinem Hinterkopf ins Stroh sickerte.

Die Schritte auf der anderen Seite der Holzwand kamen zügig näher, gingen zur Tür, die kurz darauf vorsichtig geöffnet wurde. Die Mädchen starrten ins Dämmerlicht, aus dem Onkel Serjoscha in den Hühnerstall trat. Er betrachtete einen Moment das Szenario, blickte von einer zur anderen, ging zu Anastasia und blieb vor ihr stehen. Dann zeigte er mit einer flüchtigen Geste auf die Gestalt seines Bruders.

»Hat er dich wieder geschlagen?«

Sie nickte wortlos.

Serjoscha strich ihr übers Haar und wischte mit dem Handrücken eine Träne von der Wange. Dann drehte er sich um und nahm Nadeschda die Stange aus der Hand.

»Ihr müsst gehen, beide.«

Die Mädchen sahen ihn wortlos an.

»Los, so schnell wie möglich.«

Ganz allmählich setzten sie sich in Bewegung und gingen zur Tür.

»Ihr wart nie hier, ja«, sagte er, bevor sie den Stall verließen.

Vor der Tür fassten sie sich einen Moment an den Händen, dann gingen beide in unterschiedliche Richtungen auseinander.

21

2013

Sie fuhren mit zwei Teams über die Benninghofer Straße Richtung Süden, und Steiger ließ die Morgenluft durch einen größeren Spalt hereinströmen, um die Müdigkeit zu vertreiben. Wie üblich war er früh wach gewesen und nicht wieder eingeschlafen. Sie hatten im »Totenschädel« nach dem Lachflash noch zwei Bier getrunken, aber ihm ging es gut. Vielleicht lag es daran, dass er zu Hause keinen Shit mehr geraucht hatte, weil er vergessen hatte, sich welchen von Toni besorgen zu lassen. Damit schlief er in der Regel besser, aber zusammen mit Alkohol bekam es meist seinem Kopf nicht besonders.

Das Objekt lag im Süden der Stadt, dort wo Dortmund auch in den Siebzigern schon grün zu werden begann, und war zu der Zeit eine alte Traditionskneipe gewesen, zu der die Kumpel am Sonntag mit der Familie fuhren, um ihr Bier zu trinken und ihren Frauen und Kindern ein Eis in der Waffel zu spendieren. Nach der Pleite des letzten Wirts war es den Weg vieler solcher Häuser gegangen. Es hieß in der Zeit danach »Blaue Banane«, »Moulin Rouge« und bekam noch ein paar weitere Namen dieser Art. Steiger hatte dort irgendwann mit dem Einsatztrupp eine Rotlichtkontrolle durchgeführt, als es »Chez Nadine« hieß, aber das war auch schon ein paar Jahre her. Danach hatte es ohne Namen eine Zeit leer gestanden. Namenlos war es immer noch, aber es boten jetzt wieder Frauen ihre Körper dort an.

Vor ein paar Tagen hatte es einen Einsatz wegen einer Leichensache gegeben. Wie hatte der Kollege es in der morgendlichen Besprechung beschrieben? Einem Geschäftsmann aus Remscheid war das Lebenslicht ausgeblasen worden. Passierte immer mal wieder, dass der ein oder andere dabei den Herzkasper bekam, vielleicht weil der Erregungspegel mit einer zwanzigjährigen Schönheit doch ein wenig anders ausfiel als bei der ehelichen Pflichtübung am Wochenende zu Hause, auch wenn die Ekstase gekauft und unecht war. Es gab schlimmere Tode, fand Steiger und war sich sicher, mit der Meinung nicht allein zu stehen. Einem der Kollegen der Wache, die als Erste am Ort waren, war das Bild der Toten aufgefallen, das die Mordkommission im behördeninternen Netz veröffentlicht hatte. Er erinnerte sich an eine der Frauen in dem Haus, die dem Opfer sehr ähnlich gesehen habe.

Sie stellten die Autos auf dem Parkplatz neben dem Gebäude ab, der durch einen Sichtschutz zur Straße hin verborgen war. Es standen noch vier andere Wagen dort, Steiger sah, dass nur eines der Kennzeichen aus der Nähe kam.

Es gab einen Hinterausgang, und Kleine vom zweiten Team blieb zur Sicherheit dort, obwohl eigentlich kein Stress zu erwarten war, aber man wusste nie, was so passierte, wenn die Polizei auftauchte.

»Wir gehen erst mal rein. Wenn alles klar ist, holen wir Bernd nach, und ihr macht die obere Etage.«

Alle nickten, blieben aus alter Ermittlergewohnheit ein wenig verdeckt vom Eingang stehen, und Steiger schellte. Die Tür öffnete sich nach einer Weile, und eine Frau in etwas Langem, Seidenem mit üppig geschminktem Gesicht und schwarzem Haar erschien.

»Hallo und herzlich willkommen. Ich bin Emma.« Sie sagte es ohne Akzent, was Steiger nicht erwartet hatte.

»Morgen. Adam, Kripo Dortmund, mit Anhang, wie Sie sehen.« Er hielt ihr den Ausweis hin. »Können wir mal reinkommen, Emma, wir hätten ein paar Fragen?«

Das Lachen der Frau blieb, bekam aber einen unsicheren Zug. Sie trat zur Seite und ließ die Polizisten in einen Raum mit Sitzecke und großen Bildern eintreten, von dem eine Glastür in den nächsten Raum führte, der wie eine Bar aussah.

Steiger erklärte ihr Anliegen, als aus der Bar ein Mann mittleren Alters kam, den Steiger für einen Türken hielt.

»Guten Morgen, ich bin Kaan Deniz, der Besitzer. Was bedeutet das hier, wenn ich fragen darf.« Seine Sprache war akzentfrei, sein Ton höflich.

»Adam, Kripo Dortmund. Das sind meine Kollegen von der Mordkommission, Herr Deniz. Wir hätten ein paar Fragen an Sie und die Frauen, die hier arbeiten.«

Deniz blickte von einem zum anderen und nickte unmerklich.

»Es geht um diese Frau, Herr Deniz.« Steiger zeigte ihm das Foto der Toten. »Sie war mit großer Wahrscheinlichkeit eine Prostituierte und ist vorgestern bei einer Schießerei in der Villa Konrad getötet worden. Vielleicht haben Sie davon gehört.«

»Ja, hab ich.«

»Kennen Sie die Frau? Wir wissen nicht, wer sie ist.«

Deniz sah sich das Bild noch einmal an, schüttelte schnell den Kopf. »Nein, sicher nicht.«

»Noch nie gesehen?«

»Nein.«

»Sie hatten hier vor zwei Wochen einen Polizeieinsatz, weil ein Kunde, tja, beim Empfangen der Dienstleistung verstorben ist. Einer der Kollegen, die hier waren, hat gesagt, eine der Frauen, die hier arbeiten, soll so aussehen.«

Jetzt sah Deniz sich das Bild noch einmal genauer an, blickte zu Emma, die in ihrem Seidenmantel etwas abseits stand.

»Meint er Rita?« Zweifelnde Miene.

Steiger hielt der Frau das Bild hin, die es in die Hand nahm.

»Ist sie tot auf dem Bild?«

»Ja.«

Für einen kurzen Augenblick zog sie die Stirn kraus. »Vom Typ her hat sie Ähnlichkeit mit Rita, ist aber viel jünger.«

»Ist Rita im Hause?«

»Ja, ich glaub, sie ist oben«, sagte Deniz.

»Dann würden wir sie gern sprechen«, sagte Steiger, »wie alle anderen Frauen auch, und uns einmal die Ausweise zeigen lassen, wenn wir schon mal hier sind. Wie viele Zimmer gibt es hier?«

»Fünf unten und sechs oben.«

Jana hatte Kleine per Handy vom Hintereingang schon hereinbeordert.

»Meine beiden Kollegen begleiten Sie nach oben, Herr Deniz, wir nehmen die Zimmer hier unten.«

Deniz ging vor, blieb nach zwei Schritten stehen und wandte sich noch einmal an Steiger. »Es geht um Mord, und ich habe sicherlich nichts dagegen, aber darf ich dabei um etwas Diskretion bitten, einige der Frauen haben Kunden.«

»Um diese Zeit?«, fragte Müller von den Betrügern, und Steiger dachte, dass man beim Betrug von solchen Dingen keine Ahnung hatte.

»Natürlich um diese Zeit«, sagte Deniz, »am Nachmittag müssen die Herren wieder bei der Familie sein.«

Steiger und Jana durchquerten die Bar und klopften im anschließenden Flur an die erste Tür rechts, die mit einer Südseetapete beklebt war. Die Frau, die in einem Sommerkleid mit weißen Söckchen und Marienkäfer-Sandalen öffnete, hatte blonde Zöpfe mit Schmetterlingsspangen, einen holländischen Akzent und in Amsterdam einen kleinen Sohn, der jetzt bei ihrer Schwester war. Auf dem Bett lag ein lila Schultornister mit Pferdemotiven. Ihr Name war Mareike de Boer, so stand es in ihrem Pass, mit dem alles in Ordnung war. Hier hieß sie Anja, und sie kannte die Tote nicht.

»Ich bin aber auch hier nicht in der Szene und immer nur ein paar Wochen hier. Sie sieht aus wie eine Russin, die haben wir hier kaum.«

»Ein Kollege von uns will hier vor zwei Wochen eine Frau gesehen haben, die ihr ähnlich sieht.«

Mareike de Boer sah sich das Bild noch einmal an. »Sie hat lange blonde Haare, das haben viele, auch hier. Aber ähnlich sieht sie niemandem.«

Steiger steckte das Bild wieder ein und ließ seinen Blick durchs Zimmer schweifen. »Und das ist ihr Reich.«

»Wir teilen uns das Zimmer zu zweit, das machen viele.«

»So richtig mit Früh- und Spätschicht?«, fragte Steiger.

»Nicht ganz so, aber wir teilen es schon auf.« Sie lächelte. »Fehlt nur noch die Stechkarte, was?«

»Ja, hört sich danach an. Aber Stechkarte könnte hier ja auch irgendwie missverständlich sein, oder?« Steiger sah zu Jana, aber die lächelte nicht, sondern war mit den Gedanken woanders.

»Was zahlt man für so was?«

»Hundertachtzig am Tag.« Sie nahm einen Zug und inhalierte tief.

»Klingt ja wie ein echtes Schnäppchen.«

»Ich komme gut klar, es ist okay hier. Einige der Mädels müssen sicher etwas abgeben, ich nicht. Und es gibt keine osteuropäischen Teenies, kein Flatrate-Vögeln, keine Drogensüchtigen.«

»Keine Drogen?« Steiger zog die Augenbrauen hoch.

»Ab und zu etwas Shit, okay, wird ja wohl erlaubt sein.«

Da hat sie recht, dachte Steiger, als Holländerin sowieso. Er sah auf die Schuhe.

»Und der Aufzug ist für einen Kunden?«

»Geht Sie ja nichts an, aber ja.« Sie hörte auf zu lächeln. »Und ist doch besser, es passiert hier für 'nen Hunni bei mir als bei der siebenjährigen Nichte, oder?«

Steiger sah sie länger an, ihr Gesicht blieb ernst. Ja, wenn's denn so klappt, Mädchen, ist es besser, dachte er. Und der trotzige, traurige Stolz in ihrem Blick verhinderte, dass er noch etwas sagte.

Es klopfte an der Tür, und sein Name wurde gerufen. Das andere Team stand auf dem Gang und hatte offensichtlich die Frau in seiner Mitte, die mit Rita gemeint war. Steiger war doppelt überrascht. Einmal, wie ähnlich sie der Toten wirklich sah, auch wenn sie älter war, und dann, wie unterschiedlich Menschen Ähnlichkeit empfanden. Der Kollege hatte verdammt recht gehabt. Aber diese Frau stand hier vor ihnen, mit fragendem Blick und lebendig. Damit war Spur 57 tot.

Aber wenn sie schon mal hier waren, konnten sie sich die Ausweise mal ansehen und noch ein paar Fragen stellen.

22

Steiger wischte mit dem letzten Stück Gyros den Rest Zaziki vom Styroporteller und wusste in dem Augenblick schon, dass der Salat oder einfach nur ein Brötchen besser gewesen wäre. Sie hatten nach der Aktion in dem namenlosen Bordell noch drei andere Spuren ohne Ergebnis abgearbeitet, und der Gyrosteller Piräus war das Erste gewesen, was er heute gegessen hatte. Er steckte Teller und Besteck in die Plastiktüte und stand auf, um alles sofort nach unten in die Müllcontainer im Hof zu bringen, damit der MK-Raum nicht wie eine Dönerbude roch. Bei der Gelegenheit konnte er sich in der Raucherecke gleich einen Zigarillo danach gönnen.

»Steiger.« Beckmann telefonierte weiter, forderte ihn mit einer Handbewegung zum Warten auf.

Jana saß am Computer und unterbrach ihr Schreiben.

Beckmann beendete das Telefonat, nahm den eben beschriebenen Zettel und kam zu Steiger. »Ich hab grad mit dem Krankenhaus gesprochen. Die machen bei der Verletzten in einer Dreiviertelstunde eine neue Röntgenaufnahme und einen Verbandswechsel am Kopf. Schnappt euch einen Fotografen und versucht mal, ob wir ein einigermaßen brauchbares Foto kriegen, das wär schon wichtig für die Identität.« Er reichte Steiger das Papier. »Kannst du das lesen? Das ist die Station, und ich habe mit Frau Dr. Weiß gesprochen, die ist diensthabende Ärztin.«

Steiger konnte die Schrift lesen und blickte zu Jana. »Wenn du das erst zu Ende schreiben willst, fahr ich da grad allein hin.«

»Musst du aber nicht«, sagte sie, aber ohne aufzustehen und mit wenig Überzeugung.

»Ich weiß, aber geschrieben werden muss es ja auch.« Er sah auf die Uhr. »Ich bin in einer Stunde wieder da, dann machen wir vor der Besprechung noch die Spur mit den Taxiunternehmen.«

Jana nickte, und Steiger wählte die Nummer der KTU, um sich einen Fotografen zu organisieren.

Wagner war einer der Ruhigen im Lande, was zu seiner Figur passte, denn er schob eine ziemliche Kugel vor sich her. Man konnte mit ihm ohne Weiteres von Dortmund nach Duisburg und zurück fahren, ohne sich viel mehr als den Tagesgruß gesagt zu haben, aber irgendwie gestaltete Wagner dieses Schweigen so, dass es nie quälend wurde. Musste mit der Körpersprache zusammenhängen.

Steiger parkte den Wagen, und an der Rezeption ließen sie sich den Weg zu Station erklären. Frau Dr. Weiß war eine kleine Frau mit kurzen grauen Haaren und einem warmen, freundlichen Lächeln.

»Sie müssen sich aber andere Sachen drüberziehen, wir sind ja auf Intensiv. Und Sie tun dort bitte nur das, was ich Ihnen ausdrücklich gestatte.«

»Wir brauchen halt nur ein Foto«, sagte Steiger und bemühte sich, nicht aggressiv zu klingen, »ein Foto, mit dem wir möglicherweise herausfinden können, wer die Frau ist.«

»Ja, ich weiß, dennoch muss klar sein, dass Sie sich hier nach meinen Anweisungen zu richten haben.« Ihr Ton war dem Gesagten angepasst, und Steiger dachte, wie sehr doch dieses Lächeln getäuscht hatte.

Die Ärztin führte sie in einen Raum, in dem ihnen grüne Sachen gereicht wurden, samt Haube und Mundschutz. Steiger war überrascht, wie problemlos es etwas in Wagners Größe gab, aber Ärzte waren vielleicht auch nicht immer die Sportlichsten.

Die Verletzte lag hinter einem weißen Paravent, hing an einigen Schläuchen, aus denen etwas in sie hineinfloss, und wurde schon von zwei grün Vermummten versorgt. Steiger stellte sich abseits vors Fußende, um nicht im Weg zu stehen, konnte aber das Gesicht der Frau sehen. Es war der Augenblick, als einer der beiden Vermummten ihr den Stirnverband abnahm und das Gesicht freilegte. Steiger starrte auf dieses Gesicht und bekam einen Adrenalinstoß, der ihn fast von den Füßen holte. Es war Eva. Die Verletzte aus der Villa Konrad war Eva. Eva, die Frau, die er seit über einem Jahr mindestens einmal in der Woche traf, um mit ihr zu reden, zu schlafen, um einfach nur bei ihr zu sein. Die Frau, die schon seit Langem Dinge von ihm wusste, die sonst nur Batto wusste und sonst niemand. Die Frau, bei der er manchmal für eine Zeit Ruhe fand wie sonst nirgendwo. Er nahm nichts anderes mehr wahr und wusste nicht, welchen Gedanken er zuerst fassen sollte. Was, wenn er ihre Identität preisgab? Sie würden in ihre Wohnung gehen. Waren dort Sachen von ihm? Was würden sie ihn fragen? Wieso kannte er sie? Was hatte er mit ihr zu tun? Und das Handy. Sie würden noch heute die Daten vergleichen und auch seine Nummer dort finden. Wann hatte er sie zuletzt angerufen? Vorgestern. Und davor? Wie lange würden sie es zurückverfolgen? Wie oft würden sie seine Nummer finden? Auf ihrem Rechner würde kaum etwas sein, das löschte sie seit der Sache damals täglich. Wahrscheinlich war seine DNA noch dort, auch wenn er seit über einer Woche nicht mehr in der Wohnung war, was kein Problem war. Aber hinter all diesen Fragen, die aufblitzten und ein irrsinniges Feuerwerk in seinem Kopf erzeugten, war noch etwas anderes, etwas Dumpfes, Dunkles, etwas, das in ihm ein Zittern, ein inneres Beben auslöste. Sie hatten den Verband jetzt ganz entfernt, und nun konnte er auch die Wunde oberhalb des linken Ohres sehen. Er spürte, wie das Beben in ein Stechen überging.

»Wird sie es überleben?«, fragte er.

»Prognosen sind schwierig, vor allem wenn sie die Zukunft betreffen, hat schon Karl Valentin gesagt.«

Er registrierte erst jetzt, dass Dr. Weiß mittlerweile dazugekommen war und die Arbeit der beiden anderen beobachtete.

»Die Schusswunde ist nicht das Problem, dadurch ist der Knochen nur angeritzt, aber sie ist schwer gestürzt, wie es aussieht. Sie hat einen Bruch der Schädelbasis, und bei Schädel-Hirn-Traumata weiß man nie, wie es genau verläuft. Aber ich denke, bei ihr können wir davon ausgehen, dass sie es überlebt.«

Die beiden Vermummten, bei denen Steiger erst jetzt sah, dass eine Frau dabei war, hatten ihre Arbeit beendet und ihr die dunklen Haare so zurechtgelegt, dass es so gut wie möglich wie eine Frisur aussah.

»Wollen Sie jetzt Ihr Foto machen?«, fragte der Mann.

Es waren nur wenige Sekunden vergangen, seit Steiger wusste, dass die Frau, die in diesem Mordfall zu den Opfern gehörte und eine entscheidende Rolle spielte, auch in seinem Leben eine Rolle spielte, und er hatte das Gefühl, vor tausend Fragen gleichzeitig zu stehen, tausend Konsequenzen bedenken und tausend Antworten finden zu müssen, jetzt, in diesem Moment, sofort, und all das wurde verquirlt in einem riesigen inneren Wirbel.

Der Fotograf stellte seine Kamera ein und suchte die richtige Position.

»Wir brauchen kein Foto«, sagte Steiger.

Wagner und alle anderen sahen ihn an.

»Ich kenne die Frau. Ich weiß, wer sie ist.«

23

Die Spurensicherer waren schon seit einer Stunde in Evas Wohnung bei der Arbeit. Steiger und Jana fuhren mit einem weiteren Team hinterher, weil vorher sowieso nichts zu machen war, wenn sie nichts zerstören wollten. Aber Spuren würden sie dort eh nicht finden, war er sich sicher.

»Und du kennst sie von einem Einsatz?«, fragte Jana.

»Ja.«

»Worum ging es?«

»Sie geht in ihrer Wohnung der Prostitu… also, sie macht es in ihrer Wohnung, damals jedenfalls. Einer ihrer Kunden hat sie übel zugerichtet, sie ist dann von einem Nachbarn gefunden worden, bewusstlos, weil die Wohnungstür den ganzen Nachmittag offen stand. Lag länger im Krankenhaus, zwei Wochen oder so …«

»Und wie lange ist das her?«

»Viereinhalb Jahre, April 2009.«

Sie lenkte den Ford eine Weile wortlos über die Saarlandstraße Richtung Osten. Es hatte zu regnen begonnen, und Steiger erinnerte sich, am Abend zuvor im Fernseher, der im »Totenschädel« auf einem Brett über den Köpfen der Gäste den ganzen Tag ohne Ton lief, so etwas im Wetterbericht gesehen zu haben.

Er war überrascht gewesen, als er vor einer Stunde den Vorgang noch einmal rausgesucht hatte. Über vier Jahre lag die Sache zurück, und wie immer bei solchen Dingen hatte er sich ziemlich verschätzt, was die Zeit anging. Die ersten Vernehmungen hatte er damals am Krankenbett gemacht und war ein paar Monate später noch einmal bei ihr gewesen, nur aus einer Laune heraus, um nachzufragen, wie es ihr ging, und weil er grad in der Gegend war. Das mochte vier Jahre her sein, vielleicht auch dreieinhalb. Er überlegte, ob auf ihrem Rechner etwas von ihm sein könnte, aber eigentlich telefonierten sie nur miteinander. Er hatte Marcel Krone ihre Handynummer gegeben, und der hatte sofort feststellen können, dass es zu denen gehörte, die sich dort zur Tatzeit eingewählt hatten. Es war also am Tatort gewesen, was eigentlich ausschloss, dass es in der Wohnung sein konnte. Morgen, vielleicht schon nachher würden sie wissen, mit wem Eva in der letzten Zeit gesprochen hatte. Dabei hatten sie noch Pech. Das Gerät war ein Telekom-Handy, hatte Marcel gesagt, da waren die Daten oft nach wenigen Tagen nicht mehr nachvollziehbar. Dass es Steigers Glück war, konnte der junge Kollege nicht wissen.

»Wie ist die Sache damals ausgegangen?«

»Ist nicht geklärt worden. Wahrscheinlich war es keine völlig spontane Tat, sondern der Täter hatte es sich irgendwie vorgenommen. Auf ihrem Telefon war damals neben den Nummern, die wir zuordnen konnten, ein Anruf von einer Telefonzelle am Bahnhof, wahrscheinlich war er das. Ob sie persönlich gemeint war … wohl nicht, jedenfalls gab es keine Hinweise darauf.«

»Das ist ja auch jetzt unsere Chance, dass wir vielleicht einen Anrufbeantworter finden oder einen Rechner. Oder einen guten alten Zettel …«

»Wahrscheinlich werden wir da nichts finden.«

Jana blickte kurz zu ihm rüber. »Wieso?«

»Wir haben damals natürlich all ihre Kunden befragt, die wir in allen möglichen Outlook- und Handydateien finden konnten, lief schließlich am Anfang als versuchtes Tötungsdelikt. Na ja, du kannst es dir denken: Die meisten waren verheiratet, so richtig mit Haus, Hund und Familie, und da hat es verdammt viel Ärger gegeben, und sie hat 'ne Menge ihrer Kunden verloren. Seitdem löscht sie immer alles, sobald es geht.«

»Woher weißt du das alles.«

Steiger atmete einmal durch. »Sie hat es mir mal erzählt, hinterher irgendwann.«

Wieder blickte sie von der Seite, diesmal ein wenig länger. »So was erzählt sie dir? Wie oft hast du sie seitdem gesehen?«

Er ließ ein paar Sekunden verstreichen. Jana musste einem Sprinter ausweichen, der sie beim Fahrstreifenwechsel offensichtlich übersehen hatte.

»Gesehen weniger, ich hab sie hin und wieder angerufen, meist wegen irgendwelcher Infos aus der Szene, grad letztens noch mal.«

»Letztens? Ich welcher Sache?«

»Weiß ich gar nicht mehr so genau, irgendeine Rotlichtsache.« Er versuchte zu lächeln. »Hat aber nichts gebracht.«

»Ah, so …«, sagte sie und stellte für den Rest der Fahrt keine Fragen mehr.

Mit dem Wohnzimmer waren sie schon fertig, und Steiger und seine Leute begannen dort mit der Durchsuchung, die aber schnell erledigt war. Das Notebook war passwortgeschützt. Sie packten es ein und würden es den Fachleuten vom Kommissariat 25 überlassen. Einen Anrufbeantworter besaß Eva nicht, nicht mal einen Festnetzanschluss, das hätte Steiger den Kollegen auch vorher sagen können, aber ein zweites Handy, von dem er nichts wusste. Auch das war geschützt, und sie konnten an Ort und Stelle nichts damit anfangen.

Nachdem die Kollegen das Schlafzimmer abgepinselt und abgeklebt hatten, konnten sie dort weitermachen. Sie fanden in dem Sekretär ihren Pass und ein paar andere wichtige Papiere.

»Für 'ne Nutte ziemlich viel Geschmack.« Einer der Spurensicherer machte eine ausladende Handbewegung und nickte anerkennend. »Aber ist schon bemerkenswert, dass die zwei Zimmer hat. Eines zum Arbeiten und dies hier wahrscheinlich zum Pennen. Finde ich echt bemerkenswert.«

Steiger merkte, wie er etwas sagen wollte, etwas zur Verteidigung, ließ es aber, und erst in dem Moment spürte er das Kribbeln.

Er nahm den Inhalt einer Schublade im Schrank an sich, setzte sich aufs Bett und blätterte die Papiere durch. Als er einen kleinen Stapel zur Seite legte, fiel ihm auf, dass er nichts zu dem hätte sagen können, was grad auf den Zetteln gestanden hatte. Er dachte nur daran, dass er auf diesem Bett saß, in dem er sonst lag. Mit ihr. Dieses Bett, in dem sie sonst nur allein schlief, das keiner ihrer Kunden je zu Gesicht bekam, und für einen Moment hatte er das Gefühl, den Geruch ihres Haares wahrzunehmen.

Er blickte auf und sah, dass Jana ihn beobachtete, mit einer verlegenen Miene wegsah und wieder beschäftigt tat.

Der Schlüsseldienst hatte ein neues Schloss eingebaut und die Schlüssel auf dem Küchentisch samt Rechnung hinterlegt.

Nach etwa einer Stunde war in der Wohnung kein Staubkorn mehr, das nicht umgedreht worden wäre. Steiger verschloss die Tür, und sie gingen zum Wagen. Er verstaute die Asservate im Kofferraum, und Jana startete den Motor.

Der Regen war stärker geworden.

»Du hast sie gemocht«, sagte Jana, als sie schon eine Zeit unterwegs waren.

Steiger versuchte, sich noch einmal das Gefühl in Erinnerung zu rufen, in dieser Wohnung zu sein. Im Kleiderschrank mit den Händen an ihren Kleidern entlangzustreichen, von denen er kaum eines kannte, weil er mit ihr noch nie woanders als in dieser Wohnung gewesen war. Im Bad den Geruch ihres Parfüms wahrzunehmen und ihre Haare in der Bürste zu sehen. Er dachte daran, dass seit den zwei Stunden in dieser Wohnung etwas in ihm war, das er nicht kannte.

»Ja«, sagte er.

24

Der MK-Raum war voller Leute, als sie zur Besprechungszeit von der Durchsuchung zurückkamen. Steiger legte die sichergestellten Sachen neben einen der freien Rechner, um gleich seinen Kram zu schreiben, und holte für sich und Jana einen Kaffee.

»Okay, wenn jetzt die beiden Teams aus der Wohnung wieder hier sind, fangen wir an«, sagte Griese und wartete, bis alle saßen.

»Das Wichtigste vorweg: Gibt's was Neues aus der Wohnung?« Er sah zu Steiger.

»Nein, auf den ersten Blick nicht. Die Wohnung sah normal verlassen aus, und es gab auch keinen Hinweis darauf, dass sie vorher dort mit jemandem gewesen wäre. Auch den Nachbarn ist nichts aufgefallen. Trotzdem haben die Spurensicherer das komplette Programm durchgezogen. Wir haben einiges an Personalpapieren sichergestellt. Sie heißt Eva Kramer, was ja schon bekannt war, ist zweiundvierzig Jahre alt und geht in der Wohnung schon seit über zehn Jahren dem Geschäft nach. Ich kenne sie, einige wissen das schon, weil sie mal Opfer einer gefährlichen Körperverletzung war, vor viereinhalb Jahren, die ich bearbeitet habe. Seitdem ist sie eine sporadische Informantin von mir, weil sie noch den ein oder anderen Kontakt in die Szene hat.« Er sah kurz zu Jana, ihr Gesicht blieb aber regungslos. »Wir haben ihren

Rechner und ein Handy mitgenommen, beides ist geschützt, müssen sich die Kollegen vom KK 25 mal dranbegeben. Würde mich aber nicht wundern, wenn das vergeblich ist, zumindest was Namen und Adressen angeht, denn wir haben auch sonst nichts in der Art gefunden. Hat sie mir auch mal irgendwann erzählt, dass sie nach der Geschichte damals nichts dergleichen mehr aufbewahrt. Der Grund ist, dass wir seinerzeit bei ihren Kunden sehr intensiv ermittelt haben, was einige Beziehungen in verdammte Schwierigkeiten gebracht hat, weil der Großteil der Stammfreier natürlich verheiratet war.«

Er hatte es schon die ganze Zeit gespürt, ein inneres Sträuben, über diese Frau so zu reden. Bei diesem Wort fühlte er jetzt einen Stich.

Ein paar Leute hatten Fragen zu der Wohnung, Steiger und Jana beantworteten sie, so gut es ging.

»Auf jeden Fall passt es auf den ersten Blick nicht zusammen, unsere Tote und Eva Kramer«, sagte Steiger. »Wir haben verschiedene Szenen in der Stadt, die mit Prostitution ihr Geld verdienen und die nichts oder kaum was miteinander zu tun haben. Erst mal den altbekannten Puff an der Linienstraße, da läuft es wie eh und je, das muss ich keinem erklären. Eva Kramer ist eine von denen, die sich privat und allein in der Wohnung anbieten, davon gibt es so viele in der Stadt, dass wir das gar nicht genau wissen, wo überall. Die sind nicht zu verwechseln mit den Wohnungspuffs, die wie Pilze aus dem Boden sprießen und von denen wir auch nur einen Bruchteil kennen. Ganz einfache Vier- oder Fünfzimmerwohnungen irgendwo mit ein paar Frauen drin. Dann die Klubs wie der von heute Morgen, die ganz verschieden geführt werden. Manche mit Zuhälter, manche vermieten die Zimmer aber auch frei, haben wir ja gesehen. Am undurchsichtigsten ist die Straßenszene im Norden, weil man da gar nicht reinkommt. Seit der Straßenstrich vor zwei Jahren dichtgemacht hat, war ja erst Ruhe, aber so langsam kommen sie da jetzt wieder zurück. Ravensberger Straße selbst nur ab und zu, weil manche Kunden aus alter Gewohnheit da noch langfahren. Aber Stollenpark, Nordmarkt und Mallinckrodtstraße kannst du schon wieder für kleines Geld im Hinterhof ’ne Nummer machen. Und unsere Drogensüchtigen versuchen es zwar an verschiedenen Orten, aber auch in dem Bereich, weil das für manche Kunden immer noch der Ort ist, den sie jahrelang kannten.«

Steiger fiel auf, dass ihm alle mit großen Augen zuhörten. Der Einsatztrupp war die Dienststelle, die mit der Rotlichtszene am meisten zu tun hatte, vielleicht neben den Leuten aus dem Wachdienst. Das wussten alle.

»Aber das ist doch unterste Sohle.« Müller von den Einbrechern. »Wir hatten letztens eine Durchsuchung in der Schüchtermannstraße, und es ist unglaublich, wenn man das da sieht. Bevor ich da in so ’nem Hinterhof zwischen zwei stinkenden Mülltonnen ’ne Nummer mache … ne, ne, geschenkt, da halte ich ihn lieber in die Brennnesseln, das hilft in solchen Fällen auch. Jedenfalls ’ne Zeit lang.«

Ein paar leise Lacher waren zu hören.

»Das ist schon richtig«, sagte Karen Wittler, »aber glaub man nicht, dass du derjenige wärst, dem es bei so einer Nummer am schlechtesten ginge. Die Frauen machen das ja nicht aus Spaß. Die Kohle müssen die meisten von denen abgeben und kriegen vielleicht hinterher vom Alten ein paar aufs Maul, wenn sie nicht spuren.«

Steiger kannte Karen lange. Sie war vom Kommissariat

Vorbeugung, hatte da viel mit den Opferschützern in der Stadt zu tun und war so einer Diskussion ohnehin noch nie aus dem Weg gegangen.

»Ist schon gut, Karen, so war es gar nicht gemeint«, sagte Müller.

»Ich wollt's ja auch nur gesagt haben.«

»Ja, es passt einiges nicht zusammen, Thomas hat recht«, beendete Griese die kleine Diskussion. »Unsere Tote ist offensichtlich eine ziemlich junge Osteuropäerin und Eva Kramer eine ältere deutsche Prostituierte, die auf eigene Rechnung arbeitet. Die treffen in einem Haus zusammen, das einem alten Bulgaren gehört und in dem offensichtlich so etwas wie eine Fete mit mehreren Leuten stattgefunden hat. Dann von mir noch die Info, dass morgen das Foto der Toten in den Medien sein wird, im Internet kann man es schon seit heute Morgen finden …«

»… und es ist jetzt schon auf mehreren Facebook- und ein paar anderen Seiten übernommen worden«, ging Marcel Krone dazwischen.

»Ja, warten wir mal ab, was da auf uns zukommt. Hat noch jemand 'ne Frage?«, sagte Griese.

»Ja, noch zu dem, was Steiger eben schilderte.« Kleine von den Einbrechern. »Wie kommen die an ihre Kunden, vor allem in diesen Wohnungen?«

»Ist verschieden«, sagte Steiger. »Die Fotomodelle und die in den Wohnungen fast ausschließlich übers Internet. Da gibt es unzählige Seiten mit Telefonnummern und Adressen und …«

»Hatte deine Frage jetzt einen dienstlichen Hintergrund, Roland?« Aus dem Hintergrund. Gelächter.

Steiger wartete, bis sie sich wieder beruhigt hatten. »…

also, viel übers Internet, die anderen auch über Mundpropaganda. Na, und Linienstraße und Straßenstrich eben durch direkten Kontakt wie immer schon.«

Griese sah auf die Uhr. »Gestern und vorgestern war es sehr spät, jetzt ist es fast neun. Wenn ihr keine Fragen mehr habt, könnt ihr euch ja, wenn nichts Dringendes mehr zu tun ist, heute Nacht ein paar Stunden Schlaf mehr gönnen.«

Allgemeines Gemurmel setzte ein, nach und nach standen alle auf. Kleine musste sich noch den ein oder anderen Spruch gefallen lassen.

»Haben wir noch was zu tun?«

»Ich schreibe noch meine Sachen«, sagte Jana, aber sie tat es ohne die Energie, die sonst von ihr ausging. An anderen Abenden hätte Steiger sie gefragt, ob sie gemeinsam noch ein Bier trinken wollten, aber nicht heute.

»Okay, ich auch«, sagte er, »aber nur das Nötigste, den Rest machen wir morgen.«

Er ging zum Rechner, an dem die sichergestellten Sachen lagen, und rief seinen Account auf.

Er war schon fast an seinem Auto angekommen, als er stoppte und ihm einfiel, dass Batto Nachtdienst haben musste. Er ging zurück in die Wache und sah ihn im Glaskasten des Dienstgruppenleiters vor dem Rechner sitzen.

»Steiger«, er sah auf und lächelte, »Feierabend?«

Steiger schloss die Tür hinter sich und setzte sich auf den Stuhl vor dem Schreibtisch.

Batto schob die Tastatur weg und wandte sich ihm zu.

»Alles im Lot, Junge?«

»Ja, ja, schon …«

Die Tür ging auf, ein junger Kollege steckte seinen Kopf

herein und hatte eine Frage zu einer zivilrechtlichen Sache. Batto sagte es ihm und sah anschließend wieder Steiger an.

»Und?«

»Ach, es …«

Battos Telefon klingelte, die junge Kollegin vom Wachtisch im Vorraum klopfte an die Scheibe, zeigte auf das Telefon und formte mit den Lippen deutlich das Wort »wichtig«.

Batto nahm ab, es ging um einen Einsatz vom Vortag. Nachdem er aufgelegt hatte, seufzte er einmal, zog sich sofort seine Jacke an und nahm den Autoschlüssel. »Komm, hier kriegen wir um die Zeit eh keine Ruhe. Und du wolltest doch immer schon mal mit dem DGL fahren.« Er lächelte.

Im ersten Moment wollte Steiger widersprechen, stand aber auf und folgte dem Freund.

Batto fuhr Richtung Dortmunder Süden und bog irgendwann in die Wittbräucker Straße ein. Hier hatte man kaum das Gefühl, keine zehn Minuten von der Dortmunder City entfernt zu sein, so dicht war der Wald an manchen Stellen. Sie hielten an einem erhöhten Punkt, wo eine Schneise den Blick freigab und die Stadt einem fast zu Füßen lag. Der beleuchtete Westfalenturm setzte sich ebenso gegen den dunklen Himmel ab wie die gelben Streben des Westfalenstadions, die Steiger immer an die Beine einer gigantischen Spinne erinnerten. Sie stiegen aus und lehnten sich mit Blick auf die Stadt an den Streifenwagen.

»Und es waren nur ein paar Anrufe auf ihrem Handy?«

Steiger nickte.

»Ja, das ist von Anbieter zu Anbieter unterschiedlich. Manche speichern die Daten fast zwei Wochen, ihrer nur drei Tage. Und manchmal hast du nicht mal das, wenn was schiefgelaufen ist, passiert auch schon mal.«

Eine Zeit lang schwiegen beide.

»Ist wirklich in jeder Weise ungewöhnlich, was du da erzählst. Muss ja 'ne ziemlich ungewöhnliche Frau sein. Da zahlst du nicht nur fürs Vögeln, sondern manchmal auch für Zärtlichkeit oder einfach nur fürs Reden. Wirklich ungewöhnlich.«

»Ja, ich weiß, so hört es sich an. Aber ganz so ist es nicht, nicht mehr.«

Er hatte seinen Mantel angezogen, setzte sich auf die Bettkante und berührte noch einmal Evas Hand. Dann griff er in die Hemdtasche, um den Fünfziger herauszufingern und ihn wie üblich auf den Nachttisch zu legen. Sie ergriff ihn am Arm und hielt ihn fest, blickte kurz nach unten und sah ihn dann wieder an.

»Darf ich dich um was bitten, Steiger?«

Er nickte kaum merklich.

»Ich möchte nicht, dass du bezahlst.« Sie lächelte fast verlegen. »Ich möchte, dass du nie mehr bezahlst, geht das?« Jetzt verwandelte sich die Verlegenheit in ihrem Blick in Angst.

Er suchte nach Worten, fand aber keine, die zu dem gepasst hätten, was in ihm war, vielleicht, weil es sich so vergessen anfühlte. Darum nickte er nur.

Eva lächelte und streichelte seine Wange.

»Gut.«

»Wie lange ist das her?«, fragte Batto nach einer Weile.

»Weiß nicht genau. Schon eine Zeit.«

»Und dabei ist es geblieben?«

»Ja, dabei ist es geblieben.«

Sie blickten beide weiter nach vorn. Aus der Ferne trug der leichte Wind das Geräusch der Stadt dumpf und leise bis zu ihnen.

»Ollen Wemser! Ich mach mir immer Sorgen, dass dir der Samen muffig wird, und dann das.« Er boxte etwas heftiger auf Steigers Oberarm, wurde aber im nächsten Moment ernst. »Sorry, war nur ein Spruch.« Er legte ihm die Hand auf die Schulter. »Es ist was anderes, ich weiß. Hört sich jedenfalls ziemlich danach an.«

Steiger schwieg.

»Unglaublich.« Batto schüttelte dem Kopf. »Da gibt es seit Monaten, ach, seit Jahren eine Frau in deinem Leben, und ich weiß nichts davon …« Er lächelte ihn an.

»Du hast mir auch nichts von deiner Prostatageschichte erzählt, hast sogar dein Telefon ausgeschaltet.«

Batto nickte. »Ja, schon eigenartig. Manchmal brauchen wir scheinbar unsere Geheimnisse eine Zeit lang.«

Ein später Radfahrer fuhr die Wittbräucker Straße entlang und verdrehte sich fast den Hals, als er den Streifenwagen sah.

»Was ist übrigens bei der Untersuchung rausgekommen? Du solltest doch heute die Ergebnisse kriegen.«

»Ich kann mir die Pumpe ersparen. Ist gutartig und wird keinen Ärger machen, jedenfalls nicht die nächsten zwanzig Jahre.«

»Noch mal Schwein gehabt.«

»Ja, noch mal Schwein gehabt. Wobei der Gedanke, dass es irgendwie auf Knopfdruck mit ’nem kleinen Blasebalg …«

»Laber nicht«, sagte Steiger.

Im Funk rief die Leitstelle Battos Rufnamen.

»Willst du dich nicht melden?«

»Ach, es gibt nichts, was sie jetzt nicht ohne mich schaffen würden. Lass uns noch einen Moment hierbleiben. In ein Geheimnis eingeweiht zu werden ist keine kleine Sache, das sollte man würdig begehen und ihm etwas Zeit gönnen.«

»Du bist echt ein Laberkopp«, sagte Steiger.

»Es ist mein Ernst.«

Steiger wusste das.

25

2005

Serjoscha Nikolajew war kein Hüne, wie sein Bruder Alexander einer gewesen war. Er besaß auch nicht dessen Kraft, und obwohl er zwei Jahre älter war, hatte es sich schon bald in der Kindheit gezeigt, wer derjenige war, der oben saß, und wer sagen musste: »Ich ergebe mich.« Aber diese Worte und diese Geste hatten schon damals bei Alexander nicht jene Wirkung gehabt, die sie haben sollten, die sie selbst bei den gefährlichsten Vertretern des Tierreichs hatten, denn er ließ nicht nach, sondern drückte in dieser Position seine Knie auf den Bizeps des Unterlegenen und bewegte sie hin und her. Muskelreiben nannte er das, wenn er mit Siegerlachen davon erzählte; es tat höllisch weh, und man konnte hinterher zwei Tage lang seine Arme nur mit Schmerzen bewegen.

Vielleicht war das sein Weg, mit den Schlägen des Vaters umzugehen, die beide Söhne gleichermaßen trafen. Später, als sie schon längst getrennte Wege gingen, hatte Serjoscha sich dieses Verhalten des Bruders, das sich durch dessen gesamtes Leben zog, so zu erklären versucht. Aber wenn jemand auf einem sitzt und man in sich die Demütigung der Machtlosigkeit spürt, ist das ziemlich gleichgültig, in dem Augenblick hasst man diesen Menschen nur.

Es war klar, dass Alexander das Haus der Eltern übernahm, als er Marina heiratete, und es behielt, als seine Frau eines Tages weg war, weil sie es nicht mehr ertrug. Serjoscha wohnte seitdem in einer kleinen Kate ein Stück die Straße hinunter, und dieses kleine Haus mit dem Eternitdach, den unverputzten Wänden aus weißem Kalkstein und den Fenstern, an denen der blaue Lack abblätterte, war für Anastasia schon sehr früh ein Ort der Zuflucht geworden.

Denn hier wohnte nicht nur Onkel Serjoscha, hier wohnte auch das Lachen, hier wohnte die Freude, und hier wohnte die Zärtlichkeit. Ihrem Vater war es egal, was sie tat, wenn sie nur in seiner Gegenwart gehorchte und ansonsten im Haus das erledigte, was ihre Aufgabe war. Darum war sie oft bei Serjoscha, denn er war meist zu Hause, weil er nicht arbeitete. Viele im Dorf blickten mit Argwohn auf diesen Mann, der keiner regelmäßigen Tätigkeit nachging, viele Bücher besaß und von dem keiner genau wusste, wovon er lebte. Die beiden Schweine, die er im kleinen Stall hinter der Kate hielt, und der Garten allein konnten es nicht sein. Manchmal kaufte und verkaufte er Dinge in der Stadt, immer dann, wenn man ihn mit seinem Motorrad samt Anhänger losfahren sah. Aber niemand hätte wirklich sagen können, was er tat, und vielen war er nicht geheuer.

Anastasia war gern bei Onkel Serjoscha, obwohl er nicht weniger Wodka trank als ihr Vater, aber er schlug dann nicht, wenn er betrunken war, sondern begann im Gegenteil, ihr zu erzählen. Er kannte viele Geschichten, wusste etwas über ferne Länder und zeigte ihr den Mars, die Venus und das Kreuz des Südens. Die Strecke zwischen ihrem Haus und der Kate war nicht weit, und so war sie schon als kleines Kind oft zu ihm gelaufen. Manchmal lag er noch im Bett, wenn sie am Morgen kam, dann kroch sie zu ihm, ganz nah, legte ihren Kopf auf seine Brust, roch seinen Körper und den Alkoholatem, und er begann, ihr Geschichten zu erzählen.

Dennoch war Serjoscha Nikolajew kein Träumer, und wie man es in der russischen Provinz anstellte, dass eine polizeiliche Untersuchung zu dem richtigen Ergebnis führte, wusste auch er. Sein Bruder war im Rausch gestürzt und musste dann einen Herzinfarkt erlitten haben, weil die Wunde am Hinterkopf wohl zu einer Bewusstlosigkeit, aber kaum zu seinem Tod geführt haben konnte, so die offizielle und unterschriebene Diagnose des Arztes, der die Leiche untersucht hatte. Und so wurde Alexander Nikolajew an einem Septembermorgen auf dem kleinen Friedhof neben der Kapelle mit Gottes Segen beerdigt, und Serjoscha zog in das Haus seiner Eltern.

Weil Anastasia Nikolajewa zu dem Zeitpunkt erst vierzehn Jahre alt war und ihr Onkel keine Frau mit ins Haus brachte, waren mit den Behörden ein paar Gespräche nötig, einige davon unter vier Augen, um das Mädchen bei einem alleinstehenden Mann leben zu lassen.

Aber letztlich war auch das kein Problem.

Dabei war der Umzug in das größere Haus für Serjoscha wenig reizvoll, denn er hatte sich in der Kate wohlgefühlt und hätte nicht unbedingt mehr Raum gebraucht, und obwohl er ja in das Haus seiner Kindheit zog, wäre er gern geblieben. Aber als er nach und nach all seine Sachen untergebracht, sich sein altes, kleines Zimmer eingerichtet hatte und es mit all den Büchern wieder vertraut roch, wurde es erträglich.

Für Anastasia bedeutete der Umzug eine große Veränderung und damit auch für die Mädchen. Weder das Haus von Veronika und Gennadi noch jenes, in dem Dajana mit den Eltern und fünf Geschwistern lebte, war für die Freundinnen ein Ort gewesen, an dem sie in jener Ungestörtheit sein konnten, die Freundschaft manchmal braucht. Das galt auch für Anastasias Haus, denn Alexander Nikolajews gewalttätiger Geist schien selbst dann in den Räumen zu schweben, wenn er nicht da war. War er zu Hause, mieden die Mädchen diesen Ort erst recht, denn Nadeschda hatte es einmal so gesagt: Von ihm geht schon etwas Bedrohliches aus, wenn er auf dem Sofa liegt und seinen Rausch ausschläft.

Das war bei Serjoscha anders. Meist ließ er die Mädchen in Ruhe, wenn sie im Haus waren, nahm kaum Notiz von ihnen, und wenn sie doch einmal etwas gemeinsam taten, wenn sie gemeinsam etwas aßen, was die Mädchen gebacken oder gekocht hatten, erzählte er allen dreien seine Geschichten.

An einem Abend kamen sie dazu, als Serjoscha ein Jagdgewehr putzte und ölte, das er am nächsten Tag in der Stadt verkaufen wollte. Er sah, wie die Mädchen mit Skepsis auf die Waffe schauten.

»Keine Angst, es ist nicht geladen«, sagte er. »Aber es ist eine schöne Waffe. Damit kann man schießen wie Old Shatterhand.« Er nahm sie in Anschlag und tat so, als ob er schösse.

Nadeschda sah ihn an.

»Du kennst Old Shatterhand? Woher?«

Er legte das Gewehr beiseite, ging wortlos in sein Zimmer und kam mit einem abgegriffenen Buch zurück, das in braunes Papier eingeschlagen war und in dem an einigen Stellen kleine ausgerissene Zettel steckten.

»Daher. Und woher kennst du ihn?«

»Von Babuschka. Sie hatte auch dieses Buch, aber auf Deutsch.«

»Vielleicht hatte sie gar nicht dieses, es gibt mehrere, in denen die starke Hand, Winnetous Blutsbruder, vorkommt.«

»Was ist das, ein Blutsbruder?«, fragte Anastasia.

Serjoscha erklärte ihr, dass man das Blut des anderen mit etwas Wasser mischte und es dann trank und dass man dadurch eine ganz besondere Verbindung einging. Winnetou und Old Shatterhand seien Blutsbrüder gewesen. Er nahm das Buch, schlug eine Seite auf, an der ein Zettel steckte, und las ihnen die Stelle vor. Nadeschda, der es nicht nur leichtfiel, sich endlose Nummern zu merken, sondern auch Texte, bat ihn, den Teil noch einmal zu lesen, in dem die beiden die Blutsbrüderschaft vollzogen.

Die Mädchen gingen nach draußen und hatten den Raum kaum verlassen, als Nadeschda stehen blieb. Die beiden anderen sahen sie an.

»Was ist?«

»Ihr wisst, was wir jetzt tun?«

»Ich habe keine Ahnung«, sagte Anastasia.

»Hol drei Gläser und etwas Wasser.«

»Nein, du …«

»Doch. Los, hol es.«

Wenig später saßen die drei Mädchen in Anastasias Zimmer auf dem Boden, jede hatte ein Glas mit etwas Wasser vor sich und Nadeschda eine Nadel in der Hand. Sie stach sich als Erste in den Zeigefinger und musste gar nicht pressen, weil das Blut von ganz allein ins Wasser tropfte. Dann stachen sich die beiden anderen. Als jedes der drei Gläser ein wenig blutiges Wasser enthielt, gaben sie es jeweils an die rechte Nachbarin weiter.

»Die Seele lebt im Blute. Die Seelen dieser drei jungen Kriegerinnen mögen ineinander übergehen, dass sie eine einzige Seele bilden. Was Dajana dann denkt, das sei auch Anastasias und Nadeschdas Gedanke, und was Nadeschda will, das sei auch der Wille Dajanas und Anastasias, und was Anastasia fühlt, das sei auch das Gefühl Dajanas und Nadeschdas. Trinkt!«

Mit feierlicher Stimme und ein wenig leiser hatte sie die Formel aus dem Buch gesprochen, die sie ein wenig verändern musste, weil sie ja zu dritt waren und das Gefühl eigentlich gar nicht dazugehörte. Dann tranken sie jeweils aus den beiden Gläsern der anderen und sahen sich danach wortlos an.

»Jetzt sind wir Blutsschwestern«, sagte Nadeschda.

Anastasia war die Erste, die zu kichern begann, dann konnte auch Dajana sich nicht mehr zurückhalten, und bald lagen die beiden Mädchen auf der Seite und lachten und lachten mit hellen Stimmen, die sich überschlugen.

Nur Nadeschda blieb ernst. »Ihr seid blöd«, sagte sie, »aber es gilt trotzdem.«

26

2013

Sie stand mit der Schultasche ans Treppengeländer gelehnt und wartete auf ihn. Dass sie sich am Morgen zufällig trafen, war selten der Fall, weil Jenny meist früher das Haus verließ, und auch jetzt hatte sie dem Zufall ein wenig nachgeholfen, nahm Steiger an.

»Hi, Thomas.«

»Morgen, Jenny, na, hast du auch alle Schularbeiten gemacht?«

»Haha.« Sie ging neben ihm. »Du hast viel zu tun, oder?«

»Ich bin in einer Mordkommission, hatte ich dir ja gesagt, da ist es am Anfang meist etwas heftiger.«

Sie verließen das Haus gemeinsam, die Tür fiel schwer ins Schloss. Steigers Wagen stand in derselben Richtung wie Jennys Schulweg, und sie hatten noch ein paar Meter gemeinsam.

»Isses so wichtig?«

»Ach, ich wollte dich einfach ein paar Dinge fragen, hatte ich dir ja letztens schon gesagt, aber hier so auf der Straße … Weil du doch ein Mann bist, und so viele Männer kenne ich ja nicht. Aber so wichtig ist es auch nicht.«

Steiger wusste, dass ihr Vater den Kontakt zu ihr abgebrochen hatte, als sie zwei war und er mit seiner neuen Frau ein gemeinsames Kind hatte. Die hatte in Jenny eine Konkurrenz gesehen, war gegen den Kontakt der beiden gewesen, und seitdem hatte Jenny ihn noch einmal gesehen, aber erinnern konnte sie sich nicht mehr.

»Morgen ist Samstag, da fang ich etwas später an, vielleicht klingelst du einfach, okay. Irgendwann nach acht.«

»Okay, mal sehen.«

Zum Abschied legte er ihr eine Hand auf die Schulter, weil er es in der Situation für eine gute Geste hielt, aber es kam ihm selbst unbeholfen vor.

Er sah ihr noch eine Zeit hinterher, stieg dann in seinen Wagen und fuhr los. Seit er aufgestanden war, hatte er Appetit auf Mettbrötchen, den er sich nicht erklären konnte. Vielleicht lag es daran, dass er für seine Verhältnisse gut geschlafen hatte, denn eigentlich war das Frühstück nicht seine Mahlzeit.

Er hielt bei einem Fleischer, der bei den Kollegen einen guten Ruf hatte. Das war ein eigenartiges Phänomen in solchen Behörden, es gab meist für alles einen Geheimtipp, dem fast alle folgten. Keineswegs holte diese Tour ihr Gyros dort und jenes Kommissariat die Currywurst da. Es gab meist den erklärten Laden mit der besten Pizza, dem besten Döner oder eben den besten Mettbrötchen.

Steiger parkte auf dem Bürgersteig und ließ einer alten Frau mit Stock und mühsamem Schritt den Vortritt.

»Na, Frau Koch, was darf's denn sein heute?«

Man kannte sich offensichtlich.

»Ist die Zervelatwurst im Angebot?«

»Nein, diese Woche nicht. Diese Woche haben wir Hausmacher. Neun Euro neunzig das Kilo.«

»Davon hundert Gramm.«

»Und sonst? Was macht die Thrombose? Immer noch schwer auf den Beinen?«

»Ach, wird und wird nicht besser. Zweimal die Woche zum Verbandwechseln, jedes Mal das rohe Fleisch, glauben Sie's mir, Frau Olmert. – Der Schinken sieht gut aus.«

»Schwarzwälder, geräuchert, eins neunundneunzig.«

»Eins neunundneunzig?« Mit Respekt.

»Ist aber auch was ganz Besonderes. Kaum Fett, das schiere Fleisch. Der Nussschinken ist billiger, eins neunundsiebzig.«

»Na gut, drei Scheiben vom Schwarzwälder.«

»Drei Scheiben, gerne. Bei meinem Schwager haben sie jetzt was ganz Neues ausprobiert. Der hat doch ein offenes Bein von der Raucherei, erzählte ich ja schon. Da haben sie jetzt einen Madenverband angelegt, ganz neu, ich glaub, aus Amerika. Fünfhundert Euro kostet der pro Verband, fressen das ganze faule Fleisch weg, sieht hinterher aus wie geleckt, kein bisschen Schwarz mehr, nur noch Rosa. Die halbe Scheibe gebe ich Ihnen so dazu.«

Steiger sah auf die Uhr und dachte, dass fünf Sekunden doch manchmal entscheidend sein können im Leben.

»Ist die Putensülze auch im Angebot?«

»Leider nicht. Zwei zwanzig die hundert Gramm. Ist aber auch was ganz Leckeres, mit Paprika.«

»Zwei zwanzig? Nehm ich lieber ein Stück von der Leberwurst im Naturdarm. Eins neunzehn, nicht?«

»Eins neunzehn, alter Preis.«

»Ein Viertel, bitte. Ja, kann man froh sein, dass es einem so gut geht. Dem Bruder meiner Freundin haben sie jetzt die Diagnose gestellt: verbackener Darm, und ruckzuck hatte er einen künstlichen Ausgang. Über Nacht. Dreitausend Euro die Operation. War aber beim Professor.«

»Ja, man denkt an nichts Böses. Aber wenn's einen treffen soll, dann soll's einen treffen, sag ich immer. Sonst noch was?«

Bitte nicht, dachte Steiger.

»Ja, der Walter, mein Nachbar, Sie wissen ja …«

»Ja, ja …«

»Ach, das Ekzem macht ihm zurzeit schon sehr zu schaffen, nässt die ganze Nacht, kann kaum schlafen, der Arme. Der Bierschinken sieht gut aus heute.«

»Ja, der ist diesmal sehr schön, ist der selbst Gemachte.«

»Fünf Scheiben. Mag Waldi doch so gern.«

»Fünf Scheiben, gerne. Sonst noch was?«

»Nein, das wär's.«

Sie bekam ihr Paket über die Theke gereicht und zahlte.

»So, junger Mann, was darf's bei Ihnen sein?«

»Ich hätte gern, äh – zwei Käsebrötchen. Zum Mitnehmen. Ach, ne, eins.«

27

Wenn es sein musste, konnte sie beim Bier Witze von der siebten Sohle erzählen, die einem Seemann die Tränen in die Augen trieben, vielleicht war das der Grund, dass sich einige in ihr täuschten. Das oder ihre lange blonde Mähne, denn wenn es um ihre Frauen und Mädchen ging, war Anita Eckard eine Kämpferin mit Flammenschwert, die nie aufgab.

Sie war vor Ewigkeiten ein paar Jahre selbst anschaffen gegangen und leitete jetzt das »Schwalbennest«, eine Organisation, die sich um Prostituierte kümmerte, um jene, die aktiv waren, vor allem auch um jene, die aussteigen wollten. Das war oft schon bei denen nicht einfach, die in die eigene Tasche arbeiteten, weil sie den Weg auf normalen Schuhen in den Alltag nicht mehr gewohnt waren. Bei denen mit Beschützern war es nicht selten eine gefährliche Sache.

Steiger und Jana kannten Anita Eckard lange. Jana hatte ein-, zweimal als Dolmetscherin ausgeholfen, wenn es um russische Mädchen ging, und sie waren auch schon einmal gemeinsam ein Bier trinken gegangen, aber zum Du war es nie gekommen.

Sie begrüßte sie herzlich mit einem Lächeln.

»Was kann ich für Sie tun?«

Sie setzten sich, Steiger zog das Foto der Toten aus der Tasche und legte es auf ihren Schreibtisch.

»Ja, ich kenne das Bild natürlich«, sagte sie und streifte es nur flüchtig, »habe es heute in der Presse gesehen, aber wir kennen die Frau nicht, sie war noch nie hier.«

»Schade, wär auch zu schön gewesen«, sagte Steiger, »aber dann hätten Sie sicher auch schon angerufen. Könnten Sie es aufhängen, an ein Schwarzes Brett, wenn Sie so etwas haben, und ihre Mädchen fragen?«

»Natürlich.«

Steiger schob es näher zu ihr hin. »Es würde uns einen großen Schritt weiterbringen, weil wir keine Ahnung haben, wer sie ist.«

Sie nahm das Bild noch einmal auf und sah es sich einen Moment intensiver an.

»Sie sieht eher russisch aus. Das ist fast ungewöhnlich.«

Zwei Frauen kamen ins Zimmer, sie trugen Jogginganzüge, Turnschuhe und waren absolut ungeschminkt. Beide grüßten in einer Sprache, die Steiger nicht verstand. Anita grüßte mit einem Lächeln zurück.

»Ja«, sagte Jana, »sie ist sicher Russin.«

»Das ist ungewöhnlich, sagte ich schon.« Anita Eckard stand auf, bot ihnen Kaffee an und nahm sich selbst einen. »Die Russinnen sind mittlerweile in der Minderheit, schon weil sie in Deutschland nicht arbeiten dürfen. Sie versuchen es öfter mit einem lettischen Alienpass, was aber nicht erlaubt ist.« Sie kam mit dem Kaffee zurück und setzte sich wieder. »Wir haben fast nur Bulgarinnen und Rumäninnen und ein paar Polinnen, die aber wenig, und Schwarzafrikanerinnen kaum noch. Aber Sie wissen ja selbst, was hier im Norden los ist, Herr Adam.«

»Gibt es zurzeit Auffälligkeiten, Frau Eckard? Besonderheiten?«, fragte Steiger.

Das Telefon klingelte. Sie sah auf das Display, machte eine entschuldigende Handbewegung und nahm ab. Es ging um einen Gerichtstermin irgendwann in nächster Zeit für eine ihrer Frauen. Nach kurzer Zeit legte sie auf, brauchte zwei Sekunden, um wieder im Thema zu sein.

»Rund um den alten Straßenstrich ist wieder mehr los. Als er vor zwei Jahren dichtgemacht und zum Sperrbezirk erklärt wurde, ist ja erst viel Aufwand betrieben worden, auch von ihren Kollegen und der Stadt, aber so langsam kommen sie zurück. Vielleicht nicht direkt am alten Strich, aber drum herum. Und Besonderheiten ...« Sie stockte und spielte mit einem Stift. »Also, ich will nicht das Gras wachsen hören und auch keine Pferde scheu machen, und es ist auch kein bisschen konkret, aber ich habe das Gefühl, da läuft irgendwas.«

»Geht's doch ein bisschen konkreter?«

»Ach«, sie zog die Stirn nach oben, »es ist wirklich nur ein Gefühl, und wenn's nicht stimmt, hilft es nichts, aber ein paar Mädchen erzählten letztens etwas von Überfällen oder gewalttätigen Aktionen, solche Dinge. Aber immer nur vom Hörensagen, keine war selbst dabei. Und Sie wissen ja, dass die Mädchen alle paar Tage, zumindest Wochen in einer anderen Wohnung oder einem anderen Haus arbeiten, da kommt man viel rum und hört vieles. Es hört sich fast so an, als ob irgendwer versucht, da den Fuß in die Tür zu bekommen, und als ob es da eine Rivalität gäbe. Die Geschichte in der Villa würde ja dazu passen.«

Sie hatten in der Mordkommission auch darüber gesprochen, obwohl die Revierkämpfe in der Rotlichtszene lange vorbei waren. Die Luden alter Prägung von früher, die sich die Stadt in Reviere aufteilten, waren meist gewalttätige, menschenverachtende Arschlöcher mit einem Hofstaat gewesen, dachte Steiger, aber man hatte wenigstens noch durchgeblickt. Die Strukturen waren heute ganz andere. Da hatte das offene Europa einiges auf den Kopf gestellt und neu gemischt. Aber besser geworden war es dadurch nicht.

»Wir hatten zum Beispiel vor etwa vier Monaten eine Bulgarin, die völlig traumatisiert war und kein Wort sprach. Die vom Frauenhaus hatten angerufen, weil man sie dort vor dem Eingang abgesetzt hatte, sie aber von den Klamotten her offensichtlich eine Hure war. Furchtbar junges Ding. Sie soll dort am Anfang immer noch so was wie ›nicht in den Kopf schießen‹ gesagt haben, hinterher sprach sie aber gar nicht mehr.«

Steiger und Jana sahen sich an, und er wusste, dass Jana dasselbe dachte. Da hätte man auch mal die Polizei holen können. Aber er sagte nichts.

»Was ist aus ihr geworden? Können wir vielleicht mal mit der reden?«

»Wir haben sie damals ins Krankenhaus gebracht, in die Psychiatrie, und ich glaube, da ist sie auch noch, müsste ich mal meine Mitarbeiterinnen fragen. Sie war aber danach völlig apathisch und hat kein einziges Wort mehr gesagt. Und Sie wissen doch, mit Ihnen reden die sowieso nicht.«

Das wusste Steiger und hatte es oft erlebt, dass die Osteuropäerinnen sich eher die Zunge abbissen, als mit der Polizei zu reden. Weil sie zu Hause gelernt hatten, wenn man jemandem trauen konnte, dann niemals einem Polizisten, weil die mit den Beschützern immer gemeinsame Sache machten, schließlich wurden sie von ihnen bezahlt.

»Und wo das läuft … kann man da was raushören, aus dem allgemeinen Rauschen.«

Sie schüttelte den Kopf. »Nein, nichts Konkretes, ich könnte nicht mal sagen, dass Dortmund gemeint ist. Hört sich für mich nur mehr danach an, dass es keine Klubs oder Hotels sind, sondern mehr in kleineren Einheiten sein könnte, davon gibt es doch unzählige in irgendwelchen Wohnungen.«

Sie bedankten sich für den Kaffee und die Unterstützung, und Anita Eckard versprach, die Personalien der Verstummten zu übermitteln.

Vor der Tür verabschiedete Steiger sich von Jana.

»Ich komme mit der Bahn nach, mal sehen, was so läuft. War um die Zeit schon länger nicht mehr hier. Und mit einer jungen blonden Frau an meiner Seite werde ich eben auch nicht von anderen jungen Frauen angesprochen.«

»Okay«, sagte Jana, lachte nicht über den Scherz und fuhr los.

Er sah ihr eine Weile hinterher. Sie hatten seit dem Abend im »Totenschädel« nicht wieder über die Sache mit Sven gesprochen. Er wollte nicht nerven. Aber sie schleppte einen Rucksack mit durch die Tage, das war deutlich zu spüren. Er wusste nicht, was er tun konnte, aber irgendetwas musste geschehen.

Steiger ging über die Kurfürstenstraße und den Bürgergarten auf die Mallinckrodtstraße. Um den Nordmarkt fand das Leben wie üblich, wenn es nicht regnete, auf der Straße statt. Auf das frisch gestrichene rosa Toilettenhäuschen im Park hatte jemand schon wieder ein Graffito gesprüht, und vor jedem Geschäft saßen Menschen auf Plastikstühlen oder standen zusammen und palaverten in Sprachen, die Steiger nicht verstand. Kinder rannten einander hinterher, und an manchen Stellen war kaum ein Durchkommen. Er wechselte die Straßenseite und ließ zwei Sprinter mit rumänischen Kennzeichen vorbei. Aus einigen der Läden und Kneipen dröhnte fremde Musik, meist in solcher Lautstärke, dass Steiger sich fragte, wie man es drinnen aushalten konnte. Aber man musste sie ja auch auf der Straße hören können, dachte er, da machten die hundertzwanzig Dezibel schon Sinn. In einigen Hauseingängen und auf dem Mittelstreifen unter den Bäumen standen schon ein paar Frauen mit der typischen demonstrativen Belanglosigkeit, was ihn so früh am Tag wunderte, aber er verzichtete darauf, sie anzusprechen. Im Vorbeigehen sah er, dass das Tor zu einem der Hinterhöfe offen stand. Er ging hindurch und warf einen Blick hinein, fand aber nur gestapelten Müll und niemanden beim schnellen Sex für wenig Geld.

Er lief weiter Richtung Ravensberger Straße.

Im Stollenpark saß auf einer Mosaikbank ein Mädchen in Schüleroutfit. Sie rauchte und stand auf, als sie ihn sah. Er ging mit langsamen Schritten auf sie zu, wartete ab und konnte sehen, dass sie schon deutlich einen Affen schob. Ihre Fingernägel waren schmutzig, mit Resten von Nagellack.

Sie taxierte ihn eine Weile, begann dann, leise zu lächeln, und kam auf ihn zu.

»Na, Daddy. Für 'nen Zehner zeige ich dir, dass dein Schwanz der beste Lolli der Welt ist.«

»Adam, Polizei Dortmund«, sagte Steiger und präsentierte ihr seine Dienstmarke. »Hast du mal einen Ausweis.«

»Ach, Scheiße!« Alle angestrengte Zugewandtheit fiel von ihr ab. »Ich hätte auf mein erstes Gefühl hören sollen.«

Sie fingerte etwas aus ihrer Tasche. Steiger nahm den

Ausweis, er war abgelaufen. Er sah, dass sie Lena hieß und dass sie vor drei Tagen achtzehn geworden war.

»Du weißt, dass du hier im Sperrbezirk bist.«

»Hier kommt man aber immer noch leichter an Kunden als woanders.«

»Ist aber verboten.«

»Komm, mach doch kein Drama daraus.«

»Nein, ist kein Drama, aber verboten und 'ne Ordnungswidrigkeit.«

Sie verschränkte die Arme.

»Und? Dann nimm mich doch mit! Sperr mich ein. In der Zelle geht's mir dann dreckig, ihr müsst einen Arzt holen, der mir was spritzt, und dann bin ich wieder draußen und mache eh weiter.« Sie rieb sich die Oberarme und zitterte leicht. »Ich brauche die Kohle, verdammt. Sieht man das nicht?«

»Aber so?« Er bereute es, noch während er es sagte.

Sie zuckte mit den Schultern und legte den Kopf schief.

»Ach, so schlimm ist es auch nicht, du musst beim Blasen nur daran denken, dass es dir gleich wieder gut geht. Ist dann gar nicht so schwer. Also, meinetwegen nimm mich mit.«

Sie verzog den Mund, und Steiger nahm an, dass es ein hämisches Lächeln werden sollte, aber nicht mal das kriegte sie noch hin.

Man bekam in diesem Job über die Jahre viel mit, viele blutende Körper und noch mehr blutende Seelen, mehr vielleicht als in jedem anderen. Trotzdem hatte Steiger die Theorie, dass das gefühllos machte, dass man härter wurde mit der Zeit, abgestumpfter, immer bestritten. Wer mit fünfzig nicht weinte, wenn das Elend und die Hoffnungslosigkeit ihm begegneten, hatte das mit zwanzig wahrscheinlich auch nicht getan. Man hielt mit den Jahren nur sehr viel mehr für möglich als andere Menschen und war nicht mehr so oft überrascht. Aber manchmal sah einen die Traurigkeit in einer Furcht einflößenden Größe in Momenten an, in denen man gar nicht damit rechnete.

Er gab ihr den Ausweis wortlos zurück und ging zur U-Bahn.

28

2011

Der Mann, der ihr am Anfang gesagt hatte, sie solle ihn Petar nennen, zog seine Uniformjacke an, schloss die Tür hinter sich, und Anastasia blieb einfach auf dem Bett liegen, hörte, wie sich die Schritte entfernten, und fühlte nichts.

Die Krämpfe im Unterleib, die am Anfang oft sofort danach einsetzten, hatte sie schon lange nicht mehr, sie waren eines Tages einfach weggeblieben. Auch mit dem Weinen hatte sie aufgehört, und auch das war kein bewusster Entschluss gewesen, es war einfach passiert. Eines Tages, schon vor längerer Zeit, war ihr aufgefallen, dass die Schmerzen nicht mehr von Tränen begleitet wurden, dass auch den Verletzungen keine mehr folgten. Dabei war es gleichgültig, ob Oleg sie schlug und ihr Körper brannte oder ob die Demütigung ein kneifendes Vakuum in ihr entstehen ließ, wenn die Männer das Geld aufs Bett legten, bevor sie gingen, und es machte auch keinen Unterschied, ob sie in dem Moment ihre Missachtung mit einem Gruß kaschierten oder nicht.

Warum es so geschehen war, wusste sie nicht und hatte darüber auch nur am Anfang nachgedacht. Sie hatte es genommen, wie man es nimmt, in der Kindheit und Jugend jedes Jahr ein paar neue Schuhe zu brauchen, weil die alten nicht mehr passten. Oder wie einem Brüste wuchsen, irgendwann waren sie einfach da, und man lebte mit ihnen, ohne weiter darüber nachzudenken. Oder wie man heiratete.

Walerij zu heiraten war etwas, auf das ihr Leben ab einem bestimmten Punkt zulief, unabänderlich wie der Weg eines Zuges. Alle Mädchen, die sie kannte, heirateten, alle. Und Walerij zu heiraten lag so nah. Er war Dajanas älterer Bruder und interessierte sich schon lange für sie, schon zu der Zeit, als sie noch bei Onkel Serjoscha wohnte. »Ich werde dich irgendwann heiraten«, hatte er schon damals mit einem Lachen gesagt, immer wenn er die drei Freundinnen irgendwo antraf, und es tatsächlich getan, fünf Wochen vor ihrem achtzehnten Geburtstag.

Sie war mit ihm zu seiner Familie gezogen, die aus dem Dorf ihrer Kindheit und Jugend nach Jekaterinburg gegangen war, weil man dort schneller und leichter an Geld kommen konnte. Das hatte Oleg gesagt, der Mann, der Dajana geheiratet hatte und der es wissen musste, denn Oleg war in Jekaterinburg aufgewachsen und kannte sich aus. So wohnte sie mit Walerij in einem Zimmer in einer Wohnung, in der mit ihnen noch sechs andere Menschen lebten.

Zehn Wochen vor Anastasias neunzehntem Geburtstag war Elena zur Welt gekommen, und einen Tag später hatte Walerij in der Fabrik an eine Zehntausend-Volt-Leitung gefasst, weil der Rausch vom Vortag, als er die Geburt seiner Tochter gefeiert hatte, ihn unvorsichtig hatte werden lassen.

Und so war Anastasia aus dem Krankenhaus direkt zur Beerdigung ihres Mannes gefahren, der sein Kind, das sie bei sich trug, nur ein einziges Mal gesehen und es nur ein einziges Mal bei seinem Namen genannt hatte. Auch sonst war Walerijs Tod ein harter Schlag für die Familie, denn er war der Einzige gewesen, der tatsächlich Arbeit hatte.

In den Wochen danach hatte sie oft darüber nachgedacht, ob sie Walerij geliebt hatte … Was war das, Liebe? Er hatte sie hin und wieder geschlagen, aber das taten alle Männer, und die, die es nicht taten, wie Serjoscha, hatten oft keine Frauen. Wichtiger war, dass er sie hätte versorgen können. Und er erlaubte ihr das Tanzen, vielleicht war sogar das der Grund gewesen, der sie ja sagen ließ, als er sie gefragt hatte. Einmal in der Woche war sie zum Tanzen gegangen, und in diesen Stunden hatte sie sich von allem enthoben gefühlt und ein wenig wie in den Tagen ihrer Kindheit.

Jetzt tanzte sie nicht mehr. Oleg sagte, dass dafür kein Geld da sei, und Dajanas Mann sagte auch sonst, was in der Familie geschah und was nicht geschah. Oleg war es auch, der sie eines Tages zur Seite nahm und davon überzeugte, dass sie etwas zum Familienunterhalt beizutragen hätte. Sie hatte ein Kind, keinen Mann und keine Arbeit, und zwei Menschen lebten nicht von Luft, das waren seine Worte gewesen, und er hatte sie mit einer Ruhe gesagt, aus der deutlicher als alles andere klang, dass sie keine Wahl hatte.

Anastasia wusste, dass er Dajana schon bald nach der Hochzeit an Männer verkauft hatte, und sie wusste, dass er es mit dem Einverständnis der Eltern tat. Dajana hatte ihm geglaubt, dass es schnell verdientes Geld und doch eigentlich keine große Sache sei. Sie hatte es mitgemacht, wie sie alles in ihrem Leben mitgemacht hatte, und weil es doch für die Familie war und eben schnell verdientes Geld und vielleicht wirklich keine große Sache.

Und als sie so dalag und darüber nachdachte, wann ihr Dasein begonnen hatte, eine Abfolge von Tagen zu werden, aus denen der Glaube verschwunden war, dass es gut werden würde, und die Kraft gewichen, das eigene Leben nicht nur in Händen zu halten, sondern es so zu drehen und zu wenden, dass man die Richtung bestimmte, erschien das Bild von Nadeschda vor ihren Augen, so deutlich, als sei sie grad tatsächlich zur Tür hereingekommen. Ja, eigentlich hatte es an dem Tag begonnen, als Nadeschda fortging, weil sie die Kälte im Hause von Veronika und Gennadi nicht mehr ausgehalten hatte. Am Anfang hatten sie viel miteinander telefoniert, dann immer ein bisschen weniger, und jetzt waren schon Wochen seit dem letzten Gespräch vergangen, was auch daran lag, dass Oleg ihr kein Handy zugestand und alles kontrollierte.

Nadeschda wusste, dass Anastasia ein Kind hatte, ein Kind ohne Vater, und dass es ihr nicht gut ging in dieser Familie, aber dass sie mit Männern schlief, die sie nicht kannte und die ihr danach Geld aufs Kissen legten, bevor sie gingen, das wusste die Freundin nicht.

Draußen waren Schritte zu hören, die Tür öffnete sich, und Oleg kam ins Zimmer. Er nahm das Geld an sich, wie er es immer tat, aber er steckte es dieses Mal nicht weg, und in seinem Gesicht war etwas anderes als sonst. Er kam noch etwas näher, schob die Unterlippe nach vorn zu einem Lächeln und setzte sich auf die Bettkante.

Dann wedelte er mit den Scheinen und sagte: »Das sind Peanuts, weißt du das, meine Liebe, Peanuts.«

Sie verstand nicht, was er meinte, schwieg aber.

»Freu dich! Wir machen eine Reise«, sagte er, faltete die Scheine zusammen und steckte sie nun doch ein. »Eine weite Reise, aber dort werden wir viel mehr Geld verdienen als hier.« Er stand auf und drehte sich an der Tür noch einmal um. »Wir fahren nach Deutschland.«

Sie hörte, wie sich seine Schritte entfernten, und legte sich wieder bewegungslos aufs Bett.

Nadeschda, dachte sie.

Und jetzt fühlte sie, wie ihr die Tränen kamen.

29

2013

Steiger war in der U-Bahn auf dem Rückweg zum Präsidium umringt von Schülern, sah all die hippen Jacken und schicken Schuhe und aufwendigen Frisuren und spürte für einen Moment dieselbe leise Verachtung wie zu seiner Schulzeit. Nur waren damals diese Typen in der Minderheit gewesen, das hatte sich echt geändert. Aber es sind noch dieselben Gespräche wie seinerzeit, dachte er, weil er vieles mithören musste, auch wenn er nicht wollte. Dieselben Gespräche, dieselbe Unsicherheit und dasselbe innere Chaos hinter all den Worten und dem lauten Lachen, den Blicken und den ersten Paradiesvogeltänzen. Vielleicht war das der Grund dafür, dass man in dem Alter am liebsten nur mit seinen Leuten zusammen war. Weil man es auch bei allen anderen spürte und sich in einem Raum bewegte, in dem Gefahrlosigkeit zu herrschen schien. Nur sahen sie heute wirklich anders aus als damals, mit ganz anderen Klamotten und vollkommen anderen Frisuren.

Ein schlanker, hübscher Bursche, dessen volles Haar an den Seiten rasiert und ansonsten nach oben gestylt war und den er länger gemustert hatte, stand auf und machte einen Schritt auf ihn zu.

»Wollen Sie sich setzen?«

Steiger starrte den Jungen lange an, sah, dass er einen Ohrring trug und auf der Oberlippe einen ersten dunklen

Flaum bekam, er sah die faltenlose Haut, die langen Wimpern und den auffordernden, freundlichen Blick.

»Äh … danke, weil, also, ich muss gleich raus.«

Er drückte den Halteknopf, stieg an der nächsten Station aus. Es war eine zu früh.

Im MK-Raum waren für diese Zeit am Nachmittag ungewöhnlich viele Leute, aber das allein war es nicht. Die Stimmung war unruhiger als sonst, aufgeregter.

»Wir haben einen Täter«, sagte Jana im Vorbeigehen, als sie Steigers fragenden Blick sah, »vielleicht, aber mehr weiß ich auch nicht.«

»Einen Täter?«

»Hat irgendwas mit den Waffen zu tun.« Sie sah auf die Uhr. »Griese sagt gleich was dazu, in fünf Minuten.«

Steiger fragte noch den ein oder anderen Kollegen, aber niemand wusste etwas Genaues. Der MK-Leiter telefonierte und schrieb nebenher. Irgendwann legte er auf, notierte noch einen Satz und stand auf.

»So, Kollegen, sucht euch mal einen Platz. Wir sind zwar nicht komplett, aber für alle, die da sind, will ich es schon mal sagen.« Er wartete einen Moment, aber die Stille trat eher ein als sonst bei solchen Gelegenheiten.

»Ich fang mal mit dem Wichtigsten an. Vorhin habe ich einen Anruf der Kollegen aus St. Johann in Österreich bekommen, das muss ziemlich bald hinter der Grenze liegen. Die haben gestern am frühen Abend in ihrem Bereich ein rumänisches Wohnmobil aufgefunden, in dem eine männliche Leiche lag. Das allein ist noch nicht so interessant, aber der Mann ist offensichtlich dort an einer Schusswunde im Bauch verstorben. Außerdem haben sie in dem Auto zwei

Schusswaffen gefunden, eine davon eine Neun-Millimeter-Beretta, also eine Waffe, die Munition verschießt, die auch an unserem Tatort verschossen wurde. Und das Beste, Kollegen, zum Schluss: Im Navi des Wagens war exakt die Adresse unseres Tatorts eingegeben, und ein Bild von der Villa Konrad haben sie auch gefunden. Und weil die Österreicher clever waren, haben sie sich sofort hier gemeldet. Das war vor anderthalb Stunden.«

Griese sah seine Loseblattsammlung durch, und wieder blieb es zunächst ungewöhnlich ruhig.

»Ein Rumäne?« Kleine von den Einbrechern.

»Ja, ein Rumäne, lasst mich noch ein paar Infos dazu loswerden, dann könnt ihr fragen. Also, der Tote heißt Dorin Radu, ist neununddreißig und kommt aus Bukarest, ist bei den rumänischen Kollegen auch ’ne ziemlich bekannte Größe, sagen die Österreicher, auch wegen Gewaltdelikten. Es ist bereits ein Team von uns nach Österreich unterwegs. Wir haben schon am Mittwoch per Kurier unsere Projektile und Patronenhülsen vom Tatort zum BKA gebracht, darunter auch das Projektil, das unser Opfer getötet haben muss. Es steckte im Bettrahmen, weil es ja ein Durchschuss war. Wolfram Grube und Siggi Sander werden mit den österreichischen Kollegen reden, werden vor allem das Projektil und die Waffe mitnehmen und sie morgen auf dem Rückweg zum BKA bringen. Dass morgen Samstag ist, ist dabei nicht das Problem. Ihr wisst, ich war mal ein paar Jahre beim BKA, und wir werden das Zeug morgen zumindest dort beim Schusswaffenerkennungsdienst loswerden, das habe ich organisieren können. Untersuchen und mit unseren Asservaten vergleichen werden sie es aber sicher erst in der nächsten Woche. Das hoffe ich zumindest, dass das alles so unbürokratisch über die Bühne geht. Michael telefoniert schon seit 'ner Stunde mit dem BKA und allen möglichen Leuten, und auch der Behördenleiter ist mit im Spiel.« Wieder blätterte er. »Tja, das war's dazu.« Er sah wieder in die Runde. »Man muss es abwarten, aber es sieht ganz so aus, als ob wir einiges vom Tatort bald zuordnen können.«

Wieder blieb es ungewohnt still.

»Das klingt doch sehr nach 'ner Bandengeschichte. Bei unseren Einbrechern haben wir auch Gruppen, die von irgendeinem König in Rumänien geführt werden.« Wieder meldete sich Kleine als Erster. »Ist das so undenkbar.« Er sah zu Steiger.

»Ich hab's schon mal erklärt, die Strukturen sind heute andere. Die Betreiber der Bordelle verdienen ihre Kohle über die Mieten, und die Frauen, die da arbeiten, machen das oft auf eigene Rechnung. Natürlich gibt's noch Zuhälterei. Die Frauen in den Wohnungsbordellen, oft Rumäninnen und Bulgarinnen, müssen sicherlich meistens was abgeben, aber ob hier oder zu Hause kriegst du nicht raus, denn die sagen es dir im Leben nicht. Nur sind das nicht oder selten die verschleppten Zwangsprostituierten. Und diese Reviergeschichten gibt es so eigentlich nicht mehr. Aber vielleicht kommt da von außen so was rein. Wir«, er sah Jana an, »waren heute beim ›Schwalbennest‹, die Leiterin kennen wir seit Jahren aus der täglichen Arbeit. Die deutete an, dass ein paar Mädchen was von Auseinandersetzungen gehört hätten. Aber alles völlig vage und nicht greifbar. Und der Tote ist ja Rumäne, das Haus ist doch aber irgendwie in Bulgarenhand, oder?« Steiger sah Griese an.

»Ja, gibt's was Neues zu dem Haus, ihr habt doch beim Eigentümer durchsucht.«

Er fragte einen der Jüngeren aus der Wirtschaftskriminalität, den Steiger nicht kannte. Der klappte seine Bund-deutscher-Kriminalbeamter-Mappe auf.

»Ein wenig. Das Haus gehört mit Grundbucheintrag Dimitar Penew. Der Mann wohnt mit Frau in Duisburg, ist achtundsiebzig, ohnehin nicht der Hellste, zurückhaltend formuliert, und dann kommt das Alter noch hinzu. Er ist ganz offensichtlich ein Strohmann. Gemanagt hat das Gespräch sein Neffe, Kostadin Penew. Der ist sechsunddreißig und 'ne ziemlich windige Figur, hat aber keine Akte bei uns, der alte Mann übrigens auch nicht. Die Vernehmung war echt anstrengend, natürlich alles mit Dolmetscher, weil beide zumindest vorgeben, kein Deutsch zu können, was ich dem Alten auch glaube. Das Haus ist wohl erst seit Kurzem fertig und soll ein *Hotel*«, er hob die Stimme etwas an, »werden, gemeint ist aber wohl ein Puff. Die Fäden in der Hand haben soll ein weiterer Neffe, Stefan Bodurow, der allerdings seit Wochen in Plowdiw und nicht erreichbar ist, sagt Kostadin. Wem der die Zimmer zu der Zeit vermietet hat, will Penew nicht wissen, auch nicht, wer die Umbauarbeiten seinerzeit gemacht hat, da könnte man ja über die Handwerker weiterkommen. Kann aber sein, dass das mit bulgarischen Arbeitern komplett schwarz gemacht worden ist. Der Makler, der das Haus vor etwa einem Jahr verkauft hat, hat damals mit noch jemand anderem verhandelt. Wie die Kohle da genau geflossen ist – die haben wohl nichts finanziert, sondern alles bezahlt –, müssen wir noch ermitteln. Wir haben alles, was an Bankunterlagen da war, mitgenommen. Dass die beiden was mit dieser Sache zu tun haben, glaube ich nicht, aber ich bin sicher, die wissen, wer da am Dienstag drin war. Das Mobile Einsatzkommando beobachtet ununterbrochen die Wohnung, wer da aufläuft, und wir haben Telefonüberwachungen laufen, aber bis jetzt ist echt tote Hose, und es ist auch nicht so einfach. Der Neffe, also Kostadin, hat allein während der Vernehmung mit drei verschiedenen Handys telefoniert.«

»Woher kommt denn die Kohle, wenn die sofort bezahlt haben.«

»Das war gar nicht so viel, keine zweihunderttausend Euro, weil die Hütte an der Stelle doch keiner haben wollte. Das sind doch Summen, die sind in dem Gewerbe ein Klacks.«

»Danke, Dominique«, sagte Griese. »War's das dazu?«

Dominique nickte.

Griese fragte, ob noch jemand eine Frage hätte, hatte aber niemand. Er beendete die Besprechung.

Dann ging das Palavern los.

30

Nach der Besprechung hatten Steiger und Jana ihre Berichte geschrieben und danach auf den einschlägigen Seiten im Internet recherchiert. Dafür war Steiger vorher kurz in sein Büro beim Einsatztrupp gegangen, um sich den Ordner mit den bekannten Bordellwohnungen in Dortmund zu holen. Sie wollten vergleichen, ob es ein paar neue Adressen gab, die sie nicht kannten und noch nicht überprüft hatten.

Auf dem Weg dorthin rief er Toni Sawitzki an. Dass sie eigentlich Antonia hieß, hatte er erst spät erfahren und auch nicht von ihr. Wie viele Menschen, die ihren Namen nicht mochten, verschwieg sie ihn einfach, vielleicht um der Gefahr aus dem Weg zu gehen, doch von irgendwem mal so genannt zu werden.

Er erreichte sie wie fast immer auf dem Weg zu einer Story. Auf der A42 hatte es in Gelsenkirchen einen schweren Unfall mit zwei brennenden Fahrzeugen gegeben.

»Du versorgst mich ja nicht mehr«, sagte sie, und nach den Nebengeräuschen musste sie sich jenseits der hundertfünfzig bewegen.

»Ja, das stimmt, aber es war wirklich tote Hose in letzter Zeit.«

»Dann kann dein Anruf ja nur einen Grund haben.«

»Richtig. Ich habe schon länger nichts mehr, wollte dich schon seit ein paar Tagen anrufen.«

Steiger hatte Schwierigkeiten, sie zu verstehen.

»Wenn es die übliche Menge ist, kann ich sogar sofort damit dienen.«

»Es ist nicht so furchtbar eilig, aber wenn es kein Problem ist …«

»Bist du heute Abend in deiner Kneipe?«

»Ja, aber erst später, ich bin in einer Mordkommission.«

»Das Ding in der Villa Konrad?«

»Ja.«

»Gibt es da mittlerweile was, was mich interessieren könnte?«

»Dann hätte ich dich angerufen.«

»Okay, ich werde gegen elf in deiner Kneipe sein.«

Sie hatten drei Wohnungen gefunden, die noch nicht verzeichnet waren, und weil an keiner ihrer Spuren im Augenblick etwas zu ermitteln war, entschlossen sie sich, heute zumindest noch mit einer Wohnung zu beginnen.

Jana lenkte den Wagen durch den Dortmunder Abendverkehr. Wie immer in den letzten Tagen war sie schweigsamer als sonst. Steiger sah sie von der Seite an, und sie erwiderte seinen Blick mit kurzem Stirnrunzeln.

»Schon was von Sven gehört?«

»Ja, hab gestern mit den Kollegen auf der Wache gesprochen. Es geht ihm schon besser.«

Sie mussten nach Dortmund-Huckarde, und Jana hatte sich gegen die B1 und für den Weg durch die Stadt entschieden.

»Wie geht es dir? Damit, meine ich.«

»Schon okay«, sagte sie, und Steiger verstand. Er fragte nicht weiter.

Die Wohnung lag in der ersten Etage eines zweigeschossigen Hauses. Steiger schellte, und der Summer wurde betätigt. Oben erwartete sie an der geöffneten Tür eine asiatische Schönheit mit schwarzer Mähne in Flipflops und kurzem Kleid. Als sie die beiden sah, glitt kurz ein Ausdruck des Zweifels über ihr Gesicht, aber sie fing sich sofort wieder und lächelte.

»Hallo, ich bin Kim, zu wem möchtet ihr?«

»Steiger, Polizei Dortmund, das ist meine Kollegin, Frau Goll, wir möchten zu allen.«

Die Stimme war Steiger verdächtig vorgekommen, und jetzt sah er an den Füßen und am engen Cocktailkleid deutlich, dass Kim unterhalb der Gürtellinie etwas anderes zu bieten hatte, als die Haare, der rote Schmollmund und die mörderischen falschen Wimpern versprachen.

Sie gingen hinein, und Jana schloss die Tür hinter ihnen. Ein weißer, kleiner Hund kam angelaufen und beschnüffelte die Neuen.

»Wie viele Frauen sind heute hier?«, fragte Steiger.

»Fünf.«

»Bist du da mitgezählt?«

Kim warf einen gespielt vorwurfsvollen Blick. »Scherzkeks.«

»Okay, können sich mal alle, die hier sind, mit ihren Pässen in einem Raum versammeln, vielleicht in der Küche.«

Dort saßen schon zwei der Frauen, sahen sich eine amerikanische Serie im Fernsehen an und tranken etwas. Sie trugen Bademäntel und ebenfalls Flipflops. Das war das schuhmodische Alternativprogramm bei fast allen, die sie in der Szene kontrollierten. Entweder trugen sie Pumps, die in keinem normalen Schuhgeschäft zu bekommen waren, oder diese Latschen in allen Formen und Farben. Nur die, die auf Schülerteenie machten, hatten manchmal Turnschuhe an.

»Anja hat einen Kunden«, sagte Kim, der sich mittlerweile eine Zigarette angesteckt hatte.

»Ich möchte sie trotzdem sehen. Sie kann ja unterbrechen und hinterher wieder aufrichten, was zusammengefallen ist«, sagte Steiger.

»O Gott, wir haben tatsächlich einen Comedian zu Besuch«, sagte Kim mit Berliner Akzent und ging los, um Anja zu holen.

Zwei der Frauen waren Bulgarinnen, sahen sehr jung aus und machten ernste Gesichter. Jana zeigte Steiger die Pässe, sie waren neunzehn und einundzwanzig Jahre alt. Nach kurzem Blickkontakt nahm Jana die Jüngere der beiden mit nach nebenan. Sie hatten sich angewöhnt, mit den ganz jungen Mädchen unter vier Augen zu sprechen. Meist war auch dabei nichts Weltbewegendes herauszufinden, und die wirklich Unterdrückten sprachen auch in solchen Situationen nicht mit der Polizei. Aber dass sie etwas abgeben mussten, erfuhr man dabei meistens, wenn auch nicht, an wen. Wenn Jana dabei war, übernahm sie diesen Part, weil sie oft auf der Freundinnenschiene ein wenig mehr erfuhr als die Männer.

Steiger sah sich die Pässe an, die alle in Ordnung waren, notierte die Daten und die Namen, unter denen die Frauen arbeiteten.

Jana kam mit der jungen Bulgarin zurück und nickte Steiger mit einer Mischung aus Entwarnung und Bestätigung zu.

Kim hieß eigentlich Selatan und war vor achtundzwanzig

Jahren in Jakarta geboren. Er hatte eine Arbeitserlaubnis. Auf seinem Pass war das Bild eines jungen Mannes mit kurzen Haaren. Steiger hielt es neben den Kopf mit der schwarzen Löwenmähne.

»Das bist du?«

»Natürlich«, sagte Kim mit lächelnder Empörung und blies dabei den Rauch zur Seite.

»Erkennen kann man es nicht, muss ich dir also glauben.«

Steiger gab Jana den Pass, die ihn mit einer besonderen beleuchteten Lupe überprüfte, aber er war in Ordnung.

»Kennt jemand von euch diese Frau …«

Steiger entfaltete das Bild der Toten und legte es auf den Tisch. Die fünf warfen einen Blick darauf, und vier schüttelten sofort den Kopf. Die ältere der beiden Bulgarinnen sah etwas länger hin, und Steiger war nicht sicher, ob sich ihre Miene veränderte.

»Haben Sie diese Frau schon einmal gesehen?«, fragte Steiger sie direkt.

Jetzt schüttelte auch sie den Kopf, aber ihre Miene blieb ernst, und sie tat es wortlos und in einer Weise, die Steiger nicht geheuer vorkam. Aber im Moment war da ohne Dolmetscher eh nichts zu machen.

Sie überprüften die Daten von allen noch bei der Leitstelle, aber es bestanden keine Haftbefehle oder irgendetwas anderes.

Vor der Tür blieb er stehen.

»Was sagst du zu den beiden Bulgarinnen?«

»Ziemlich ernst und unsicher, und auf das Bild hat sie schon eigenartig reagiert. Ich bin auch sicher, die beiden geben etwas ab, aber um hart dranzugehen, war es einfach zu wenig.«

»Ja, vielleicht war es auch nur die übliche Bullenaversion.«

Er sah auf die Uhr, es war kurz vor zehn, in einer Stunde würde Toni im »Totenschädel« sein.

»Machen wir Feierabend für heute?«

Jana war einverstanden.

31

Die russische Winterlandschaft glitt in glitzernder und gleißender Schönheit an Nadeschda vorbei, und der typische gleichmäßige Takt, der entstand, wenn die Räder des Zuges über die Nahtstellen der Schienen rollten, machte sie schläfrig und ruhig, und zwischendurch war sie tatsächlich für ein paar kurze Momente eingeschlafen.

Sie war sich fast selbst ein wenig böse dafür, denn es war unpassend, weil sie sich Sorgen machte, und seit sie in diesen Zug gestiegen war, wurden diese mit jedem Kilometer, den sie sich Jekaterinburg näherte, größer.

Die Welt war eine andere geworden in diesen Jahren des Erwachsenwerdens, seit sie das Dorf ihrer Kindheit verlassen hatte. Nichts war mehr mit jener Insel in der Zeit zu vergleichen, als sie zu dritt durch die Tage liefen und lachten und selbst ein Nachmittag Langeweile etwas Wunderbares sein konnte. Jede war immer für die beiden anderen da, und sie waren einander so wichtig gewesen wie die Luft zum Atmen. So jedenfalls holte es die Erinnerung aus ihr hervor.

Dennoch hatte sie gehen müssen, damals, denn einem Mädchen, das als Waise bei Menschen lebte, die es vom ersten Tag an spüren ließen, dass es als eine Last empfunden wurde, bot das Leben nicht viele Gelegenheiten, es anders zu gestalten. Und dass sie nicht heiraten wollte, war ihr klar, seit sie sich Gedanken darüber machte, wie ihr Leben sein sollte, zu entmutigend waren alle Beispiele um sie herum gewesen.

Als Boris ihr nach der Schule in seiner Firma eine Arbeit angeboten hatte, musste sie nicht lange überlegen, obwohl sie erst siebzehn war, und sagte zu, auch wenn das die Trennung bedeutete. Er besorgte ihr eine Wohnung und war ein ebensolcher Chef, wie er die Ferienlager geleitet hatte. Er war unnachgiebig und gerecht, fordernd und aufrichtig, und ihm ging es um ihre Intelligenz, ihren Fleiß und ihren Mut, nicht um ihren Körper. Es hatte viele Situationen gegeben, wie sie nun einmal entstehen, wenn man tagein, tagaus miteinander arbeitet, aber er hatte sie niemals angerührt.

Fast drei Jahre war das jetzt her. Wenige Wochen später hatten Anastasia und Dajana kurz hintereinander diese Männer geheiratet und waren nach Jekaterinburg gezogen, wo es ihnen besser gehen sollte. Ob das so eingetreten war, daran hatte sie ihre Zweifel, denn am Anfang hatten sie sich oft geschrieben und miteinander telefoniert, und Anastasia hatte von ihren Enttäuschungen berichtet, von der Hilflosigkeit und den Schwierigkeiten nach Walerijs Tod und von Träumen, die nicht in Erfüllung gegangen waren. Aber mit der Zeit hatte sie dann diese Dinge immer mehr verschwiegen, in einer Art, wie man nicht deutlicher von ihnen hätte berichten können. Und seit drei Monaten hatte Nadeschda gar nichts mehr von ihr gehört, und das war ungewöhnlich, mehr als das …

Jekaterinburg wurde angesagt, sie nahm ihre Tasche und zog sich an.

Wenig später trat sie durch die vier Säulen des mächtigen Eingangs auf den Bahnhofsvorplatz unter einem kalten Februarhimmel in makellosem Blau und nahm sich ein Taxi.

Als der Fahrer sie eine Viertelstunde später vor der Adresse aussteigen ließ, die sie ihm gesagt hatte, war sie erschrocken. Sie hatte sich oft gefragt, wie ihre beiden Freundinnen leben würden, und hatte nach den Mails und dem Schweigen der letzten Zeit nichts Großartiges erwartet. Aber jetzt stand sie vor einer Reihe dreigeschossiger Wohnblocks, in deren grauen Vorgärten der kalte Wind bunte Plastiktüten verwehte und bei denen das Elend aus jedem Fenster quoll. Sie ging zum Haus mit der Nummer 7 und fand tatsächlich auf den Klingelschildern die Namen, nach denen sie suchte. Auch nach mehrmaligem Klingeln tat sich nichts, aber Nadeschda merkte, dass die Haustür nur angelehnt war. Im Flur traf sie auf eine alte Frau, die ihr sagte, dass die Familie in der zweiten Etage in der Wohnung 27 wohne.

Sie klopfte zweimal, dann öffnete jemand die Tür. Es war Dajanas Mutter.

»Nadeschda«, sagte sie mit schwerer Zunge und deutlicher Verwunderung.

»Guten Tag, Ludmilla«, sagte Nadeschda. »Na, mich hast du heute Nachmittag hier sicher nicht erwartet, oder?«

Ludmilla Pertseva zog die Tür ein kleines Stück weiter zu, sah Nadeschda weiter an, als habe sie eine Erscheinung, und schwieg.

»Willst du mich nicht hereinbitten. Ich bin gekommen, um Anastasia und Dajana zu besuchen.«

Nur langsam wachte die Frau auf.

»Das kannst du nicht«, sagte sie.

»Warum nicht. Deshalb bin ich gekommen.«

»Weil … weil sie nicht hier sind.«

Im Hintergrund war das Weinen eines Kindes zu hören und Stimmen, die Nadeschda als jene von Dajanas jüngeren

Geschwistern zu erkennen glaubte, auch wenn sie sich in den Jahren ein wenig verändert hatten. Nadeschda sah, dass in der Frau trotz des lähmenden Alkohols ein Gefühlschaos entstanden war, das ohne Zweifel mit ihrem Anblick zu tun hatte.

»Wo sind sie denn. Sie kommen doch sicher irgendwann zurück. Ich warte auf sie.«

Die Tür wurde von innen weiter aufgezogen, und hinter der Frau erschien ein Junge mit dunklen Locken, der ein Kind auf dem Arm trug.

»Jurij.« Nadeschda lächelte. Jurij war Dajanas jüngster Bruder, und sie hatte ihn von all ihren Geschwistern immer am meisten gemocht. Er war ein weicher, berührbarer Junge gewesen, der es geliebt hatte, wenn sie ihm Geschichten erzählte. Er lächelte ebenfalls, aber nur kurz und nicht mehr mit derselben Schwerelosigkeit wie früher.

»Und das muss Elena sein.«

Das Kind griff nach ihren langen Haaren, und Nadeschda fasste seine Hand, weil es daran zog. Dabei spürte sie, dass sich diese winzige Hand fremd anfühlte. Sie sah, dass dem Kind der kleine Finger der linken Hand fehlte und dass die Stelle noch verbunden war.

»Was ist mit ihrer Hand passiert«, fragte sie. Aber Ludmilla Pertseva zog den Jungen zurück in die Wohnung und brachte die Tür in die alte Stellung. Nadeschda hörte Jurij protestieren, aber die Mutter wies ihn schroff zurecht. Dann wandte sie sich wieder Nadeschda zu.

»Sie sind nicht mehr hier, sie wohnen nicht mehr hier.« Der Zorn und die Aufregung hatten alle Alkoholträgheit weggeweht. »Du kannst sie also nicht besuchen. Und ich will auch nicht, dass du sie besuchst. Lass sie einfach in

Ruhe, hast du das verstanden, Nadeschda, lass uns einfach in Ruhe.«

Dann schloss sich die Tür.

Nadeschda hörte, wie sich drinnen die Mutter mit Jurij stritt, und sie klopfte noch ein paarmal, aber es öffnete niemand mehr.

Einen Augenblick wartete sie noch und überlegte, was sie anderes tun könne, als zu gehen, aber im Moment fiel ihr nichts ein.

Sie stieg die Treppen hinab und entschloss sich, in der Stadt ein Hotel zu suchen, und weil sie dabei schon immer gut hatte denken können, ging sie den Weg zu Fuß.

Am Himmel leuchtete schon blass der Abendstern, obwohl die Sonne noch über dem Horizont stand. Sie war schon ein Stück gegangen, da hörte sie, wie jemand nach ihr rief.

Es war Jurij, der auf sie zurannte und ganz außer Atem war, als er sie erreichte.

»Jurij, was ist los?«, sagte sie und fasste ihn bei den Schultern. Er hatte keine Jacke an, sondern nur den Pullover, den er auch in der Wohnung getragen hatte.

Er rang noch eine Zeit nach Atem, dann erzählte er ihr auf den schiefen Betonplatten eines Bürgersteigs in Jekaterinburg im kalten Wind eines Winterabends, dass die beiden Gefährtinnen aus ihrer Kindheit und Jugend, die verbündeten Kriegerinnen, die Blutsschwestern in den Jahren ihrer Trennung zu Huren geworden waren. Dass sie für Geld mit Männern schliefen, die Oleg ihnen beschaffte.

»Und wo sind sie jetzt, sind sie irgendwo in der Stadt?«

»Nein, sie sind in Deutschland, schon seit ein paar Monaten. Oleg kennt einen Mann, von dem ich nur weiß, dass er

Dimitri heißt, der schon in Deutschland war und sagte, dort wäre viel Geld zu verdienen, viel mehr als hier.«

»Wissen deine Eltern davon.«

Jurij schnaufte seine eigene Verachtung hinaus.

»Natürlich wissen sie davon, sie haben es immer gewusst, von Anfang an. Sie haben es gewollt. Wegen des Geldes.«

Nadeschda blickte einen Moment an dem Jungen vorbei.

»Aber irgendwas ist jetzt anders geworden«, sagte er.

»Warum.«

Sie sah, dass er Schwierigkeiten hatte, Worte zu finden.

»Sie schicken jetzt kaum noch Geld, eigentlich gar nicht, das habe ich gehört. Und wir haben auch schon länger nichts mehr von Oleg gehört. Vor ein paar Wochen kamen zwei Männer, sie sprachen nur schlecht russisch, ich glaube, es waren Bulgaren. Sie haben gefragt, ob Elena das Kind von Ana ist. Dann haben sie ihr …« Er musste aufhören zu sprechen, und ihm kamen die Tränen. »Dann haben sie ihr den kleinen Finger abgeschnitten und es mit dem Handy gefilmt, einfach so … Den Finger haben sie mitgenommen, mit einem kleinen Ring. Und sie haben gedroht. Wenn wir etwas unternähmen, kämen sie wieder.« Er sah nach unten und weinte. »Dabei passte der Ring doch gar nicht.«

Sie wollte ihn in den Arm nehmen, aber er entwand sich ihr nach wenigen Sekunden und wischte sich seine Tränen ab.

»Wie konnte das alles passieren, Jurij?«

»Ich weiß es nicht. Es ging immer nur um Geld, nie war genug Geld da, und Oleg brauchte eben immer Geld für Drogen.«

»Oleg nimmt Drogen.«

»Nicht nur Oleg. Auch Irina nimmt Drogen und Dajana

mittlerweile auch, glaub ich.« Er rieb sich die Oberarme und zitterte ein wenig. »Ich muss wieder zurück, sie wissen gar nicht, dass ich dir gefolgt bin.«

Jetzt ließ er sich zum Abschied doch in den Arm nehmen, dann ging er und begann bald zu laufen.

Nadeschda sah ihm noch eine Weile hinterher.

»Wo sind sie denn in Deutschland. Deutschland ist groß«, rief sie, als er es fast schon nicht mehr hören konnte.

Er blieb stehen und drehte sich um.

»Ich glaube, die Stadt heißt Dortmund.«

32

2011

»Ich bin gleich wieder da, geh eine Runde mit Arielle.«

Volker Schwarz zog sich die Jacke an, nahm den Hund an die Leine und verließ das Haus. Im Vorgarten blieb er kurz stehen und sah, dass sie den Gärtner bestellen mussten, um ein paar Dinge in Ordnung zu bringen.

Er nahm seinen üblichen Weg vorbei an schicken Carports, die meist dunkle Limousinen vor dem Wetter beschützten, und vorbei an den anderen üppigen Vorgärten in der Siedlung, die alle in Ordnung waren, wie er im Vorbeigehen feststellte. Am Ende der Bebauung bog er in den Schotterweg ein, der ein wenig ins Grüne führte. Er sah, dass einige Blätter an den Sträuchern begannen, gelb zu werden.

Anfangs waren diese Gänge sein Hauptargument gegen einen Hund gewesen, aber Nicole hatte ihn immer darum gebeten, weil sie mit Hunden groß geworden war. Und als sie das neue Haus bezogen, war es irgendwie ganz selbstverständlich dazu gekommen, dass sie plötzlich einen Hund hatten.

Jetzt waren ihm diese Gänge angenehm, ja, er liebte sie an manchen Tagen, nicht weil er Hunde über die Maßen mochte, sondern weil sie eine Regelmäßigkeit in sein Leben gebracht hatten, und er mochte Regelmäßigkeiten. Und weil er auf diesen Gängen nachdenken konnte, gut nachdenken konnte und schon das ein oder andere berufliche Problem gelöst hatte.

Heute war es kein berufliches Problem, über das er nachdachte. Sein Anlageberater hatte gestern keine guten Nachrichten für ihn. Es war nicht dramatisch, aber schon eine Menge Geld, die zu verbrennen drohte. Das Geschäft war von Anfang an ein Risiko, aber es war machbar gewesen. Sie hatten sich mit dem Haus nicht übernommen, aber die Autos, die Reisen und all das, es blieb nichts mehr übrig. Dieser Gewinn hätte ihm Spielraum für das Mehr gegeben, die Sahne, die Amarenakirsche auf der Sahne. Jetzt musste er seine Pläne ändern, zumindest für eine Zeit. Er überlegte, ob er Nicole davon erzählen sollte, aber er entschied sich dagegen.

Arielle machte ihr Geschäft, und er wollte umkehren.

»Herr Dr. Schwarz?«

Er hatte den Mann nicht bemerkt und erschrak.

»Verzeihen Sie, wenn ich Sie erschreckt habe, das war nicht meine Absicht.«

Er war mittleren Alters, trug einen graubraunen, unscheinbaren Mantel, der für ihn erfunden zu sein schien.

»Da mein Name nicht so wichtig ist, schlage ich vor, Sie nennen mich Hermes.«

Nur seine Art zu sprechen war außergewöhnlich. Und sein Lächeln.

»Vorweg, Herr Dr. Schwarz: Dieses Gespräch, egal was je daraus folgen sollte, hat nie stattgefunden. Das soll weniger rätselhaft klingen, als für Sie beruhigend. Sie werden es noch verstehen.«

»Hören Sie, was wollen Sie von mir?«

»Gute Frage. Sehen Sie, ich bin gekommen, um Ihnen ein

Angebot, ein sehr gutes Angebot zu übermitteln, ein Angebot meiner Auftraggeber. Sie sind Biochemiker, Herr Dr. Schwarz, richtig? Ihr Institut wird in Kürze mit der Untersuchung einer chemischen Substanz beauftragt werden. Es handelt sich dabei um ein Herbizid, und Sie sollen feststellen, welche Langzeitwirkung diese Substanz auf die Umwelt hat.«

»Und?«

»Nun ja, wie soll ich sagen? Die Substanz ist nicht ganz unumstritten, was eine bestimmte Nebenwirkung angeht. Ihr Institut soll das nur noch bestätigen, was es wohl auch tun wird.«

Der Mann lächelte weiter dieses außergewöhnliche Lächeln.

Volker Schwarz war stehen geblieben.

»Hören Sie, ich habe nicht die leiseste Ahnung, was Sie wollen.«

»Ich sagte doch schon, es geht um die Untersuchung, die Ihr Institut, die Sie durchführen werden. Und es geht um, sagen wir, die Art und Weise, wie das geschehen wird.«

»Sie wollen … Das ist nicht Ihr Ernst. Sie wollen, dass ich Untersuchungsergebnisse manipuliere.«

»Aber, Herr Dr. Schwarz, nein, Sie sollen nicht manipulieren. Sie sollen zu den Ergebnissen kommen, zu denen Sie kommen müssen, zwangsläufig. Es wäre völlig ausreichend, wenn Sie, sagen wir mal, ein wenig langsamer arbeiten würden, wenn Schwierigkeiten, unvorhergesehene natürlich, aufträten, wenn Ergebnisse noch einmal überprüft werden müssten, bevor Sie zum richtigen Endergebnis kämen.«

»Und das ist für Sie etwas anderes als Manipulation?«

»In der Tat. Es ist für mich ein Beweis der bekannten

Ernsthaftigkeit und Gewissenhaftigkeit, mit der Sie Ihre Arbeit tun, die letztlich zum richtigen Ergebnis führen wird.«

Sie waren stehen geblieben, und Arielle zog an der Leine.

»Ach ja, der Hauptgrund unseres kleinen Treffens. Sie haben ja in Ihrem beruflichen Alltag mit sehr kleinen Mengen zu tun. Das hier ist ein Promille, vielleicht sogar weniger des Arguments meiner Auftraggeber.«

Mit diesen Worten zog er einen Umschlag aus der Innentasche seines Mantels, steckte ihn Volker Schwarz in den halb geöffneten Reißverschluss seiner Jacke und ging schnell davon.

»He, was soll das? Ich will das nicht!«, rief er ihm hinterher.

Der Mann blieb stehen und drehte sich um.

»Herr Dr. Schwarz, ich sagte doch, unser Gespräch hat nie stattgefunden. Sie sind doch Chemiker. Gibt es da nicht manchmal Beweise für die Existenz von etwas, die nur wenige Sekunden, ja Sekundenbruchteile bestehen und dann verfliegen? Sehen Sie das als flüchtigen Beweis der Ernsthaftigkeit des Anliegens meiner Auftraggeber an.«

Dann ging er.

Volker Schwarz nahm den Umschlag und öffnete ihn. Er war gefüllt mit Fünfhunderteuroscheinen. Er zählte nach, es waren zwanzig.

Als er wieder aufsah, war der Mann verschwunden.

33

2013

Jenny machte ein erstauntes Gesicht, als er ihr nach einmaligem Klingeln die Tür öffnete.

»Was ist los? Sehe ich aus wie ein Geist?«

»Quatsch, aber es ist Samstag, grad acht, und du siehst schon so wach aus.«

Steiger ließ sie eintreten und ging in die Küche. Sein Kaffee stand noch neben der aufgeschlagenen Zeitung. Er hatte tatsächlich ein wenig besser geschlafen, was vielleicht an Tonis Stoff gelegen hatte. Sie war gestern schon da gewesen, als er im »Totenschädel« erschien, und noch auf zwei Bier geblieben. Sie hatte ein wenig in der Sache recherchiert, und es schien sich tatsächlich etwas in der Szene zu tun. Genaues wusste auch sie nicht, aber einer der Altluden aus Duisburg, den sie kannte, sagte etwas von ein paar Gruppen, die in verschiedenen Städten im Pütt versuchten, andere zu verdrängen und Gebietsansprüche durchzusetzen.

»Möchtest du was trinken?«

»Nein, danke, Kakao hast du ja nicht.« Da hatte sie recht.

Jenny setzte sich ihm gegenüber, und Steiger versuchte, lockerer zu wirken, als er war. Jenny und er kannten sich, seit sie neun war, und es war immer unproblematisch gewesen, zumindest zwischen ihnen, aber so ein angekündigtes Gespräch, in dem er als persönlicher Dr. Sommer auftreten sollte, machte ihn doch unsicher, und er wusste nicht, ob er beginnen sollte und wie. Irgendwie vorsichtig vielleicht.

»Also, Jenny, Probleme?«

Sie sah ihn fast erschrocken an, beugte sich dann aber nach vorn und begann, mit ihren Fingern zu spielen.

»Ja, ich … Also … Ich habe dir ja gesagt, worum es geht. Da ist ein Junge in meiner Parallelklasse, der heißt Jan … Nein, anders. Du weißt, ich bin seit einiger Zeit mit Leon zusammen, und ich mag ihn gern. Mit ihm kann man viel Spaß haben und lachen, aber auch über ernste Themen reden, jedenfalls meistens.«

Das mit Leon wusste Steiger, sie hatte es mal erwähnt, aber er hatte keine Ahnung, was es im Jahre 2013 mit fünfzehn hieß, zusammen zu sein. War Sex darin inbegriffen?

»Ja, und letztens hat mich der Jan, der aus der Parallelklasse, nach der Schule abgefangen, als Leon schon nach Hause gegangen war. Er wollte mal mit mir reden. Ja, und dann«, sie machte eine Pause, »dann hat er gesagt, dass er mich liebt, und zwar schon ganz lange, schon bevor ich mit Leon zusammengekommen bin. Er hat sich bloß nicht getraut, es mir zu sagen.«

»Dann hat er aber zumindest ein ziemliches Scheißtiming, oder?«

»Ja, sicher, aber … Also, mein Problem ist: Ich weiß nicht, was ich tun soll.«

»Wie stehst du denn zu Jan?«

Sie sah ihn kurz an, blickte dann aber wieder dem Spiel mit ihren Fingern zu.

»Tja, das ist ja das Eigenartige, dass ich Jan auch schon immer besonders fand. Aber er ist so einer, den alle mögen, weißt du? Alle stehen irgendwie auf den, weil er auch wirklich gut aussieht, ein toller Sportler ist und dabei wirklich nett.«

Eincr wie Batto, dachte Steiger.

»Und mit ihm ist es ganz anders als mit Leon. Wenn er da ist, bin ich ganz unsicher, und trotzdem ist es schön. Und seit er mir das gesagt hat, muss ich an ihn denken, noch mehr als sonst, auch wenn ich mit Leon zusammen bin.« Sie machte eine Pause. »Ist das Liebe, Thomas? Oder woran merke ich das?«

»O Gott, Jenny, was ist Liebe? Das zu beschreiben, haben sich schon viele kluge Leute bemüht und sich einen dabei abgebrochen, wenn ich das richtig sehe. Jetzt soll ich dir das sagen? Was sagt denn deine Mutter dazu?«

Sie warf ihm wieder kurz einen Blick zu.

»Mit der kann ich über so was nicht reden, will ich auch nicht. Und dann …«, sie machte erneut eine Pause, »… bin ich sicher, dass sie meinen Vater niemals geliebt hat, nach allem, was sie über ihn erzählt hat. Vielleicht weiß sie es also gar nicht.«

Einen Moment saßen sie sich still gegenüber.

»Aber du warst doch auch mal verheiratet … Hast du deine Frau nicht geliebt, war es bei der nicht so, dass du lieber bei ihr warst als woanders? Wenigstens am Anfang.«

Er versuchte, sich daran zu erinnern, wie es vor fast dreißig Jahren mit Monika gewesen war. Die Erinnerung war ein Geschichtenerfinder, kein Chronist, das wusste er, und ihm war schon bald klar gewesen, dass diese Ehe ein Irrtum gewesen war, ein Irrtum, dessen Ursache er nicht wirklich kannte. Die Initiative war damals sehr von seiner Frau ausgegangen, was wohl mit ihrer eigenen Geschichte zu tun hatte. Aber hatte er diese Frau geliebt?

Er sah dieses Mädchen vor sich, dessen Vertrauen und Zuneigung in anrührte und ein wenig erstaunte und Angst machte. Darum hatte es schon Momente gegeben, wo er davor geflohen war und ihr nicht geöffnet hatte. Aber er hätte ihr gern geholfen, und er suchte nach Worten, die diesen Besuch bei ihm nicht zu einem kompletten Misserfolg werden ließen.

»Ach, Jenny, weißt du, ich bin da echt nicht der Richtige. Ich lebe schon Ewigkeiten allein, und gar nicht mal so ungern, und habe in meinem Job den ganzen Tag meistens noch mit denen zu tun, die der Liebe in ihrem Leben kaum oder oft sogar überhaupt nicht begegnet sind. Da gibt es also echt bessere Ratgeber.«

Sie sah ihn an und versuchte ein Lächeln.

»Aber vielleicht ist das ja gar kein schlechtes Zeichen, wenn du oft an ihn denken musst, auch wenn du mit Leon zusammen bist, Dass das ein Problem für dich ist, glaub ich gern, und für Leon schon bald eins werden könnte, auch. Aber Liebe hat sich noch nie darum gekümmert, ob sie Probleme macht.«

Sie nickte ohne Blickkontakt und kein bisschen so, als würde ihr das helfen.

»Wenn du jetzt, in diesem Moment an Leon denkst, was denkst du dann?«

»Dass er nett ist und ich ihn mag.«

»Und wenn du jetzt an Jan denkst, was dann?«

Sie sah einen Moment zur Seite und ihm dann in die Augen.

»Dass ich gern bei ihm wär.«

Er lächelte. »Ich finde, Jenny, das könnte sich wirklich nach Liebe anhören.«

Steiger nahm einen Schluck Kaffee, der ziemlich kalt geworden war, und sie unterhielten sich noch eine Weile über die Schule.

»Du bist so alt, Thomas«, sagte sie, als er sich später an der Tür von ihr verabschiedete, »und wenn es bei deiner Frau auch nicht so war, hat es das in deinem Leben noch nie gegeben, dass du gern bei einem Menschen sein wolltest? Lieber als woanders und lieber als allein?«

Er wollte etwas sagen, bekam aber nur ein Schulterzucken hin.

Dann ging sie.

Dr. Weiß war nicht im Dienst, als er eine Stunde später auf der Intensivstation fragte, ob er Eva Kramer besuchen dürfe.

Er zog sich die nötigen sterilen Sachen an und wurde vom selben freundlichen Pfleger, der ihn begrüßt hatte, an ihr Bett geführt. Es schien so, als steckten ein paar Schläuche weniger in ihrem Körper als bei seinem ersten Besuch, aber er war sich nicht sicher.

»Sie ist seit gestern in der Aufwachphase. Aber erwarten Sie bei diesem Begriff nicht zu viel, es hat mit dem normalen Aufwachen nichts zu tun.«

Er spürte eine Scheu, nah an sie heranzutreten. Ihr Gesicht unter dem Verband strahlte eine Ruhe aus, die auf alles überzugehen schien. Er hatte sie schon immer für eine Schönheit gehalten, schon von ihrer ersten Begegnung an, als er sie damals auch im Krankenhaus nach dem Überfall befragt hatte. Sie war jetzt völlig ungeschminkt, was sonst selten vorkam, aber ihm fiel auf, wie vertraut ihm diese Züge waren, die Linie der Lippen, die kleinen Falten um die Augen, die Löcher in ihren Ohren.

»Darf ich sie berühren?«, fragte er den Pfleger, der hinter einem Paravent am Bett nebenan beschäftigt war.

Er schaute um die Ecke.

»Stehen Sie ihr nah?«

Steiger sah ihn wortlos an.

»Wenn ja, ist das in der Aufwachphase sogar förderlich. Sie können auch mit ihr reden.«

Als er wieder verschwunden war, nahm Steiger vorsichtig ihre Hand. Sie war kalt und weich und ohne jede Spannung. Er hielt sie mit der Linken und ließ seine Finger die ihren entlanggleiten, bis zu ihrem Knöchel und wieder zurück. Dann bückte er sich ein wenig und drückte ganz sacht seine Lippen und seine Nase in ihre Handfläche. Auch all das war ihm so vertraut, der Duft, die Rundung des Halbmondes im Daumennagel, das Gefühl ihrer Haut auf seiner, aber in diesem Augenblick war es, als sähe und fühle er das alles zum ersten Mal.

34

Die russische Landschaft glitt an Nadeschda vorbei, dieselben Wiesen, Wälder und Dörfer wie vor wenigen Monaten, in derselben Schönheit, und obwohl jetzt alles grün und sonnendurchflutet war, fror Nadeschda, und der gleichmäßige Takt der Räder des Zuges vermochte ihr brennendes Herz nicht zu beruhigen.

Auf ihren Knien lag eine Tasche, die sie umfasste und gar nicht loslassen konnte, und in dieser Tasche hatte sie ein Bild, das sich für alle Zeiten in ihr Gedächtnis eingebrannt hatte, bereits in dem Augenblick, als es zum ersten Mal auf dem Bildschirm ihres Computers erschienen war.

Sie hatte seit ihrem ersten Besuch in Jekaterinburg, bei dem sie von Jurij all das über Anastasia und Dajana erfahren hatte, versucht, die Gefährtinnen ihrer Kindheit zu finden. Die Telefonnummern, die sie von ihnen kannte, liefen schon seit Langem ins Leere, darum hatte sie begonnen, im Internet nach ihnen zu suchen. Dabei hatte sie mit der Zeit erfahren, dass sich dort ganze Heerscharen von Frauen anboten, mit Fotos und Telefonnummern und Adressen. Sie war Monate täglich auf diesen Seiten unterwegs gewesen, nicht nur in Dortmund, sondern auch in Essen, in Bochum und Duisburg; manchmal hatte sie das Gefühl, sie habe keine dieser Seiten, die immer irgendwie »intim« hießen, ausgelassen, aber ihre Freundinnen hatte sie nicht entdeckt. Viele der Mädchen und Frauen waren so fotografiert, dass nur ihr Körper zu sehen war und das Gesicht verdeckt wurde, andere hatten das Gesicht durch einen trüben Fleck unkenntlich gemacht, und manchmal war Nadeschda, als erkenne sie in einer Hand, einer Schulter oder der Art, wie jemand stand, eine der beiden Gefährtinnen. Immer dann hatte sie dort angerufen, wenn eine Telefonnummer genannt war, aber die Stimmen gehörten anderen Frauen, und niemand kannte zwei Mädchen mit den Namen Anastasia und Dajana.

Bis vorgestern alles anders wurde. Sie war nicht mehr täglich auf der Suche, weil ständiger Misserfolg auch die größte Kraft ein wenig erlahmen lässt, aber an diesem Tag hatte sie den Rechner wieder eingeschaltet. Mittlerweile hatte sie ihre Suche erweitert und kam mit verschiedenen Suchbegriffen auch auf andere Seiten, die alle mit Prostitution und Mädchen zu tun hatten.

Und dann erschien es, dieses Bild, das jetzt in ihrer Tasche steckte, zuerst nur briefmarkengroß in einer Auswahl, es tauchte ganz ohne Vorwarnung auf, und als sie es sah, war es, als habe ihr jemand die Brust geöffnet und mit eisiger Hand hineingefasst. Nach unzähligen Tagen und langen Abenden und Nächten, nach vielen vergeblichen Anrufen, nach Irrtümern und Hoffnungen und Enttäuschungen hatte sie gefunden, wonach sie so lange gesucht hatte, und in demselben Augenblick, als sie es sah, wurde ihr mit großem Schmerz klar, dass es das Gegenteil von dem war, was sie gesucht hatte.

Wieder trat sie auf den großen Bahnhofsvorplatz, den die Sonne wärmer, aber nicht trostvoller machte als im Winter, und wieder stand sie nach einer Taxifahrt vor den dreigeschossigen Häusern mit denselben Graffitis an den grauen Wänden und den Plastiktüten auf den Wegen.

Sie musste dreimal klopfen, bevor geöffnet wurde. Als Ludmilla Pertseva sah, wer geklopft hatte, wollte sie die Tür sofort wieder schließen, aber dieses Mal ließ Nadeschda sich nicht abwehren. Sie stellte den Fuß in den Spalt und stieß die Tür auf. Die Frau im Morgenmantel taumelte nach hinten, was nicht nur am Alkohol lag, fing sich aber wieder und starrte Nadeschda mit Angst und Zorn an.

Nadeschda sah, dass Irina, eine der jüngeren Schwestern, auf dem Sofa lag und sie apathisch anblickte. Elena saß mit verschmiertem Mund in einer Ecke und ließ sich durch die Szene bei ihrem Spiel mit ein paar Puppen nicht stören. Sonst schien niemand zu Hause zu sein.

»Was willst du hier, Nadeschda? Verschwinde doch einfach, für dich gibt es hier nichts mehr. Ich weiß nicht, was du willst.«

»Nein?«, sagte Nadeschda »Für mich gibt es hier nichts mehr? Wo ist Jurij?«

»Ich habe keine Ahnung, er war schon ein paar Tage nicht mehr zu Hause. Hau ab. Was bildest du dir eigentlich ein? Du spielst dich auf und …«

»Auch wenn es hier für mich nichts mehr gibt, Ludmilla, vielleicht habe ich ja was für dich? Etwas, was du sicher nicht vergessen wirst. Weißt du, wie es Dajana geht?«

»Dajana ist nicht hier, wie oft …«

»Dajana ist tot, verdammt«, sagte Nadeschda so laut, dass sie selbst erschrak und auch das Kind aufblickte.

Ludmilla Pertseva stand mit offenem Mund da und sah Nadeschda dabei zu, wie sie das Bild aus der Tasche nahm.

»Was redest du für einen Unsinn«, sagte sie schließlich.

»Ich rede keinen Unsinn.«

Nadeschda gab ihr das Bild und sah, dass Dajanas Mutter nicht sofort die Bedeutung dessen begriff, was sie dort in Händen hielt.

»Das ist doch Dajana, das ist doch deine Tochter, oder?«

»Ja, das ist sie, aber sie sieht so ...«

»Fremd aus? Wolltest du das sagen? Wolltest du sagen, sie sieht fremd aus. Ja, sie sieht fremd aus, weil sie tot ist.« Nadeschda spürte, wie ihr wieder die Tränen kamen. »Sie ist umgebracht worden. Das ist ein Foto von der Seite der Polizei in Deutschland. Sie wollen ihren Namen wissen. Weißt du ihn noch, Ludmilla?« Sie spürte, wie ihr die Tränen liefen.

»Aber ...«, mehr brachte Ludmilla Pertseva nicht hervor.

»Wo ist sie, Ludmilla. Denn wo sie ist, ist auch Ana. Und wenn Dajana tot ist, ist auch Ana in Gefahr, sehr wahrscheinlich, das spüre ich. Wo ist sie?«

»Ich, ich weiß nicht, wir haben seit Langem nichts von ihr gehört.«

»Verdammt, ihr werdet doch irgendwas haben, eine Adresse, eine Nummer, sie ist doch euer Kind.«

»Nein, wir haben nichts gehört, seit Monaten, das sag ich doch.«

»Du weißt seit Monaten nicht, wo dein Kind ist, und tust nichts?«

»Du hast keine Ahnung, Nadeschda, du hast doch keine Ahnung. Sie kommen wieder. Sie haben gesagt, sie kommen wieder und töten uns. Sieh dir Elena an, das war eine Warnung.«

Die Tür ging auf, und Dajanas Vater kam herein. Ludmilla Pertseva erklärte ihrem Mann in wenigen Sätzen, was passiert war. Er sah sich immer wieder das Bild an, fuhr sich mit den Fingern durchs fettige Haar und lief auf und ab.

»Weißt du, wo sie ist, Anatoli?«

»Nein.« Er hielt das Bild in der Hand und machte eine hilflose Geste.

»Dann werde ich sie suchen.«

Sie wandte sich zur Tür.

»Lass es, Nadeschda«, sagte Anatoli, »du weißt nicht, mit wem du es zu tun hast.«

»Das ist mir egal. Ana ist in Gefahr.«

»Ich bitte dich, lass es. Sie werden wiederkommen. Du siehst, was sie mit Elena gemacht haben, sie kommen wieder und tun uns etwas an, sie haben es gesagt.«

»Euer Kind ist tot, und das Einzige, was euch in den Kopf kommt, ist, dass euch etwas passieren könnte? Ihr seid es nicht wert, den Schweinen zum Fraß vorgeworfen zu werden.«

Sie rannte aus der Wohnung, stolperte die Treppen hinunter und rannte einen alten Mann um. Vor dem Eingang stoppte sie und ging zurück, aber er hatte sich schon aufgerappelt.

Den Weg in die Stadt machte sie zu Fuß, sie kannte ihn ja.

35

In den Räumen des Einsatztrupps erwartete Steiger an einem Samstagmorgen niemanden. Vor Jahren hatte er mal ein Schlüsselbund verloren, an dem auch der Schlüssel für sein Waffenfach gehangen hatte, was ziemlich viel Komplikationen und Ärger nach sich zog. Seitdem schleppte er das Teil nicht mehr durch die Gegend, sondern hatte es in seinem Schreibtisch deponiert und musste vor Dienstbeginn immer dort vorbei.

Er holte sich die Waffe und war fast schon wieder draußen, als er ein Geräusch im Kaffeeraum hörte.

Jana saß vor einer dampfenden Tasse und blickte auf. Ihre Lider waren rot, und sie sah erschöpft aus.

»Na, alles in Ordnung?«

»Ja, geht schon. Wollte nur mal in Ruhe ’ne Tasse Kaffee trinken, da oben ist gleich so viel los, wenn man ankommt.«

Wenn Steiger sie mit vorher verglich, saß sie jetzt da wie eine Wachsfigurenkabinettkopie von sich selbst. Er hatte sie von Anfang an gemocht und ihr all das nie übel nehmen können, was er bei anderen meist zum Kotzen fand. Sie war strebsam, pünktlich, fleißig und gewissenhaft und hatte niemals einen Zweifel daran aufkommen lassen, dass sie etwas werden wollte bei der Polizei. Aber er konnte sich nicht erinnern, dass es eine Situation gegeben hätte, in der sie all das nicht mit bedingungsloser Kollegialität verbunden hätte.

»Dann will ich mal nicht der sein, der deine Ruhe stört.«
»Du störst nicht.«
Steiger wusste, dass das beides war, sowohl richtig als auch falsch, und er ging.

Die ersten Tage der Mordkommission waren wie immer heftig gewesen, mit wenig Schlaf für alle, und Griese hatte es ihnen freigestellt, sofern ihre Spuren das zuließen, es am Samstag und Sonntag etwas lockerer angehen zu lassen. Das war zu spüren, denn es saßen außer dem Leiter und dem Aktenführer nur noch Marcel Krone und ein weiteres Team im MK-Raum. Steiger fand zwei neue Spuren in ihrem Körbchen.

»Das sind beides Spuren von Kalle Blase, der an diesem Wochenende einen dringenden Termin und ab Montag Urlaub hat. Darum muss ich seine Spuren, die noch nicht erledigt sind, aufteilen.«

»Schon okay«, sagte Steiger.

»Wobei wir Montag mal schauen müssen.« Griese unterbrach kurz sein Lesen. »Schröder hat schon angekündigt, dass sich einige Dienststellenleiter bereits gemeldet haben, erst recht, nachdem sie gehört haben, dass wir vielleicht einen Täter haben. Wir sind wirklich stark, und ich denke, dass wir Montag reduzieren müssen, zumindest um ein, zwei Teams. Die Arbeit wird halt woanders auch nicht weniger.«

Steiger hoffte, dass es nicht ausgerechnet sie traf, aber die Chancen standen gut. Wenn er den Plan richtig im Kopf hatte, waren sie in der nächsten Woche sehr schwach besetzt, und Gisa konnte bei solchen Diskussionen sehr überzeugend sein.

Eine der beiden Spuren war die Überprüfung einer Jacke, die hundert Meter vom Tatort entfernt in einem Gebüsch gefunden worden war. Blase und Koslowski hatten schon einiges an der Spur gemacht, aber es stand noch ein Untersuchungsergebnis und die Rückmeldung der Herstellerfirma aus. Die andere Spur war die Aussage des Arztes, dem sein Freund von einer eigenartigen Wunde eines Passanten zur tatrelevanten Zeit erzählt hatte. Steiger blätterte die wenigen Seiten durch.

Sven Arnold hieß der Mann, war neunundzwanzig Jahre alt und Arzt vor seiner Promotion. Er war seit dem Dienstag, an dem die Sache in der Villa Konrad passiert war, in der Demokratischen Republik Kongo im Einsatz. Er hatte zwar eine bekannte Handynummer, aber man hatte ihn nicht erreicht.

Zwei Tage später hatte Blase in der Sache noch einmal nachgehakt. Ihm war gesagt worden, dass Arnold in einer sehr schwierigen Region im Ostkongo eingesetzt sei und man ihn derzeit nicht direkt erreiche. Er sei aber über das Anliegen unterrichtet worden, und man erwarte seinen Rückruf.

Am Ende hatte Blase noch einen Vermerk angefügt.

Mein subjektiver Eindruck ist, dass trotz des deutlichen Hinweises, dass es sich hier um eine wichtige Information in einer Mordermittlung handelt, die Angelegenheit nicht mit letzter Konsequenz verfolgt wird. Sollte sich dieser Eindruck beim nächsten Kontakt bestätigen, müsste über andere Maßnahmen nachgedacht werden.

Könnte schon sein, dachte Steiger, wenn man seit Jahrzehnten in den Gebieten auf der Welt arbeitete, wo der Tod ein Großhändler war, wo einem, wenn man denn schon mit dem Leben davonkam, wenigstens die Hände abgehackt wurden, verschoben sich vielleicht ein wenig die Maßstäbe.

Steiger erinnerte sich, dass Batto vor Jahren eine heftige Liaison mit einer Ärztin hatte, die bei »Ärzte ohne Grenzen« sehr engagiert gewesen war. Er versuchte es auf dem Handy und erreichte ihn beim Sport.

»Die Ellen, ja, wir haben manchmal noch Kontakt«, sagte er, nachdem Steiger ihm die Lage erklärt hatte. »Ich kann sie ja mal anrufen. Sie ist jetzt nicht mehr dabei, aber höchstens seit einem Jahr. Keine Ahnung, ob sie dir helfen kann, aber sie kennt wirklich Gott und die Welt in dem Laden. Ich kann ja deine Handynummer weitergeben, wenn das okay ist.«

Es war für Steiger okay.

Er nahm sich die neuen Spuren und zeigte sie Jana, die mittlerweile die Einsamkeit des Einsatztrupps verlassen hatte.

»Da ist erst mal nichts mehr dran zu tun, darum würde ich erst gern noch die beiden Wohnungen überprüfen, wenn du keine andere Idee hast.«

Sie war einverstanden.

36

Steiger hatte sich beim Dienstantritt die Schlüssel gesichert, was ungewöhnlich war, denn er fuhr nicht gern Auto, schon gar nicht in der Stadt, und Jana wusste das. Ihr war das aufgefallen, aber er hatte es in einer Weise getan, die verhinderte, dass sie fragte.

Irgendwann unterwegs bekam sie Zweifel, ob sie auf dem richtigen Weg waren, denn sie war sich bei den Adressen nicht sicher. Sie nahm sich ihre Mappe mit den Spuren vom Rücksitz, schlug nach und schüttelte den Kopf.

»Wo willst du hin, du fährst völlig falsch.«

»Wart's ab.«

»Das ist total aus der Richtung.«

»Wart's ab. Es ist richtig.«

Sie zuckte mit den Schultern und ließ sich wieder in den Sitz sacken.

Nach ein paar Minuten lenkte Steiger den Ford auf einen Parkplatz, suchte sich eine Lücke und stellte den Motor ab. Er sah sie an, das spürte sie, obwohl sie geradeaus auf die rot geklinkerte Fassade der Klinik blickte. Eine Weile hörten sie wortlos der Hektik im Funk zu, irgendwo im Süden von Dortmund war eine Alarmauslösung in einer Sparkasse.

»Eines Tages triffst du ihn eh. Wenn er dich anklagt, wird er es auch dann tun. Wenn nicht, hast du die ganze Zeit unnötig gelitten. Und vielleicht ist es ja auch für ihn wichtig.«

Sie sah ihn an, öffnete die Tür und stieg aus. Bevor sie ging, bückte sie sich noch einmal.

»Welches Zimmer?«

»Sechs zwo sechs, innere Medizin, sechste Etage.«

Sie nahm die Treppe. Einmal, weil es ihr Zeit brachte, und dann hatte sie vor Jahren auf einem Stressseminar gelernt, in solchen Situationen die Treppe zu nehmen, weil Stress eben Energie ist, die verbraucht werden will. Als sie in der sechsten Etage angekommen war, fühlte sie sich ein wenig außer Atem, aber in ihrem Innern tobte es noch genauso wie vor dem Fahrstuhl im Parterre.

Langsam ging sie den Flur entlang, die Zimmernummern liefen rückwärts, die geraden waren rechts. 630, die Fotografie einer Rose, 628, das Foto einer Sonnenblume, 626.

Sie dachte daran, dass jetzt der Moment kam, der seit diesem Morgen ununterbrochen in ihrem Kopf war. Erst jetzt fiel ihr auf, dass sie sich nie Gedanken darüber gemacht hatte, was sie sagen sollte. In ihrer Vorstellung hatte sie immer nur Sven reden hören.

Eine Schwester schob hinter ihr einen Wagen über den Flur, in dem Bettwäsche war. Irgendjemand telefonierte laut in einem Zimmer und lachte immer wieder.

Sie klopfte und wusste nicht, ob jemand »Herein« gesagt hatte, als sie öffnete. Sven lag im letzten Bett am Fenster, im ersten schlief jemand, das mittlere war leer.

Sie ging auf ihn zu und blieb seitlich auf Höhe seiner Füße stehen.

Er sah sie an und schwieg lange, und sie hätte nicht sagen können, ob sein Gesicht ernst war oder freundlich und ob in seinem Blick etwas mitschwang.

»Du kommst spät.«

Mit der Linken fasste sie den Metallbügel seines Betts.

»Ich hatte Angst.«

In diesem Augenblick geschah etwas in seinem Gesicht, und er begann, langsam zu nicken.

»Ja, ich auch, hab ich immer noch.«

Sie schüttelte den Kopf. »Du? Warum?« Sie spürte, dass sie lächelte, obwohl sie es nicht wollte, und hoffte, er würde es nicht unpassend finden.

»Ich wusste nicht, was ich dir sagen sollte.«

»Du könntest mich anklagen.«

Jetzt glitt auch über sein Gesicht eine verlegene Unsicherheit.

»Ja, hab ich auch, an den beiden Tagen danach. Ich hab dich angeschrien und dir Vorwürfe gemacht, den ganzen Tag.«

»Und?«

Er sah zur Seite aus dem Fenster, blickte sie dann wieder an. »Ich weiß nicht … Es war irgendwann raus aus mir, es war weg, und ab da wusste ich nicht mehr, was ich dir sagen sollte, wenn du kommen würdest.« Er lächelte zum ersten Mal. »Hatte irgendwie kein anderes Programm.«

»Du könntest tot sein.«

»Ja, aber ich lebe.«

»Tot sein wegen mir.«

»Aber ich lebe.« Wieder blickte er einen Moment aus dem Fenster. »Und es wäre nicht wegen dir. Es wäre wegen ihr, das ist mir irgendwann klar geworden.«

Sie sahen sich lange wortlos an.

Der Mann im ersten Bett hatte nach der Schwester geläutet, und sie half ihm beim Aufstehen. Mit geübtem Griff fasste sie ihm unter die Arme, und beide verließen das Zimmer.

»Tja, ich muss dann auch wieder. Steiger wartet unten im Wagen, wir sind in einer MK.«

»Ja, hab davon gehört.«

Sie reichte ihm die Hand, und er gab ihr die linke. Als sie ihn berührte, merkte sie, dass sie auch daran nicht gedacht hatte, wie es sein könnte, ihn zu berühren. Es löste etwas in ihr aus, als würde irgendwo eine Klammer geöffnet.

Vor dem mittleren Bett drehte sie sich noch einmal um.

»Danke, Sven.«

»Es ist nichts zum Danken, wirklich nicht.«

Sie ging.

»Jana«, sagte er, als sie die Tür öffnete. Sie sah noch einmal zu ihm. »Es ist okay, wirklich. Ich danke dir fürs Kommen.«

Sie ging den Flur entlang und nahm wieder die Treppe. Die Tränen kamen nicht sofort, sie kamen allmählich, sacht und langsam, dann aber immer heftiger, und als sie vor dem Eingang kurz stehen blieb, sprach sie jemand an, ob er helfen könne. Sie ging weiter zum Wagen.

Steiger stand draußen. Er rauchte, sah sie kommen und warf den Zigarillo weg. Einen Moment standen sie voreinander, dann nahm er sie in die Arme, und sie weinte ihm den Mantel nass. Erst als sie sich nach einer Weile löste, fiel ihr auf, dass sie sich in all den Jahren noch nie umarmt hatten.

»Danke«, sagte sie.

37

März 2013

Anastasia sah aus dem Fenster auf die regennassen Schienen, zwischen denen ein Vogel nach Nahrung suchte. Er hüpfte über die grauen Steine des Gleisbetts, pickte manchmal nach etwas Unsichtbarem und hüpfte dann weiter. Für einen Moment wurde er von einem Zug vertrieben, der einen Schleier entstehen ließ und hinter sich herzog, war aber wieder da, kaum dass sich der Nebel nach dem letzten roten Wagen gesenkt hatte.

Manchmal konnte sie nicht hinsehen, immer dann, wenn sie spürte, sich dagegen wehren zu müssen. Sie hatte es selbst ein paarmal probiert, und es war eine verführerisch mühelose Möglichkeit, das alles zu verlassen, ohne die allerletzte Konsequenz ziehen zu müssen. Und es gab so viel, vor dem man fliehen musste. Die Körper, die ihr so furchtbar nah kamen, aber so fremd waren und fremd rochen, auch wenn viele Männer Parfüm nahmen, wenn sie zu ihr kamen. Die Laute, die sie von sich gaben und die so eindeutig nach dem Zustand dieser Wehrlosigkeit klangen, die eigentlich Vertrautheit wollte. Aber am meisten hätte sie fliehen müssen vor dem Gefühl in sich selbst, etwas zu tun, was seit Jahrtausenden selbst von denen mit Verachtung übergossen wurde, die dieses Spiel mitspielten, Teil von ihm waren und ihr Vergnügen daraus zogen.

Sie hörte die typischen Geräusche, das kurze Schaben

auf der glatten Oberfläche des Spiegels, das Abklopfen und wie Dajana die Luft tief durch die Nase einzog. Sie hatte das Bild vor Augen, auch wenn sie nicht hinsah. Oleg hatte ihr verboten zu spritzen, weil die Einstiche die Kunden abschreckten. Wir sind nicht der Drogenstrich, sagte er. Ein paar Sekunden wartete sie noch, bevor sie sich umdrehte.

Der kleine Vogel war verschwunden.

Dajana hatte sich rücklings in die Kissen gelegt, und die Entspannung begann schon, sich auf ihrem Gesicht auszubreiten.

Anastasia setzte sich daneben und legte ihren Kopf auf die Oberschenkel der Freundin.

Eigenartigerweise hatte sie den Entschluss, damit aufzuhören, in den Momenten gefasst, die sie anfangs dazu getrieben hatten, nämlich immer dann, wenn sie an Elena denken musste. Sie war der Grund zu leben.

»Heute Morgen wollte wieder einer geschlagen werden«, sagte Dajana mit schon etwas schwerfälliger Zunge. »Das ist seltsam. In der Vorstellung tue ich es oft. Ich schlage sie, manchmal bis sie bluten. Aber in der Wirklichkeit kann ich es nicht.«

»Vielleicht, weil sie es wollen.«

»Ja, vielleicht.«

»Weißt du, welche am schlimmsten sind?« Anastasia schloss die Augen und ließ die Finger der Freundin durch ihr Haar gleiten.

»Die, die meinen, sie sind die größten Liebhaber der Welt?« Dajana lachte kraftlos. »Nein, die, die so tun, als sei das alles normal, die glauben, dass sie dich kein bisschen als so eine behandeln, und es damit doch mehr tun als alle anderen.«

Dajana antwortete nicht, sie ließ weiter ihre Finger durch Anastasias lange Haare gleiten.

Draußen fuhr ein Zug vorbei, und Anastasia musste an den Vogel denken, dem der Regen so gar nichts ausgemacht hatte.

Als das Streicheln aufhörte, setzte sie sich aufrecht hin und sah Dajana an, die mit halb geschlossenen Augen in die Kissen gesunken war.

Auf dem Flur hörte sie Männerstimmen und nahm an, es wären Kunden für Galina oder Natalja, die beiden anderen Mädchen, die für Dimitri arbeiteten. Aber sie hörte auch Olegs Stimme. Sie öffnete die Tür, um sich in der Küche einen Tee zu machen, und sah zwei Männer, die sich mit Oleg stritten. Sie kannte einen der beiden, er war vor einiger Zeit schon einmal da gewesen. Sie stritten auf Deutsch, und der Mann, der sprach, hatte einen bulgarischen Akzent. Weil der Streit heftig war und sie begannen, sich anzufassen, ging sie schnell vorbei, hörte und sah der Szene aber aus der Küche weiter zu. Oleg war größer als beide, stieß den, der vor Tagen schon einmal da gewesen war, heftig, worauf der andere eine Waffe zog und Oleg in den Kopf schoss. Er fiel zu Boden, als sei in dem Moment blitzartig alle Spannung aus ihm gewichen.

Anastasia hatte das Gefühl, gelähmt zu sein. Sie sah, wie sich um Olegs Kopf eine Blutlache gebildet hatte. Die beiden Männer sprachen laut miteinander, und es hörte sich an wie ein Streit, aber sie konnte nicht verstehen, was sie sagten.

Natalja und Galina waren aus ihrem Zimmer gekommen, aber einer der Männer schrie sie an, sie sollten verschwinden.

Allmählich beruhigte sich ihr Ton.

»Geh in dein Zimmer«, sagte der, der geschossen hatte.

Anastasia ging an Oleg vorbei zu Dajana, die kaum noch etwas wahrnahm. Sie setzte sich zu ihr aufs Bett und hörte nicht mal mehr zu, was draußen geschah, zu laut war das alles in ihr.

Nach einer gewissen Zeit ging die Tür auf. Der Wortführer kam herein.

»Könnt ihr mich verstehen?«

»Ich ja. Sie hat was genommen.

»Okay, du kannst mich verstehen. Dann pack eure Sachen. Ihr kommt nicht wieder nach hier zurück.«

38

2013

Die Null muss stehen. An diesen Huub-Stevens-Satz dachte Steiger und kam durch das ewige Hin-und-her-Klicken zu nichts. Er hatte parallel zum Schreibprogramm den Liveticker der Bundesliga geöffnet und sah alle paar Minuten nach, wie es bei seinen Blauen in Mainz stand. Boateng hatte früh die Führung gemacht, und er konnte kaum einen Satz schreiben, weil er befürchtete, es würde nicht reichen. Jedes Mal, wenn er umschaltete und den »Aktualisieren«-Button drückte, starrte er auf das erscheinende Ergebnis und hoffte, dass vorn die »0« stehen blieb.

Sie hatten die beiden Wohnungen kontrolliert, die sie noch nicht kannten, aber es war nichts Auffallendes dabei herausgekommen. Einige deutsche Prostituierte, die in die eigene Tasche arbeiteten, ein paar Rumäninnen und Bulgarinnen, von denen die meisten sicher etwas abgeben mussten, aber wie üblich nie gesagt hätten, dass es so war, und eine algerische Frau, die mit einer französischen Arbeitserlaubnis hier anschaffen ging, was nicht erlaubt war. Die Tote auf dem Foto kannte keine von ihnen.

Er schaltete noch einmal um, drückte den Button. Die Schalker führten immer noch, und es waren noch fünf Minuten zu spielen.

Würde der BVB spielen, würde sicherlich irgendwo im Hintergrund »Liga-live« im Radio laufen, aber die Schwarz-

Gelben hatten das Abendspiel, und alles andere interessierte hier nicht so sehr, schon gar nicht die Schalker, und wenn, dann höchstens, dass sie verloren.

Steiger entschied sich, weil für die letzten Minuten eh nichts anderes möglich war, bis zum Ende auf der Seite des Livetickers zu bleiben. Er aktualisierte alle dreißig Sekunden.

Sein Handy klingelte, und er kannte die Nummer im Display nicht.

»Adam.«

»Ellen Kaufmann, guten Tag, Herr Adam. Wir kennen uns nicht, ich habe Ihre Nummer von einem gemeinsamen Freund, Paul Battaglino. Er sprach davon, Sie hätten in einer Angelegenheit mit ›Ärzte ohne Grenzen‹ zu tun.«

»Tag, Frau Kaufmann, ja, das ist richtig, danke dass Sie sich melden. Ich habe Batto gebeten, Sie anzurufen. Es geht um Folgendes: Wir haben in einer Ermittlung mit dieser Organisation zu tun, und Sie waren ihr ja mal sehr verbunden, das hatte er mal erzählt.«

»Ja, das ist richtig.«

»Gut, ich hoffe sehr, Sie finden meine Bitte nicht anmaßend, vielleicht ist mein Anliegen in Ihren Augen auch unnötig, aber es geht um einen jungen Arzt, der seit Dienstag im Ostkongo für die Organisation im Einsatz ist, das hat man uns dort mitgeteilt. Wir sind seit diesem Dienstag in einer Mordermittlung, und dieser Mann, das wissen wir von einem seiner Freunde, der sich bei uns gemeldet und dem er das erzählt hat, könnte eine wichtige Beobachtung gemacht haben.«

»Das hat der Freund erzählt?«

»Richtig, er hat es in einem Abschiedstelefonat vom Flughafen aus beiläufig erwähnt. Wir würden ihm zu dieser Aussage gern noch ein paar Fragen stellen, und es könnte wirklich wichtig sein.«

»Sie haben doch schon mit der Organisation gesprochen. Was hat man Ihnen denn dort mitgeteilt?«

»Mir persönlich nichts, aber einem Kollegen von mir, und der bekam die Auskunft, Sven Arnold sei im Augenblick im Kongo nicht zu erreichen.«

»Dann wird das wohl so sein. Die östlichen Gebiete im Kongo sind nicht ohne, dieses Gebiet gehört zu den gefährlichsten, in denen wir eingesetzt sind.«

»Das glaube ich Ihnen gern, und wenn das so ist, ist es sehr lobenswert. Aber – und ich will jetzt niemandem zu nahe treten – der Kollege hat hier vermerkt, dass er den subjektiven Eindruck hatte, sein Anliegen sei dort, wie soll ich sagen, nicht unbedingt mit Priorität eins behandelt worden.«

Sie lachte kaum hörbar ein lässiges wissendes Lachen.

»Okay, Herr Adam. Sie sagten, der Arzt heißt Sven Arnold? Ich werde mal sehen, ob ich da was rauskriege, ich melde mich wieder bei Ihnen.«

»Das ist sehr freundlich. Wir kennen uns übrigens doch, Frau Kaufmann. Bei der Einweihung von Battos Wohnung vor einigen Jahren sind wir uns seinerzeit begegnet, ich glaube, Batto hat uns einander sogar kurz vorgestellt.«

»Ja, das ist möglich, ich war auf dieser Feier. Aber es tut mir leid, ich erinnere mich nicht mehr daran.«

Das wunderte Steiger nicht. Sie verabschiedeten sich höflich voneinander.

Er drückte den »Aktualisieren«-Button. Es war beim Sieg der Blauen geblieben, yeah.

»Hast du grad Zeit, Steiger?« Beckmann hatte den Telefonhörer noch am Ohr.

»Ja.«

»Unten auf der Wache ist jemand und möchte eine Aussage zum Bild in der Presse machen.«

Steiger speicherte den Anfang seines Vermerks und machte sich auf den Weg.

Der Mann war um die fünfzig, schlank und sah mit Jackett, Hemd und Jeans aus wie viele in seinem Alter, die sich für erfolgreich hielten, und er war Steiger unsympathisch.

»Adam. Guten Abend. Sie wollten zur Mordkommission?«

Der Mann stellte sich als Viktor Reimann vor, und Steiger sah noch einmal genauer hin, aber er sah weder aus wie ein Russe, noch hatte er einen Akzent. Steiger ging mit ihm in sein Büro beim Einsatztrupp, weil die beiden Vernehmungszimmer der Mordkommission belegt waren und er etwas Ruhe wollte.

»Und Sie können mir etwas zu der Toten in der Zeitung sagen?«, fragte Steiger.

»Ich bin mir nicht sicher, aber, um mal ein wenig auszuholen, ich habe mehrere Mietwohnungen. Eine dieser Wohnungen, eine Fünfzimmerwohnung in der Borntraße, hatte ich bis vor einem halben Jahr an einen Russen vermietet, das heißt, an einen Russen mit deutschem Pass. Er hat von Anfang an keinen großen Zweifel daran gelassen, dass in der Wohnung der Prostitution nachgegangen werden sollte. Mir war das prinzipiell egal, weil solche Leute in der Regel gut und pünktlich zahlen, auch den Aufschlag.«

»Und eine der Frauen, die dort gearbeitet haben, sah aus wie die Tote.«

»Ich bin mir nicht sicher und habe die Frauen auch nur kurz bei zwei Besuchen gesehen …«

»… also keine Teilzahlung der Monatsmiete in Naturalien …?«

»Wie bitte?«

»Schon gut. Sie haben sie nur kurz gesehen. Wie viele Frauen arbeiteten dort?«

»Vier, wenn ich es richtig gesehen habe.«

»Und eine sah der Toten ähnlich?«

»Ja, eine sah, so aus der Erinnerung gesprochen, der Toten, die in der Zeitung stand, schon sehr ähnlich.«

»Das ist länger her?«

Der Mann nickte. »Dass ich sie gesehen habe, mag ein Jahr her sein.«

»Wie hieß der Mann, der die Wohnung gemietet hatte?«

»Dimitri Busch.«

»Und er hat auch da gewohnt?«

»Das weiß ich nicht, es könnte sein. Es war auch noch ein zweiter Russe da, wenn ich da war, den sie Oleg nannten, ein großer Kerl, der sich aber im Hintergrund hielt.«

»Aber jetzt besteht das Mietverhältnis nicht mehr?«

»Nein, und das geschah etwas seltsam. Irgendwann vor etwa einem halben Jahr bekam ich einen Anruf von einem Mann mit südosteuropäischem Akzent. Er hat sich vorgestellt, aber ich kann beim besten Willen nichts mehr zum Namen sagen. Er sagte, er riefe im Auftrag von Dimitri Strelzow an, der in einer dringenden Familienangelegenheit, einem Todesfall, in die Heimat müsse und deshalb die Wohnung aufgeben wolle.«

»Und das geht so einfach?«

»Ich habe nicht weiter nachgefragt. Der Mann legte mir

bei unserem einzigen Treffen in der Wohnung drei Monatsmieten für die Kündigungsfrist auf den Tisch, dazu einen Tausender, um die Möbel zu entsorgen, und verzichtete auf Rückzahlung der Kaution.«

»Und Sie wissen nicht mehr, wie er hieß? Hat der nichts unterschreiben müssen?«

»Nein, wie gesagt, er hat sich vorgestellt, der Name klang osteuropäisch, aber ich weiß es nicht mehr. Und ich hatte den Eindruck, er wollte die Sache nur schnell hinter sich bringen.«

Steiger schüttelte innerlich den Kopf. Er hatte irgendwo gelesen, dass das Unterbewusstsein in den ersten sechzehn hundertstel Sekunden entschied, ob einem jemand sympathisch war oder nicht. Erstaunlich, wie richtig es meistens lag.

»Wie sah der Mann aus?«

Viktor Reimann schob die Unterlippe vor und blickte schräg nach oben.

»Um die vierzig, sportlich, gut aussehend, dunkles Haar. Und sprach mit einem Akzent, rumänisch, albanisch, bulgarisch, ich kenne mich da nicht so aus.«

»Würden Sie den Mann wiedererkennen?«

»Ich denke schon.«

»Was ist mit der Wohnung?«

»Die ist wieder vermietet, ja.«

»Wieder als Bordellwohnung?«

Reimann stutzte einen Moment. Wenn er das bejahte, war es eine weitere Wohnung, die sie nicht kannten.

»Nein, ganz normal, wenn ich das richtig sehe. Aber da gibt es noch einen Punkt, den ich erwähnen wollte und der mir erst jetzt, als ich das Bild sah, wieder in Erinnerung kam. Die Wohnung war ausgeräumt damals, nur die Möbel waren noch da. Sie war auch ganz normal verwohnt, wie das nach solch einer Zeit der Fall ist. Nur auf den Brettern in der Diele, die geölt waren, war ein etwa so großer Fleck«, er deutete mit beiden Händen eine etwa fußballgroße Fläche an, »auf dem jemand versucht hatte, irgendetwas intensiv wegzuwischen, das war deutlich zu sehen. Trotzdem war etwas Dunkles in die Oberfläche der Bretter eingezogen. Und dieser Fleck war vierzehn Tage vorher nicht da, denn wie gesagt, ich war nur zweimal in der Wohnung während der Dauer des Mietverhältnisses, und das zweite Mal war ein paar Tage zuvor gewesen.«

»Und dieser Fleck scheint Ihnen verdächtig.«

»Ich meine, das kann natürlich auch irgendeine Farbe oder Bratensoße oder was weiß ich gewesen sein, aber nachdem ich das jetzt gelesen habe und das Bild sah, dachte ich mir, ich komm mal vorbei.«

Steiger notierte Reimanns Personalien, schrieb das Ganze auf und ließ es unterschreiben. Er sprach mit ihm noch keinen eventuellen Besuch der Spurensicherung ab, denn das wollte er erst mit Griese besprechen. Nach einem halben Jahr lief da nichts mehr weg, wenn überhaupt noch was möglich war.

Nachdem er Reimann am Ausgang entlassen hatte, nutzte Steiger die Gelegenheit, rauchte einen Zigarillo und ging ein paar Schritte Richtung Markgrafenstraße.

Aus der U-Bahn-Station kamen ein paar HSV-Fans, die sich offenbar verfahren hatten. Er sah auf die Uhr. Sie würden es nicht mehr pünktlich schaffen.

39

Nadeschda betrat den Vorplatz des Dortmunder Hauptbahnhofs, sah auf die Stadt, die Menschen, hörte die Stimmen, die in einer Sprache redeten, die sie kannte, die ihr aber doch fremd war, so wie sie hier klang, und sie musste nach wenigen Schritten stehen bleiben. Wie aus heiterem Himmel, der hier ein wolkenverhangener war, floss alle Kraft aus ihren Beinen. Mit Mühe schaffte sie es noch ein wenig weiter, überquerte die erste Fahrbahn einer breiten Straße, aber die Energie entwich unaufhaltsam aus ihr. Sie schaffte die zweite Spur nicht mehr bei Grün und musste sich auf der Insel zwischen den Straßen auf die Mauer eines Blumenbeets setzen.

Die Autos starteten links und rechts von ihr in entgegengesetzte Richtungen, sie saß in diesem Lärm, der auf einmal wie von weither an ihr Ohr drang, und blickte sich um, sah die Bilder in den dunklen, sakral wirkenden Fenstern der Bahnhofshalle, sah gegenüber den Kirchturm zwischen den roten und hellen Mauern der Hochhäuser, sah die Spiegelung des Himmels in den gläsernen Fassaden und hatte das Gefühl, dass alles um sie herum wuchs, die Wände, der Bahnhof, die Türme, dass der Verkehr um sie herum ein Strudel wurde, ein Strudel aus Autos, Menschen und Getöse, der sie in einem wirbelnden Rauschen nach unten zog und immer kleiner werden ließ, klein und verloren und hilflos.

Eine Zeit lang saß sie so da, dann zog sie, ohne zu überlegen, den Reißverschluss der vorderen Tasche ihres Rucksacks auf, der auf ihren Knien lag, und entnahm ihr vorsichtig und mit langsamen Bewegungen die Bilder.

Sie sah auf dieses Gesicht, das ihr so bekannt war und jetzt doch so fremd aussah, so anders als früher, mit den nun nach hinten gekämmten Haaren, den geschminkten Wangen und den Zügen, aus denen sich das Leben davongemacht hatte. Sie betrachtete es, strich sanft darüber und ließ schließlich ihre Hand so darauf liegen, als halte sie die Wange der toten Freundin. Dann holte sie das zweite Bild hervor. Es war schon etwas älter und zeigte Anastasia, wie sie auf einem Zaun saß. Es war das jüngste Bild, das sie von der Freundin hatte. Sie lächelte, und auf diesem Bild sah man, dass sie eine Schönheit war. Sah sie jetzt auch noch so aus? Konnte sie noch so lächeln? Ging es ihr gut?

Zum Schluss betrachtete sie das dritte Bild. Es war kleiner und zeigte Elena, die jetzt schon sehr viel älter aussah, denn dieses einzige Bild, das sie von diesem Kind hatte, war eines, das ihr kurz nach der Geburt von der Freundin geschickt worden war.

Sie hätte nicht sagen können, wie lange sie so dasaß, aber irgendwann drangen aus dem Rauschen wieder einzelne Geräusche an ihr Ohr, ein Hupen, der Ruf eines Kindes, das Läuten einer Fahrradklingel.

Sie blickte auf und sah, dass die Mauern schmolzen und ihre alte Größe fast schon wieder angenommen hatten, dass der Himmel, der sich in den Fenstern der Fassaden spiegelte, wieder an seinem Platz weit oben war.

Sie fasste in die Innentasche ihrer Jacke und fühlte das Geld. Ohne Geld hast du keine Chance, hatte Serjoscha gesagt und ihr etwas gegeben, als sie ihm von all dem erzählt hatte, von Jekaterinburg, von Deutschland und von abgeschnittenen Kinderfingern. Und als sie ihm Dajanas Bild gezeigt und von ihrem Vorhaben erzählt hatte. Sei vorsichtig, hatte er gesagt, mit den Leuten ist nicht zu spaßen. Und trau keinem, keinem Mann und keiner Frau. Und trau auch keinem Polizisten, den du nicht bezahlt hast, hatte er gesagt. Sie werden dort nicht anders sein als hier.

Sorgsam faltete sie die Bilder wieder zusammen und steckte sie an ihre alte Stelle, bevor sie den Rucksack wieder über die Schultern schwang. Ein wenig wackelig fühlte es sich noch an, als sie aufstand, aber auch das würde vergehen. Sie nahm ihre Tasche, in der sie das Nötigste zusammengepackt hatte, und ging zurück auf den Vorplatz des Bahnhofs zu den Taxis. Der Taxifahrer stellte ihre Tasche in den Kofferraum, was Nadeschda für unnötig hielt.

»Wo soll's hingehen?«, fragte er, als sie eingestiegen war.

»Kennen Sie sich hier aus?«

»Wenn nicht, wäre ich wohl im falschen Job«, sagte er ohne ein Lächeln.

»Ich möchte in ein billiges Hotel.«

Jetzt lächelte er. »Billig oder preiswert?«

»Bitte?«, sagte Nadeschda. »Ich verstehe nicht.«

»Schon gut«, sagte er und nickte, »ich bring Sie mal zu einem preiswerten.«

Er fuhr los, und Nadeschda hörte ihm Radio ein Lied, das sie nicht kannte. Sie sah aus dem Fenster auf die vorbeigleitende Stadt und war ein wenig beruhigt. Sie hatte es fremder erwartet, noch anders.

»Wenn Sie sich auskennen«, sie beugte sich ein wenig vor, »können Sie dann sagen, wo man in Dortmund …«, sie stockte und suchte nach den richtigen Worten, »… wo man Liebe machen kann, Sex für Geld? Wo solche Frauen sind? Können Sie mir das zeigen?«

Jetzt stellte der Taxifahrer den Rückspiegel so, dass er sie ansehen konnte.

»Ja, das kann ich.«

»Gut«, sagte Nadeschda, sank zurück in den Sitz und schaute aus dem Fenster. Der Fahrer rückte den Spiegel wieder zurecht, und sie hatte das Gefühl, etwas erklären zu müssen. Aber das wollte sie nicht. Vielleicht später.

40

Sie sah Elena schon von Weitem. Ihr Kind saß auf den Stufen vor dem Wohnblock und leuchtete in seiner bunten Jacke wie ein Graffito an einer Betonwand, das gestern noch nicht da war. Langsam ging Anastasia weiter, und als sie näher kam, bemerkte sie, dass ihre Tochter mit etwas spielte, aber sie konnte nicht erkennen, was es war. Elena saß da, war ganz versunken und blickte auch nicht auf, als sie ihren Namen rief. Anastasia ging weiter, kam ihr immer näher, rief von Zeit zu Zeit den Namen ihrer Tochter, die das Rufen vielleicht nicht gehört hatte, obwohl sie es längst hätte hören müssen, so nah war sie ihr gekommen. Aber Elena spielte, konzentriert auf das, was sie glitzernd in den Händen hielt, und als Anastasia direkt vor ihr stand, bemerkte sie, dass es eine grüne Glasscherbe war, die Elena in ihren Fingern drehte und wendete. Anastasia sah das Blut, sah den fehlenden kleinen Finger an der kleinen Hand und erschrak furchtbar. Sie wollte rufen, warnen, wollte auf ihre Tochter zustürzen und ihr helfen, aber Elena war für sie nicht zu erreichen, saß da wie von einem unsichtbaren Kraftfeld umgeben, und als sie schließlich den Kopf hob und ihre Mutter ansah, waren ihre Augen fremd, und als sie den Mund öffnete, sprach sie mit einer Stimme, die nicht die ihre war, die Anastasia aber kannte. Sie sprach mit Nikis Stimme.

Anastasia erwachte, aber seit ein paar Tagen war es kein

Erwachen mehr, seit ein paar Tagen nahm sie es wahr, als gleite sie von einem üblen Traum in einen anderen, von einem Schmerz in den nächsten.

Sie spürte Berührungen an ihrem Körper, öffnete die Augen ein wenig und sah vor sich das Gesicht des älteren Mannes, der in den letzten Tagen nach ihr gesehen und ihre Wunden versorgt hatte. Er leuchtete ihr mit einer kleinen Lampe in die Augen und betastete sie an den Stellen ihres Körpers, die schmerzten. Seine Berührungen hatten jene professionelle Vorsicht, die rücksichtsvoll, aber nicht sanft war, auch darum nahm sie an, dass er ein Arzt war.

»Und?« Im Gegensatz dazu schaffte es Niki mit einem einzigen belanglosen Wort, all das aufscheinen zu lassen, was die Mädchen Furcht vor ihm haben ließ.

Der Ältere ließ sich Zeit mit der Antwort und untersuchte sie weiter. Er entfernte den Verband an der Hüfte, es schmerzte, und sie zuckte zusammen.

»Es sieht nicht gut aus, sie müsste dringend in ein Krankenhaus.«

»Absolut unmöglich«, sagte Niki, »im Augenblick sind die Bullen in der Szene unterwegs, auch schon in zwei unserer Wohnungen, und das würde sofort gemeldet werden.«

»Dann bringt sie woanders hin und legt sie irgendwo vor die Tür, in Duisburg oder Köln, weiß der Teufel.«

»Das Risiko ist zu groß. Du bist der Arzt, Onkel, kannst du nichts tun?«

Der Ältere schwieg und hantierte an seiner Tasche.

»Und wozu auch der ganze Aufwand? Sie ist eine Schönheit, keine Frage, so viele Stammkunden in so kurzer Zeit hatte keine, es gibt Leute, die zahlen Unsummen für eine Nacht mit ihr. Aber wenn sie stirbt, stirbt sie …« Er machte eine Pause. »Wir hätten uns nicht mit Russen abgeben sollen, Russen machen nur Probleme.«

Anastasia spürte an dem kleinen Stich, dass er ihr etwas spritzte.

»Sie hat sich eine Infektion eingefangen. In den nächsten drei Tagen wird sich entscheiden, ob sie es überlebt«, sagte der Ältere.

Sie hörte, dass noch jemand hereinkam. Der Arzt hatte sie auf die unverletzte Seite gedreht, und sie wusste erst, dass es Christo war, als dieser ihn begrüßte.

»Schon wieder zurück?«, fragte Niki.

»Warst du das?«

In Christos Stimme war eine ungewohnte Schärfe. Einen Moment lang sagte niemand etwas, und auch der Ältere hielt in seinem Tun inne.

»Es war nötig«, sagte Niki.

»Es war nötig? Scheiße, es war total idiotisch zu diesem Zeitpunkt. Da ist man einmal zwei Tage weg, und schon machst du Scheiße. Wir wollten vorsichtig sein, hast du das vergessen?«

»Je eher die Antwort kommt, desto wirksamer ist sie. Sie werden es sich das nächste Mal dreimal überlegen. Außerdem war es sicher. Ich habe keinen Wagen benutzt, und es hat mich niemand gesehen. Ich wusste, dass er morgens so früh dort läuft, es war die Gelegenheit.«

»Nein, so was ist nie sicher, nicht in so einer Phase. Hab dich verdammt noch mal etwas mehr im Griff. Schon die Sache mit den Russen damals war idiotisch und übereilt. Wir haben uns den Arsch aufgerissen, um das einigermaßen geradezubiegen, hast du das vergessen.«

»Wollen wir sie alle zum Teufel jagen oder nicht?«

»Ja, aber nicht so. Und für so etwas suchen wir uns Leute. Wenn wir die Polizei erst auf dem Plan und gegen uns haben, wird es schwer, verdammt. Außerdem hast du es auch versaut. Er lebt noch.«

»Ich habe es gelesen, es musste schnell gehen.«

»Darf ich mal kurz dazwischen, eure Angelegenheiten kümmern mich nicht«, sagte der Ältere. »Ich habe ihr was gegen die Infektion und zur Stärkung gegeben, aber sie müsste anders behandelt werden. Ich seh heute Abend noch mal nach ihr. Wie gesagt, wenn ihr sichergehen wollt, dass sie es überlebt, muss sie in ein Krankenhaus, bald.«

Anastasia hörte, wie das metallene Schloss seiner Tasche zuschnappte und er das Zimmer verließ.

Dann sagte eine Weile niemand etwas. Ein Feuerzeug klickte, jemand inhalierte tief und atmete aus, und Anastasia dachte, dass bei Niki schon das bedrohlich klang.

»Schöne Scheiße, wenn sie stirbt. Sie bringt einiges ein.«

»Ja, aber nicht zu ändern.«

»Wir haben einiges in sie investiert. Allein die Nummer mit ihrer Tochter … Der Flug war nicht billig.«

»Ja, aber eben nicht zu ändern.«

»Was machen wir dann?«

»Das entscheiden wir dann«, sagte Christo. »Auf jeden Fall keine übereilten Aktionen mehr.«

41

Kaum ein Geräusch störte die Ruhe, nur eine Maschine surrte irgendwo leise in einem trägen Rhythmus. Steiger stellte sich vor, dass sie an einem der anderen Betten jemandem etwas gegen das Leben aus dem Körper saugte oder für das Leben hineinpumpte.

Der freundliche Pfleger vom Tag zuvor hatte heute keinen Dienst, sondern er war von einer kleinen Frau empfangen worden, und glücklicherweise schien auch Frau Dr. Weiß ein freies Wochenende zu haben. Steiger gönnte es ihr von Herzen.

Nur kurz vorbeischauen, sie irgendwie begrüßen, »Hallo« sagen, eigentlich hatte er gar nichts Konkretes im Kopf gehabt, sondern war nur einem inneren Drang gefolgt, der ihn hierhergeführt hatte. Und jetzt saß er schon wieder eine halbe Stunde an Evas Bett und betrachtete sie. Der Verband, der ihre Haare fast vollständig verbarg, hatte die Wirkung, dass die Linien und Konturen ihres Gesichts noch klarer erschienen. Sie war in der Aufwachphase, hatte ihm auch die kleine Pflegerin gesagt, aber auch heute hatte das wenig mit dem zu tun, was passierte, wenn einen am Morgen der Schlaf verließ. Wenn er sie berührte, schien es, als wolle sie die Augen öffnen, als spanne sich ihr Körper ein wenig an, aber all das geschah so schwach, dass es kaum wahrzunehmen war.

Er stand auf, stellte sich neben das Bett und betrachtete ihr Gesicht. Dann legte er ihr eine Hand auf die Wange und ließ den Daumen über ihre Lippen gleiten.

»Vielleicht haben wir den schon, der das getan hat«, sagte er leise, »und wenn nicht, werde ich ihn dieses Mal für dich finden, versprochen.«

Als er es gesagt hatte, war es ihm fast peinlich, und er sah sich um und war froh, dass niemand anderes es gehört hatte. Er hob ihre Hand ein wenig empor und berührte wie beim letzten Mal zum Abschied ihre Finger mit seinen Lippen. Durch alle Medizin und Reinlichkeit nahm er den Geruch ihrer Haut wahr, der ihm so vertraut war und eine glimmende Wärme in ihm auslöste.

Damit verließ er die Intensivstation.

42

Trotz des Sonntags schien niemand in der MK zu fehlen. Nach fünf Tagen war die Luft noch längst nicht raus, und Steiger hatte Mordkommissionen erlebt, in denen die Dramaturgie der Ermittlungen und ihrer Ergebnisse dafür gesorgt hatte, dass sie wochenlang ein Level hielten, bei dem man gar nicht mehr genau wusste, welcher Wochentag grad war. Trotzdem war zu diesem Zeitpunkt oft ein erstes Auf- und Ausatmen zu spüren.

Jana war auch schon da, schrieb etwas an einem der Rechner und grüßte ihn mit einem Nicken über den großen Tisch in der Mitte hinweg. Er versuchte, in ihrer Mimik zu erkennen, ob das gestrige Treffen mit Sven etwas in ihr verändert hatte, aber sie wirkte einfach nur normal auf ihn.

Im Körbchen lag eine Spur, an der noch etwas nachzuermitteln war.

Wenn man das Lesen mal außen vor ließ, ging Beckmann der Tätigkeit Nummer eins eines Aktenführers nach: Er sortierte Blätter.

»Moin Michael.«

»Morgen Steiger.« Er unterbrach sein Tun nicht.

»Gibt's was Neues?«, fragte Steiger.

Weil Griese als MK-Leiter für den Sonntag eine etwas gelockerte Ordnung angekündigt hatte und einige der Kollegen das nutzten, um das Schlafdefizit der letzten Tage vielleicht nicht auszugleichen, aber nicht noch weiter ansteigen zu lassen, hatte es am Morgen keine übliche Besprechung gegeben. Das war eine von zwei Möglichkeiten zu erfahren, was in den anderen Teams lief. Oder eben der Aktenwurm, bei dem absolut alles zusammenlief.

»Leider nichts Entscheidendes. Die ersten Untersuchungsergebnisse müssten am Montag kommen, also morgen. Bisher ist das wirklich enttäuschend für so einen Riesentatort. Wir haben so viele Fingerspuren, aber nicht eine einzige liegt ein, und bei der DNA und den Fasern müssen wir mal sehen. Was das Haus angeht, stochern wir auch völlig im Nebel. Dass so was überhaupt möglich ist in diesem unserem Staate, wo du keinen Nagel aus der Wand ziehen darfst ohne amtliche Genehmigung. Und das ist ja nun schick renoviert, aber es scheint echt alles schwarz gelaufen zu sein, und weil alles drinnen war, auch ohne Beteiligung der Ämter.«

»Was sagen denn die Österreicher?«

Jetzt legte er tatsächlich einen Papierstapel zur Seite und wandte sich Steiger zu.

»Ach, ja, die Ösis. Sie gehen nach der Spurenlage davon aus, dass das Wohnmobil aufgebrochen wurde und dass der Dieb so cool war, trotz der Leiche zumindest Handy und Geld mitzunehmen, genau das fehlt nämlich, die Waffen hat er dagelassen, weil ihm das wohl zu heiß war oder er nichts damit anfangen konnte.«

»Schade, Handy wäre wichtig gewesen.«

»Ja, wäre es. Außerdem haben sie mal die rumänische Akte von Radu, dem Toten gemailt. 'ne wirklich dicke Nummer. Reichlich Gewaltdelikte, und wir wissen ja noch nicht genau, wie er in unserer Sache drinsteckt, aber möglicherweise ist er tatsächlich eingeflogen worden von irgendwem. Darum vielleicht auch das Wohnmobil, gar nicht so blöd. Du tauchst auf keiner Flugliste und in keinem Hotel auf. Kommst angefahren, pennst auf 'nem Parkplatz, machst deinen Job und bist wieder weg. Bloß blöd, wenn du dabei einen verpasst kriegst wie unser rumänischer Freund. Kalle Blase und Dieter Grundmann fliegen noch heute Abend nach Bukarest, mal sehen, was dabei rauskommt.«

»Und die Tote?«

»Ein paar Hinweise gab's schon, aber alle so tot wie das Mädel selber.«

»Vielleicht war sie das erste Mal in Dortmund. Die wechseln ihre Frauen ziemlich oft aus, auch in sehr kurzen Abständen, auch über weite Strecken«, sagte Steiger. »Vielleicht war sie gestern noch in Bielefeld oder Hannover. Der gemeine fette fünfzigjährige Puffgänger möchte halt Abwechslung, wenn er seine schönen osteuropäischen Teenies fickt.«

Beckmann schüttelte den Kopf. »Schon möglich, dass es so ist, irgendeinen Grund muss es ja haben, dass sie keiner kennt.«

Jana kam und legte ihm einen Bericht zu den Bordellwohnungen hin, die sie überprüft hatten, und eine knappe Zusammenfassung der Dortmunder Zuhälterszene, soweit sie bekannt war.

»Schau mal drüber, ob ich was vergessen hab.«

Steiger sah sie an und wusste nicht, ob sie das ernst meinte.

»Bist du bescheuert? Dass ich deine Berichte lese, das haben wir doch schon länger hinter uns, oder? Wenn einer von uns beiden was vergisst, dann mein alter Schädel.«

»Ich war ein bisschen unkonzentriert die letzten Tage.«

Sein Handy klingelte.

»Adam.«

»Guten Tag, Herr Adam, mein Name ist Sven Arnold. Man hat mir mitgeteilt, ich solle mich mal bei Ihnen melden.«

Steiger hatte eine Sekunde einen Aussetzer, dann wusste er, wer dran war.

»Herr Arnold, ja, wunderbar. Sind Sie wieder in Deutschland?«

Die Verbindung war so gut, als telefoniere Arnold aus dem Nebenzimmer.

»Nein, ich bin in Shabunda in der Provinz Südkivu, das ist im Kongo und wird Ihnen nichts sagen. Ich war jetzt ein paar Tage in anderen Gebieten unterwegs und darum schlecht zu erreichen. Worum geht es?«

»Ich bin Polizist, Herr Arnold, ich weiß nicht, was man Ihnen schon erzählt hat. Wie Sie vielleicht wissen, ermitteln wir in einer Mordsache, in einer Mordsache, bei der es mindestens eine Tote gibt. Sie haben, das hat uns Lars Ehlert, wohl ein Freund von Ihnen, mitgeteilt, letzten Dienstag, am zehnten September, in den Abendstunden in Tatortnähe einen Passanten mit einer Verletzung gesehen, die nach ihrer Einschätzung auch eine Schusswunde hätte sein können.«

»Das ist richtig. Ich war auf dem Weg zum Flughafen, und dieser Mann versorgte eine Wunde an seinem Bein, die eine Schusswunde hätte sein können.«

»Wo war er verletzt?«

»Am linken Oberschenkel. Es blutete relativ stark, und er versuchte, sie mit Verbandszeug aus dem Verbandskasten im Auto zu versorgen.«

»Und die Wunde ist Ihnen aufgefallen?«

»Ja, sie ist mir aufgefallen und hätte eine Schusswunde sein können, obwohl ich sie mir nicht genau ansehen konnte und man natürlich nie hundertprozentig sicher sein kann, und es war ja auch dunkel. Ich konnte mir erst gar keinen Reim darauf machen, wie er dort daran gekommen sein könnte, und hatte es vor allem furchtbar eilig, weil ich für meinen Flug nach Afrika sehr spät dran war.«

»Das zu wissen wäre für uns sehr wichtig, weil bei dem Mord mehrfach geschossen wurde und außer der Toten noch weitere Personen verletzt worden sind, das wissen wir.«

»Ja, wenn das in Tatortnähe war, könnte das durchaus möglich sein.«

»Haben Sie ihn angesprochen?«

»Ja, habe ich, aber er war sehr abweisend und wollte sich nicht helfen lassen. Er fuhr dann weg und versicherte, in ein Krankenhaus zu fahren, was ich ihm geraten habe. Wie gesagt, ich hatte es furchtbar eilig, war drauf und dran, meinen Flug nach Afrika zu verpassen, darum habe ich mich darauf verlassen.«

»Wie alt war der Mann? Können Sie was zu seinem Aussehen sagen?«

»Um die vierzig, kurze dunkle Haare, schlank. Und irgendwie normal groß.«

Langsam wurde die Verbindung schlechter.

»Und das Auto? Was für ein Auto war das? Haben Sie das Kennzeichen erkannt?«

Das wäre ein mittlerer Hauptgewinn, dachte Steiger und spürte eine leichte innere Unruhe.

»Es war ein großer BMW, X3 oder X5, so genau kann ich das nicht mehr sagen. Und dunkel war er, ich würde sogar sagen, er war schwarz, obwohl es schon dunkel war. Und beim Kennzeichen, tja … Ich meine mich zu erinnern, dass es ein Mönchengladbacher Kennzeichen war, aber der Rest ist natürlich weg.«

»Ein Gladbacher?«

»Ja, ich glaube.«

Das war doch schon mal was. Steiger notierte BMW, X3, X5, schwarz, Gladbach.

»Ist Ihnen sonst noch was aufgefallen?«

Die Verbindung war jetzt so schlecht, wie man sie sich nach Zentralafrika vorstellte.

»Nein, eigentlich nicht, wie gesagt, ich hatte es furchtbar eilig.«

»Gut, Herr Arnold, wenn …«

»Oder doch, ach, man ist hier unten so vielen Eindrücken ausgesetzt, da tritt vieles in den Hintergrund. Dem Mann fiel seine Mappe aus der Jacke, und ich habe die Sachen mit aufgehoben. Und jetzt bin ich auch sicher, dass es ein Gladbacher Wagen war, denn ich kann mich erinnern, dass ich eine Dauerkarte für Borussia Mönchengladbach aufgehoben habe. Als ich dann weitergegangen bin, habe ich noch gedacht, dass das ja passt, zu dem Kennzeichen, meine ich.«

»Eine Dauerkarte der Borussia?«

»Ja.«

»Haben Sie den Namen erkannt?«

»Nein, es ging ja so …«

Steiger wollte noch fragen, wann er wieder in Deutschland sei, aber die Verbindung riss ab.

Er sah sich die Aufzeichnungen an und begann zu nicken. Die Gladbacher hatten heute zwar das Sonntagsspiel, aber in Hoffenheim, darum würde er in der Geschäftsstelle sicher niemanden erreichen. Beim Auto konnte er jedoch schon mal anfangen.

»Jana«, rief er.

Sie sah zu ihm herüber.

Er winkte sie zu sich und ging zu Marcel Krone. Mal sehen, was dessen Systeme so hergaben.

43

Jana parkte den Wagen direkt vor dem nächsten Bäckerladen, weil sie sich ein Stück Kuchen kaufen wollte. Vielleicht hatte das nichts zu bedeuten, aber es beruhigte Steiger ein wenig, als sie damit aus der Glastür kam und, schon wieder während der Fahrt, einen Bissen von der Rosinenschnecke nahm und den Rest für später wieder in die Tüte gleiten ließ. Er kannte diesen Spleen von ihr, sie biss immer alles sofort einmal an, wenn sie sich etwas kaufte, es hatte etwas Alltägliches, das er schon oft in den Jahren erlebt hatte und das wie die Rückkehr zu einer Normalität aussah, nach der er seit Tagen in jeder ihrer Regungen gesucht hatte, wie ihm jetzt auffiel.

In der Geschäftsstelle der Gladbacher war niemand zu erreichen gewesen, er hatte an einem Sonntag nichts anderes erwartet. Aber Marcel Krone war in Sekunden auf eine Seite im Internet gestoßen, aus der hervorging, dass die Gladbacher auf Platz vier mit dreißigtausend Dauerkarteninhabern in der Bundesliga lagen, direkt hinter den Schwarz-Gelben, den Bayern und seinen Blauen. Das war eine Menge. Die Liste der zugelassenen schwarzen BMW X5 und X3 samt Halter würde er erst Montag mit Beschluss beim Kraftfahrtbundesamt beantragen können, und vielleicht ließ sich etwas damit anfangen, wenn es nicht zu viele waren. Wenn Sven Arnold recht und er tatsächlich eine Schusswunde erkannt hatte, war der Mann ein wichtiger Zeuge. Die Frage war, warum er sich nicht von allein meldete. Dafür konnte es eine ganze Reihe Erklärungen geben, die den Mann in sehr unterschiedlichem Licht dastehen lassen würden. Fakt war, dass es etwas gab, das ihn davon abhielt, mit dem Wissen um eine schwere Straftat zur Polizei zu gehen. Alles, was Sven Arnold gesagt hatte, deutete eher darauf hin, dass er ein Kunde war und nicht aus dem Milieu kam. Überhaupt war nicht klar, was in dem Haus vor der Tat stattgefunden hatte. Sie hatten gesichert Fingerspuren von neun verschiedenen Menschen, vielleicht waren auch noch ein oder zwei mehr dort gewesen, von denen, sechs Minuten nachdem die Schüsse gefallen waren, niemand mehr in dem Haus angetroffen wurde bis auf eine tote und eine schwer verletzte Prostituierte. Und es gab einen toten rumänischen Schwerkriminellen, der in einem Waldstück in Österreich in seinem Auto an einer Schusswunde verreckt war, die er sich wahrscheinlich an diesem Tatort geholt hatte, niemand von ihnen rechnete morgen mit einem anderen Ergebnis. Nach fünf Tagen ermitteln am Limit hätten es durchaus ein paar gesicherte Ergebnisse mehr sein können.

Sie waren auf dem Weg zum »Schwalbennest«. Anita Eckard hatte sich noch nicht gemeldet, und sie wollten noch einmal nachhorchen, ob sie etwas über die traumatisierte junge Frau herausbekommen hatte.

»Glaubst du, die Blutspur in der Wohnung hat was mit unserer Sache zu tun«, fragte Steiger, als Jana vom Wall in die Bornstraße abbog.

Sie hatten sich entschlossen, nach der Aussage von Viktor Reimann den Fleck in der besagten Wohnung zu untersuchen. Auch wenn es etwa ein halbes Jahr her und nicht klar war, wie der Fleck entstanden war, hatten die Spurensicherer in den Ritzen unterhalb der Dielen tatsächlich Reste von Blut festgestellt. Reimann war ein wenig pikiert gewesen, dass sie dafür ein Stück Diele herausgesägt hatten.

»Erst mal ist ja die Frage, ob es überhaupt eine Straftat war. Ein solch großer Fleck ist sicher ungewöhnlich, aber vielleicht hat sich nur einer ziemlich in den Finger gesäbelt.«

»Ja, schon richtig. Und man muss es auch auseinanderhalten. Ob so ein Blutfleck, wie du sagst, überhaupt was mit einer Straftat zu tun hat, ist das eine«, sagte Steiger, »und ob unsere Tote, wenn sie denn wirklich da angeschafft hat, etwas damit zu tun hat, ist noch mal eine zweite Frage. Obwohl die Nummer mit der Wohnungsauflösung sich mehr als eigenartig anhört.«

»Aber es könnte durchaus so gewesen sein, wie der Typ, also der, der letztlich gezahlt hat, erzählt hat«, sagte Jana.

»Ja, könnte sein. Sind aber schon 'ne Menge ›Vielleichts‹ dabei. Aber manchmal sind es genau diese Spuren, die am Anfang so völlig tot und bescheuert aussehen. Wir hatten vor Jahren in einer MK eine Feuerstelle auf einem Autobahnparkplatz, da haben wir …«

»Hast du mir schon mal erzählt … Das verbrannte Hemd.«

Steiger sah sie von der Seite an.

»Du könntest es als Zeichen ehrenvoller Behandlung und aus Respekt vor lebensälteren Kollegen durchaus mal unkommentiert ertragen, wenn ich mich wiederhole. Vielleicht beim fünften Mal, da könntest du einen dezenten Hinweis geben.«

»Mach ich doch schon«, sagte sie, »aber ich bin mittlerweile schon bei sieben Mal …« Sie lachte, und es war ein Lächeln, das er länger nicht bei ihr gesehen hatte.

Um den Nordmarkt war der übliche Betrieb. Jana umkurvte den kleinen Park und stellte den Wagen so ab, dass sie einen großen Teil der Mallinckrodtstraße einsehen konnten.

»Nur mal ein paar Minuten schauen, was hier mittlerweile wieder so abgeht, die Zeit haben wir doch, oder«, sagte sie. »Du warst ja letztens schon mal hier, ich jetzt länger nicht.«

Ihnen bot sich das Bild, das bei gutem Wetter immer dort zu sehen war: eine Mischung aus Balkan-Basar, Wochenmarkt und südlichem Straßenleben. Trotzdem waren in dem Gewusel die Frauen, die auf mögliche Kunden warteten, nach kurzer Zeit erkennbar, weil sie jünger und ein wenig anders gekleidet waren, ohne auf die traditionelle Buntheit zu verzichten. Vor allem aber, weil sie auffallend belanglos herumstanden und in ihren auch kurzen Blicken hinter der vordergründigen Absichtslosigkeit diese Aufforderung nie vollkommen versteckten. Vor einer Kneipe gegenüber stand eine blonde Langhaarige mit krausem Pony. Sie trug einen graues Etwas und zog hin und wieder gierig an einer Zigarette. Als sie den Zivilwagen nach kurzer Zeit erkannte, versuchte sie für einen Augenblick, sich im Kneipeneingang zu verstecken, was nicht gelang. Dann machte sie sich aus dem Staub.

Steiger überprüfte bei der Leitstelle die Kennzeichen von zwei rumänischen Sprintern, die in der Nähe parkten, aber beide waren negativ. Auf den Bänken im Park tranken ein paar Männer Bier und trüben Fusel aus einer klaren Flasche. Einige von ihnen waren wie all jene, die ihr Obdach bei sich trugen, zu dick angezogen für das Wetter.

Unter den Bäumen auf dem Mittelstreifen wurden zwei Frauen von einem Mann angesprochen. Die jüngere trug bunte Pluderhosen, eine grüne Lederjacke und rauchte. Nach einem kurzen Gespräch verließ sie mit dem Mann die Szene. Jana hatte es auch gesehen und warf Steiger einen kurzen Blick zu. Er zuckte mit den Schultern.

»Es ist Sonntag, Mädchen. Morgen um fünf beginnt für ihn wieder der harte Alltag in der Mühle irgendeiner stumpfen Maloche. Gönnen wir ihm die Entspannung. Und ihr die Kohle, wird wenig genug sein.«

»Und wenn er um zehn das erste Mal aufsteht, um pinkeln zu gehen, sich den Arsch kratzt, den Rest Alk trinkt, der noch da ist, sich dann wieder hinlegt und am Nachmittag das erste Mal aufsteht, um sich von der Bank die Stütze zu holen?«

»Dann hätte er sie schlechter anlegen können als in einer Sonntagnachmittagsnummer.«

Sie lächelte.

Die Frau, die zurückgeblieben war, wurde jetzt von einer anderen jungen und attraktiven Frau angesprochen. Diese hatte mittellange dunkle Haare, trug Jeans, Turnschuhe und einen Rucksack und war offensichtlich keine Prostituierte. Sie zeigte der Angesprochenen nach einer Weile ein Blatt Papier, was diese sich ansah und dann den Kopf schüttelte. Das tat sie auch im weiteren kurzen Verlauf des Gesprächs noch zweimal. Dann ging die Dunkelhaarige weiter, überquerte die Straße und sprach in der Nähe des Toilettenhäuschens am Parkrand die nächste Frau an. Auch hier wiederholte sich das Ritual mit dem Blatt Papier und dem Kopfschütteln.

»Was macht die da?«

Steiger deutete mit dem Kinn auf die Szene, und jetzt sah auch Jana, dass sich das Schauspiel bei einer dritten Frau, die am Eingang des Parks auf Kunden wartete, wiederholte.

»Das schauen wir uns vielleicht mal an«, sagte Jana.

Sie stiegen aus und folgten ihr.

»Guten Tag«, sagte Steiger, als er sie überholt hatte und ihr seinen Ausweis hinhielt. »Adam, Kripo Dortmund.«

44

»Ich habe sie noch nie gesehen, reicht das?«

Mit diesen Worten schloss die junge Frau im Bademantel die Tür, und Nadeschda blickte auf das rote Herz mit den zwei Augen, deren rechtes der Spion war.

Es war die sechste Adresse, die sie auf ihrer Liste abhakte und an der sie heute mit den Bildern nach der toten Dajana und der hoffentlich noch lebenden Anastasia gefragt hatte. Sie setzte sich auf die Mauer, die das Treppengeländer hielt, und kämpfte gegen eine kleine Welle von Mutlosigkeit in sich an. Einmal war ihr nicht geöffnet worden, vermutlich weil man an den Einlasskameras gesehen hatte, dass sie eine Frau war; einmal hatte sie ein Mann in der Art eines Hausmeisters barsch fast davongejagt; und auch von den Frauen, die ihr öffneten und sie hereinließen, obwohl sie kein Kunde war, behandelten sie einige feindselig und beantworteten ihre Frage nur zögernd. Das hatte sie so nicht erwartet. Aber Dieter hatte so etwas angedeutet.

Nachdem sie dem Taxifahrer eine Story aufgetischt hatte, die nur halb der Wahrheit entsprach, nämlich dass sie eine Freundin suche, die in Dortmund wahrscheinlich als Prostituierte arbeite, hatte er sie zu einer kleinen Pension gebracht, die wirklich preiswert war, ein wenig außerhalb lag, aber mit einer U-Bahn-Station fast vor der Tür. Sie suche nach der Frau, weil deren Familie in Russland sich Sorgen mache und ihr Kind sie brauche, hatte sie erklärt. Dass es auch um eine Tote aus einem Mord ging, hatte sie nicht gesagt und ihm auch die Bilder nicht gezeigt. Und weil sie danach viele Fragen hatte, war er auf einen Parkplatz neben der Pension gefahren, hatte einen Stadtplan von Dortmund auf der Motorhaube ausgebreitet und für sie markiert, wo sie solche Frauen finden könne. Er hatte ihr dabei Kaffee aus seiner Thermoskanne und ein Brot angeboten, selbst getrunken und gegessen und viel erzählt und erklärt. Beim Abschied schenkte er ihr den Stadtplan mit den Markierungen, gab ihr seine Handynummer, falls sie mal ein Taxi oder sonst was brauche, und wünschte ihr viel Glück.

Sie ging in den kleinen Park zurück, in dem die U-Bahn-Station lag, setzte sich auf eine Bank und breitete Dieters Stadtplan aus. Sie wollte heute nicht mehr abgewiesen werden. Außerdem hatte sie auch keine weiteren Adressen vorbereitet und hätte erst ins Hotel fahren müssen, um über den dortigen Rechner im Internet zu forschen. Sie blickte auf den Stadtplan und sah, dass Dieter einen dicken, großen Kreis gemalt hatte, in dessen Zentrum die Linienstraße lag. »Großes Bordell« stand daneben. Weiter im Norden war ein Bereich schraffiert, neben den er »Ehemaliger Straßenstrich« geschrieben hatte. Sie entschied sich, dorthin zu fahren, und suchte nach der entsprechenden U-Bahn-Station. Sie hieß Brunnenstraße.

Als sie wenig später die gläserne Station verließ, musste sie sich kurz orientieren. Sie ging gegenüber in eine Straße, die auf dem Plan im schraffierten Bereich lag und in der reges Leben herrschte. Vor sämtlichen Läden und Imbissbuden standen Leute oder saßen auf Plastikstühlen und unterhielten sich. Aus manchen Türen quoll laute Musik nach draußen, und alles war bunt und laut und voller Stimmen.

Dieter hatte ihr erklärt, dass der legale Straßenstrich in Dortmund vor Jahren geschlossen worden war, dass sich dort aber schon seit Langem wieder Frauen anboten, allerdings versteckt, weil sie eine Anzeige riskierten, wenn sie erwischt wurden.

Sie blieb in einer großen Toreinfahrt zu einem Hinterhof stehen, beobachtete die quirlige Szenerie und war überzeugt, niemals herauszufinden, wen sie hier hätte ansprechen können. Schon nach kurzer Zeit aber war sie überrascht, denn viel schneller als angenommen wurde es mehr als deutlich. Um ganz sicherzugehen, sah sie dem Treiben noch eine Weile zu und ging dann zu zwei jungen Frauen, die sich auf dem Mittelstreifen, der die beiden Fahrbahnen trennte, unter hohen alten Bäumen unterhielten. Kurz bevor sie sie erreicht hatte, kam ihr ein Mann zuvor, der die Jüngere der beiden ansprach. Nach wenigen Augenblicken gingen sie gemeinsam fort, wobei die Frau sich kurz nach allen Seiten umsah.

»Guten Tag«, sagte Nadeschda und versuchte ein Lächeln, »sprichst du deutsch?«

Das Gesicht der Frau, die zurückgeblieben war und ihre schwarzen Haare zu einem Knoten straff zusammengebunden hatte, wirkte eher verwundert als überrascht, und sie nickte nur schwach.

»Ich heiße Nadeschda, und ich habe eine Frage an dich. Ich suche eine Freundin, eine russische Freundin. Sie arbeitet in Dortmund als Prostituierte, und ich muss sie finden, weil ihre Familie in Russland sich große Sorgen macht. Das ist sie.« Sie zeigte ihr das Bild von Anastasia. »Kennst du sie? Hast du sie mal gesehen?«

Die Frau sah kurz auf das Foto, sagte: »Kenne ich nicht«, und schüttelte dann ebenso unmerklich den Kopf, wie sie genickt hatte.

»Sie muss zusammen gewesen sein mit einer anderen Freundin von mir, die jetzt tot ist und auch hier gearbeitet hat. Vielleicht hast du sie einmal gesehen?«

Nun zeigte sie der Frau das Bild der toten Dajana, aber auch daraufhin schüttelte die Frau nur den Kopf.

Nadeschda bedankte sich und ging weiter.

Bei der nächsten und übernächsten Frau fiel ihr die Beurteilung, dass sie auf Kunden warteten, schon sehr viel leichter, aber auch sie hatten für die Bilder ihrer beiden Freundinnen nur ein Kopfschütteln übrig.

»Guten Tag«, ertönte da die Stimme eines Mannes neben ihr. Er überholte sie und hielt ihr einen Ausweis hin. »Adam, Kripo Dortmund.«

»Ja«, sagte Nadeschda.

Der Mann war älter, hatte vorn schon etwas schütteres Haar und trug einen alten Mantel.

»Das ist meine Kollegin, Frau Goll. Wir sind von der Dortmunder Polizei. Darf ich Ihren Namen erfahren?«

Nadeschda sah die junge Frau mit den mittellangen blonden Haaren und den auffallenden hellen Augen an und erkannte sofort, dass sie Russin war.

»Ich heiße Nadeschda Barbashina.«

»Haben Sie einen Ausweis dabei, Frau Barbashina?«

Sie kramte in ihrem Rucksack und reichte dem Mann ihren russischen Pass. Er blätterte, schaute sie einmal prüfend an und blätterte dann weiter.

»Sie sind als Touristin hier und vorgestern eingereist, richtig?«

»Ja, das ist richtig.«

»Woher sprechen Sie so gut deutsch.«

»Ich habe es bei meiner Babusch… meiner Großmutter gelernt. Sie war, wie sagte sie immer, deutschstämmig.«

Nadeschda sah, wie die junge Polizistin zart schmunzeln musste.

»Wo wohnen Sie hier?«

»Im Hotel.«

»Wir haben Sie ein wenig beobachtet. Können Sie mir erklären, was Sie den Frauen dort«, er machte eine ausholende Geste, »gezeigt und was Sie sie gefragt haben?«

Traue keinem Polizisten, den du nicht bezahlt hast, hatte Serjoscha gesagt, und Nadeschda erinnerte sich daran.

»Ich suche nach einer Freundin, ich suche sie für ihre Familie. Sie arbeitet in Dortmund als Prostituierte. Ihre Familie will, dass sie zurückkommt.«

»Und Sie haben den Frauen ein Bild gezeigt?«

»Ja.«

»Darf ich das auch mal sehen. Sie müssen wissen, dass wir uns damit gut auskennen hier in Dortmund, vielleicht können wir Ihnen sogar helfen.«

Nadeschda zog die beiden Bilder aus dem Rucksack, verbarg das von Dajana sofort wieder und gab dem Polizisten das von Anastasia. Der Mann sah es sich an.

»Das ist Ihre Freundin?«

»Ja.«

»Aber das Bild ist älter, oder?«

»Ja, aber ein neueres habe ich nicht.«

»Und das andere.«

Er deutete auf den Rucksack.

»Ist noch älter.«

Mit eindringlichem Blick sah er sie einen Moment länger an.

»Gut, Frau Barbashina. Das wird nicht leicht sein, was Sie sich da vorgenommen haben, wir kennen uns da ein wenig aus, sagte ich ja. Es gibt hier viele solcher Frauen, und ob sie noch in Dortmund ist, ist auch die Frage. Dann wünsche ich Ihnen viel Glück. Seien Sie vorsichtig, das sind keine guten Orte, an denen Sie sich mit Ihrem Anliegen bewegen.«

Dann gab er ihr ihren Pass zurück.

»Ich weiß, du vertraust uns nicht«, sagte plötzlich die junge Frau auf Russisch, »weil du zu Hause solche Erfahrungen gemacht hast oder sie dir erzählt haben, dass das nicht geht. Aber das ist falsch. Sei vorsichtig, da hat er recht. Wenn du Hilfe brauchst, ruf mich an.«

Sie gab ihr eine dienstliche Visitenkarte und notierte ihre private Handynummer auf der Rückseite.

Nadeschda nahm die Karte und sah, dass die Nummer leicht zu merken war.

Dann verabschiedeten sich beide und gingen.

45

Steiger gab Nadeschda Barbashina den Pass zurück und wollte gehen.

In dem Augenblick hörte er, wie Jana der Frau etwas auf Russisch sagte, zwischendurch etwas auf eine ihrer Visitenkarten schrieb und ihr diese reichte.

So etwas machte sie selten. Es kam vor, dass Jana bei Vernehmungen behilflich war, manchmal, wenn jemand vorgab, kein Deutsch zu sprechen, oder es wirklich nicht konnte und so schnell kein Dolmetscher erreichbar war. Und auch in anderen Situationen half sie aus. Aber auf diese Weise, dass sie die Sprache, die ihre Muttersprache war, benutzte, ohne dass es polizeilich einen wirklich zwingenden Grund dafür gegeben hätte, machte sie es so gut wie nie. Sie versuchte sogar, diese Sprache ein wenig zu verbergen, da war Steiger sich mittlerweile sicher.

Ihre Verabschiedung auf Russisch verstand er, und sie beide sahen der Frau einen Moment hinterher, wie sie zügig Richtung U-Bahn marschierte. Dann gingen sie zum Wagen.

»Was hast du ihr gesagt?«, fragte Steiger.

»Dass sie mich anrufen kann, obwohl sie glaubt, dass man uns nicht vertrauen kann.« Sie blieb stehen, drehte sich noch einmal um. Die Frau bog weit hinten in die Bornstraße ein und war verschwunden. »Was hattest du für ein Gefühl?«

»Ein wenig eigenartig, das Ganze, und ich glaube, sie macht sich ziemlich falsche Vorstellungen davon, was sie sich da vorgenommen hat, aber es klingt plausibel. Und wir können es ihr nicht verbieten.«

»Ja, ich hatte auch ein eigenartiges Gefühl.«

Wie vorher entschlossen, überquerte Jana nun die Fahrbahn und ging auf die Frau unter den Bäumen zu, die von der Fremden zuerst angesprochen worden war. Steiger folgte ihr. Sie zückte ihren Ausweis.

»Jana Goll, Polizei Dortmund.«

Ohne Aufforderung zog die Frau mit den schwarzen Haaren ihren bulgarischen Pass aus der Jackentasche. Jana nahm ihn und blätterte auf die entsprechenden Seiten.

»Sprichst du deutsch, Tiana.«

»Ein bisschen.«

»Eben war eine junge Frau bei dir, eine Russin, sie hat mit dir gesprochen. Was wollte sie?«

»Hat Frauen gesucht. Hat zwei Bilder gezeigt.«

»Frauen? Oder eine Frau?«

»Zwei. Hatte zwei Bilder.«

»Zwei? Da bist du sicher?«

»Ja. Eine sah aus wie schlafen.«

»Wie schlafen?«

»Ja. Augen zu.«

Jana zögerte einen Augenblick und sah Steiger an.

»Einen Moment.«

Mit kleinen Schritten lief sie zum Wagen und kam mit ihrem Klemmbrett zurück. Sie klappte es auf und zeigte der Frau das Bild der Toten aus der Villa Konrad.

»Hat sie dir dieses Bild gezeigt?«

»Ja«, sie nickte, »das Bild, genau. Und anderes.«

Wieder sah Jana Steiger an.

»Was hat sie gesagt.«

»Hat gefragt, ob ich kenne. Und hat nach Namen gefragt.«

»Namen? Welche Namen.«

»Eine war Anastasia, andere war …«, Tiana sah kurz zur Seite, »Tatjana, ich glaube.«

»Hat sie sonst noch was gesagt?«

»Nein, ist gegangen.«

Jana klappte ihr Klemmbrett zu, verabschiedete sich, und sie gingen Richtung Wagen.

»Erklärst du mir das, bitte. Warum sucht eine Frau aus Russland nach unserer Toten?«

»Ich habe keine Ahnung«, sagte Steiger, »aber vielleicht hat sie uns die Wahrheit gesagt, nur eben nicht die ganze.«

Als sie eingestiegen waren, blickte Jana einen Moment starr ins Leere, schlug dann mit der flachen Hand auf das Lenkrad und sagte: »Scheiße. Ich hatte ein blödes Gefühl. Hat sie gesagt, in welchem Hotel sie wohnt?«

»Nein, aber sie hieß Nadeschda«, sagte Steiger, »Nadeschda Barbashina.«

»Und die Frauen, nach denen sie suchte, Tatjana und Anastasia.«

Sie blickte wieder wortlos nach vorn, und Steiger sah, wie es in ihrem Kopf arbeitete.

»Vielleicht bedeutet es nichts«, sagte sie und startete den Wagen, »aber es ist zu eigenartig, um nicht dranzubleiben.«

46

Es war verboten, aber an einem späten Sonntagabend um diese Zeit kümmerte es niemanden. Steiger stand in der achten Etage des Präsidiums in der Dunkelheit des Flurs, sah hinunter auf die Stadt und kam sich einen Moment lächerlich vor. Er war ein Mann knapp über fünfzig und rauchte hier in einer Heimlichkeit, die zu einem Vierzehnjährigen gepasst hätte, der dem Vater eine Zigarette aus der Ernte-23-Schachtel gestohlen hatte und diese mit anderen in irgendeinem Schuppen oder Keller rauchte. Sein erstes Raucherlebnis war eine gepuderte Fehlfarbe der Marke Handelsgold gewesen, die er gemeinsam mit dem Jungen geraucht hatte, den man in dem Alter den besten Freund nannte. Hätte er sein Befinden nach dieser Zigarre zum Maßstab gemacht, würde er heute ganz sicher nicht rauchen. Sie waren zehn gewesen, und es hörte sich an wie ein Klischee, aber sie hatten danach beide gekotzt wie die Reiher.

Aus dem Papierkorb im MK-Raum hatte er sich einen gebrauchten Kaffeebecher für die Asche mitgenommen und genoss den Blick und die Ruhe, die durch das gekippte Fenster nur schwach durch das Geräusch der Stadt gestört wurde. Dieser Ton, der in erster Linie vom Verkehr erzeugt wurde, von den Motoren der anfahrenden Autos, dem Rattern der Straßenbahnen, mal einem fernen oder nahen Martinshorn, hin und wieder ein paar Stimmen dazwischen, war ihm angenehm gewesen, seit er denken konnte. Er hatte etwas mit Bewegung zu tun, mit Lebendigkeit. Wenn er sich zu diesem Ton etwas vorstellte, war es kein Bild, sondern ein Film, in dem Menschen sich an einem Ort bewegten, an dem er gerne wäre.

Nachdem er mit dem Schreiben seiner Berichte fertig gewesen war, hatte er eine Stunde damit verbracht, ein wenig in der Hauptakte zu lesen, um zu erfahren, was aus der ein oder anderen Spur geworden war, von der er länger nichts gehört hatte. Auf Evas Computer war in der Tat nichts zu finden gewesen, was wie eine Kundendatei ausgesehen hätte. Sie vermuteten, dass sie mit ihren Kunden über ein unbekanntes E-Mail-Konto kommunizierte. Und ihr Handyanbieter gehörte leider zu denen, die ihre Daten nur ein paar Tage speicherten, darum waren nur ein paar Anrufe von Kunden lange nach der Tat verzeichnet. Alle hatten nachweislich nichts damit zu tun. Auch die Telefonüberwachungen beim Hausbesitzer und seinem Neffen hatten bisher bei aller Mühe kaum etwas gebracht, lediglich bei einem Anrufer waren ein paar Sätze gefallen, die verdächtig sein könnten. Bei der Sache mit Nadeschda Barbashina vom Nachmittag hatte auch niemand einen neuen Gedanken gehabt, alle fanden es eigenartig, aber nicht unwahrscheinlich, dass es stimmte. Beckmann hatte eine Spur daraus gemacht und sie Steiger und Jana gelassen.

Der Kaffeerest im Becher reichte, um den Zigarillo zu löschen, und Steiger entsorgte das Ganze im Behälter für die gebrauchten Handtücher auf der Damentoilette nebenan, wodurch morgen früh wahrscheinlich irgendwer unbegründet in Verdacht geriet.

Auf dem Rückweg zum MK-Raum verzichtete er darauf,

Licht zu machen, ging durch die verwinkelten Flure und fühlte sich innerhalb kurzer Zeit zum zweiten Mal in seine Kindheit zurückversetzt. Er war kein besonders ängstlicher Mensch und hatte in seinen dreiunddreißig Dienstjahren keine Situation erlebt, in der er ganz konkret in Lebensgefahr gewesen wäre, auch wenn viele Begegnungen mit wirklich gefährlichen Leuten dabei gewesen waren und es nicht selten zur Sache gegangen war. Dennoch fühlte er jetzt wie so oft einen leichten Schauder, wenn er nachts ganz allein in der stillen Dunkelheit des riesigen Gebäudes die eigenen Schritte und das Rascheln der eigenen Kleidung wahrnahm, obwohl er rational wusste, sich hier in absoluter Sicherheit zu bewegen. Was für ein unberechenbares Instrument doch das Gehirn manchmal war. Er erinnerte sich an eine Fernsehserie, die zu einer Zeit kam, als er vielleicht sieben war, eine Zeit, in der man sich über die Auswirkungen des Fernsehens auf Kinderseelen noch keine Gedanken machte. Die Filme spielten im Pariser Louvre und handelten von einer Figur, die im langen schwarzen Gewand und mit einer Maske nachts durch die dunklen Gänge lief. Ob dabei überhaupt jemand getötet wurde, daran konnte er sich nicht mehr erinnern, wohl aber an den Grusel, der von dieser Gestalt ausging, wie sie immer fern vom Beobachter durch das Dunkel glitt, niemals greifbar und irgendwann vom Erdboden verschwunden war. Aber der Name fiel ihm nicht mehr ein.

Im MK-Raum beendete Jana ein Telefongespräch, als er hereinkam.

»So, das war Hotel Nummer neunundzwanzig. Leider auch negativ.« Sie strich den Namen auf der Liste. »Hältst du es für möglich, dass sie unter einem anderen Namen eingecheckt hat.«

»Warum sollte sie das tun?«, sagte Steiger.

Jana überlegte einen Moment. »Ja, es gibt keinen Grund, ich weiß. Oder dass sie gelogen hat und irgendwo privat wohnt?«

»Auch da, meine junge Kollegin, warum sollte sie das tun?«

»Weil sie uns nicht traut vielleicht, weil sie niemandem traut.«

»Kann ja sein, dass sie uns nicht traut, aber geht das so weit?«

Wieder überlegte sie einen Moment. »Nein, ich glaube nicht, und es wäre auch irgendwie unlogisch.«

»Vielleicht hast du bei den falschen Hotels angerufen. So wie sie aussah, wird sie nicht im Steigenberger wohnen.«

»Ja, daran habe ich schon gedacht. Die teuren stehen ganz unten auf meiner Liste.«

Steiger sah auf die Uhr, es war kurz nach halb neun.

»Komm, es ist Sonntag, die laufen dir nicht weg, und alles, was dringend war, haben wir erledigt. Wir machen Feierabend.«

Sie nickte zögernd und klappte ihre Mappe zu.

Steiger hatte Jana bewusst nicht nach einem gemeinsamen Feierabendbier im »Totenschädel« gefragt, weil er sich mit Toni Sawitzki verabredet hatte. Ihr Anruf kam am Nachmittag. Sie hatte ein wenig in der Sache recherchiert und vielleicht noch nicht Blut geleckt, aber schon eine Nase dranbekommen. Sie hätte sich gern mit ihm unterhalten.

Steiger setzte sich an die Theke. Toni war noch nicht da, als er kam. Christa stellte ihm sein Bier hin, wie immer ungefragt.

»Na, Steiger, wie viele hast du heute erschossen?«

»Vier, räudige Halunken, die es verdient hatten.«

»Und festgenommen?«

»Zwanzig. Lausiges, kriminelles Pack, allesamt das Totschlagen nicht wert.«

Es war ein alter Scherz zwischen ihnen, dessen Ursprung er gar nicht mehr kannte und der noch weiter ging, aber Christa lachte ein professionelles Wirtinnenlächeln und brach ihn ab.

Er ließ einmal den Blick kreisen. An der Theke palaverte das Stammpersonal und hatte natürlich kein anderes Thema als das gestrige 6:2 des BVB gegen den HSV. Ein junges Pärchen, das er schon mal hier gesehen hatte, saß in einer Ecke, und die gegenseitigen Blicke der beiden machten ihren Tisch zu einem Separee.

Nach ein paar Minuten kam Toni, setzte sich auf den Hocker neben ihm und bestellte ein Bier.

»Was läuft da, Steiger?«, fragte sie, nachdem sie ein wenig belanglos geplänkelt hatten. »Ich habe mit einem Essener Altluden gesprochen, der sich auskennt, einem Deutschen. Er sagte, dass in manchen Städten tatsächlich Reviergeschichten abgehen, meist zwischen ausländischen Parteien.«

»Deutscher Altlude …« Steiger musste schmunzeln. »So richtig mit Goldkettchen und aufgepumpt und Löckchen?«

»Nicht ganz so, aber hat schon Ähnlichkeit.«

»Die sterben auch aus, schon bald. Und in unserer Sache gibt es nichts, was ich dir erzählen könnte, nicht mal etwas, was ich dir nicht erzählen würde.«

Die Sache mit dem Toten in Österreich ließ er unerwähnt. Toni war fair, sie hielt sich an Absprachen, und sie wusste, dass es Grenzen gab, wenn sie hinterher erfuhr, dass Steiger mehr gewusst und nichts erzählt hatte.

»Was ist denn da los gewesen, in der Villa?«

»Ganz ehrlich: Keinen Schimmer. Es sieht nach 'ner Fete aus, irgendwie, wir haben reichlich Fingerspuren, Schampusflaschen und all das, was dazu gehört, aber mehr auch nicht.«

»Wem gehört das Haus?«

»Einem alten Bulgaren, der aber mit ziemlicher Sicherheit ein Strohmann ist.«

»Meinst du, es entwickelt sich in eine Richtung, die für mich interessant werden könnte? Du weißt, Prostitution zieht zurzeit immer, und je jünger die Nutten sind, umso besser.«

»Ich habe keine Ahnung, Toni. Für 'ne knappe Woche Mordkommission haben wir echt wenig. Wir wissen immer noch nicht, wer die Tote ist.« Er überlegte einen Moment. »Wir haben mehrere Blutspuren am Tatort, aber sonst wirklich nichts. Als wenn alle nach der Tat ganz schnell abgehauen wären, auch die Kunden.«

»Na ja, das kann ich bei denen schon verstehen. Wer wird schon gerne beim Fremdvögeln erwischt, und wenn dann noch geschossen wird, würde ich auch nur noch abhauen, sonst nichts.«

Sie nahm einen Schluck Bier.

»Wenn es für dich etwas Interessantes gibt, hörst du von mir, versprochen.«

Belphégor. Jetzt fiel ihm der Name der Figur aus der Serie wieder ein.

47

Es war ein immer wiederkehrendes Ritual, und sie waren raus.

Die Dienststellenleiter der anderen Kommissariate hatten wie immer schon seit Tagen interveniert, was nachvollziehbar war, denn die Vorgänge dort wurden nicht weniger, nur weil man irgendwo jemanden umbrachte. Trotzdem mussten sie für Tage, manchmal für Wochen Leute abgeben. Und jetzt wurde die Mordkommission, die mit neun Teams sehr stark gewesen war, reduziert.

Griese hatte mit den Leuten, die betroffen waren, schon vorher gesprochen, und weil Gisa wie immer vorn dran war und sie sich eben mit ihrer Reputation in der Behörde durchsetzte, mussten Steiger und Jana wieder zurück zum Einsatztrupp. Dieses Mal hatte sie allerdings auch gute Argumente, denn übers Wochenende hatten sich zwei Kollegen verletzt und lagen im Krankenhaus.

»Bei dieser Spur muss weiter ermittelt werden«, sagte Steiger zu Beckmann, »so schnell wie möglich, da ist was zu machen.«

»Und wieso?«

»Weil ich glaube, dass der Typ vom Tatort gekommen ist, gekommen sein muss. Und ich bin sicher, dass ich ihn ermitteln kann. Außerdem habe ich grad zwei Beschlüsse beantragt.«

»Wenn ich ehrlich bin, Steiger, wird das nicht unsere Priorität Nummer eins sein«, sagte Beckmann. »Ich setze jemanden dran, klar, aber wir haben drei Teams weniger. Wir haben eine Aussage von einem Taxifahrer, der zur relevanten Zeit einen älteren Mann mit Blut am Hemd in Tatortnähe aufgenommen hat. Und in den Telefonüberwachungen läuft auch endlich was. Ich bleibe dran, aber nicht sofort.«

»Dann lass sie mich mitnehmen.«

Beckmann sah Steiger an, als habe er ihm grad glaubhaft einen Heiratsantrag gemacht.

»Ist das dein Ernst?«

»Ja.«

Er zuckte mit den Schultern. »Du, das musst du mit deiner Chefin und mit Griese klarmachen, ich bin hier nur der Aktenführer. Aber«, Beckmann zog seine buschigen Brauen hoch, »dir geht es gut zurzeit, oder? Was ist denn los mit dir, Steiger?«

»Warst du mit meiner Arbeit unzufrieden?«

»Du Arsch, nein, ich meine nur … Ach, ist schon gut. War 'n blöder Spruch, sorry.«

»Ne, komm, Beckmann, was meinst du damit?«

Beckmann nahm seine Brille ab und unterbrach seine Arbeit.

»Okay. Wir kommen gut klar, Steiger, du und ich, schon immer, und du bist ein echt beschlagener Bulle und verdammt gut zu gebrauchen, aber du giltst ja nun nicht gerade als das Musterbeispiel für Begeisterung in dieser Behörde. Was ich verstehe«, er hob beschwichtigend die Hand, »denn bei den Oberen bist du schon lange nicht mehr auf der Rechnung, bist du vielleicht noch nie gewesen. Darum meine Verwunderung.«

»Du meinst, für einen wie mich ist das ein bisschen viel Engagement?«

Beckmann ließ sich ein wenig Zeit mit der Antwort. »Wenn ich ehrlich sein soll: Ja.«

»Ist es nicht schön, Beckmann, wenn man gleich zu Wochenbeginn so überrascht wird?«

Langsam breitete sich auf Beckmanns Gesicht ein Grinsen aus. »Leck mich«, sagte er, dann setzte er seine Brille wieder auf.

Steiger fand Griese im Gespräch mit einem Kollegen, den er nicht kannte und der wahrscheinlich nicht zum Haus gehörte. Er machte ihm denselben Vorschlag wie Beckmann.

»Das ist ungewöhnlich, Thomas, das musst du zugeben.«

»Ja, ist es, aber ich bin da jetzt ziemlich drin, habe gestern mit dem Zeugen im Kongo telefoniert, und das alles aufzuschreiben ist völlig bescheuert. Und den Antrag für die Beschlüsse für die Pkw-Daten vom Kraftfahrtbundesamt und die Gladbacher Dauerkarteninhaber habe ich dir grad auf deinen Tisch gelegt.«

»Und was sagt Gisa dazu?«

»Mit der rede ich schon. Die Spur bleibt bei euch, ich nehme mir nur ’ne Kopie mit, falls sie doch heute noch neu vergeben wird. Beckmann weiß Bescheid.«

»Meinetwegen, probieren wir es, wenn Gisa nichts dagegen hat.«

Steiger nahm sich Spur 77 und ging zu Jana, die an der Tür wartete.

»Meine Güte, was hast du da noch alles zu labern?«, fragte sie.

»So, Leute«, Griese klatschte einmal in die Hände. »Nachdem wir das Organisatorische jetzt hinter uns haben, darf ich die in der MK verbliebenen Kollegen um Gehör bitten, es gibt nämlich wichtige Neuigkeiten.«

Alle suchten sich einen Platz, was jetzt kein so großes Problem mehr war, weil die beiden anderen Teams schon gegangen waren.

Steiger sah auf die Uhr. »Das nehmen wir noch mit«, sagte er, »die Durchsuchung beginnt in anderthalb Stunden.«

Und an Janas Nicken sah er, dass ihr das sehr recht war.

»Das ist Jochen Klabunde. Jochen ist MK-Leiter aus Bochum, und dort haben sie seit Samstag – vielleicht hat es der ein oder andere von euch gelesen – eine MK wegen eines Mordversuchs an einem Rumänen. Tja, und da gab es eine Überraschung, die mir Jochen gestern Abend spät noch am Telefon mitgeteilt hat. Jochen, mach einfach weiter.«

Griese übergab mit einer Handbewegung das Wort. Klabunde war geschätzt gute vierzig, hatte volles Haar, bei dem man wie bei vielen Blonden nicht sah, wie groß der Grauanteil war, und trug trotz schlanker Erscheinung den altersüblichen Bauchansatz vor sich her.

»Guten Morgen, Kollegen. Gernot hat es gesagt, und vielleicht habt ihr es auch gelesen, wir haben seit Samstagmorgen eine Mordkommission, die MK »Botanischer Garten«. Hintergrund ist der Mordversuch an einem achtunddreißigjährigen Rumänen. Der Mann heißt Adrian Petrescu und ist bei uns im Rotlichtmilieu 'ne relativ große Nummer, was mit Sicherheit der Hintergrund der Tat ist. Petrescu ist Kopf einer Gruppe, die – soweit wir wissen – versucht, bei uns die Bordellszene, was Wohnungsbordelle und kleinere Klubs angeht, unter ihre Kontrolle zu bringen. Dabei gab es schon massive Einschüchterungsversuche gegenüber Wohnungsinhabern mit roher Gewalt bis hin zu bisher einem Mordversuch, den wir ihnen aber bis jetzt nicht nachweisen können. Die Gruppe geht auch sonst nicht zimperlich vor. Wir haben Hinweise, dass viele der Mädchen, die für Petrescu und die anderen arbeiten, arbeiten müssen, muss man wohl sagen, in Rumänien oft mit den bekannten falschen Versprechungen nach Deutschland gelockt und hier mit den üblichen Mitteln, also vorgetäuschte Schulden und so weiter, an die Kandare genommen werden. Außerdem gibt es auch den Verdacht, der in einem Fall auch bestätigt wurde, dass von der Gruppe auch minderjährige Mädchen unter achtzehn nach Deutschland geholt und hier mit falschen Pässen ausgestattet werden. Petrescu selbst hat eine Akte bei uns, aber lediglich wegen einer Körperverletzung vor zwei Jahren. Ansonsten ist er vorsichtig. Er soll mal rumänischer Vizemeister im Boxen gewesen sein, hat sich ein paar Jahre als Profi versucht und ist auch heute noch ein ziemlich sportlicher Typ. Er läuft dreimal die Woche eine bestimmte Strecke um den Kemnader See, den kennt ihr vielleicht, liegt im Süden von Bochum. Er läuft immer denselben Weg, läuft bis auf seinen Hund allein, wie wir mittlerweile wissen, und er tut das immer sehr früh, meist schon um fünf. Dabei hat ihm am Samstag offensichtlich jemand aufgelauert und ihn mit drei Schüssen niedergestreckt, den Hund übrigens auch. Passiert ist das in einem Waldstück in der Nähe des Botanischen Gartens, was sich dafür gut eignet, weil dort relativ dichter Busch- und Baumbestand ist. Wir gehen ziemlich sicher von einer Tötungsabsicht aus, weil der dritte Schuss aus nächster Nähe abgegeben worden sein muss, als er schon auf dem Boden lag. Auch das deutet auf einen Milieuzusammenhang hin. Das versetzt uns in die günstige

Lage, dass wir das Projektil aus dem Erdreich bergen konnten und es damit werden zuordnen können. Der Täter hat ihn allerdings nicht richtig erwischt, das Geschoss ist hinter dem Ohr in den Schädel eingedrungen und etwa am Jochbein wieder ausgetreten, hat also das Gehirn nicht getroffen. Auch die beiden anderen Treffer, in der Schulter und ein Bauchdurchschuss, haben keine so starken Verletzungen hervorgerufen, dass er daran gestorben wäre, wobei sein Zustand schon kritisch ist.«

Bis jetzt war es alles ganz interessant, dachte Steiger, aber er wartete noch auf den Bezug zur Villa Konrad.

»Wir haben natürlich seine Wohnung durchsucht, seine elektronischen Geräte sichergestellt, was nicht so viel gebracht hat, weil der Mann ziemlich vorsichtig war. Aber wir konnten durch E-Mails Kontakte der letzten Tage nachweisen, unter anderem zu einem Dorin Radu aus Bukarest. Und dieser Dorin Radu ist nicht nur ein mehrfach vorbestrafter Schwerstkrimineller, er ist auch am letzten Donnerstag in der Nähe der deutsch-österreichischen Grenze tot in einem Wohnmobil gefunden worden, gestorben an einer Schusswunde. Tja, und ab hier seid ihr eigentlich im Bilde.«

Es herrschte einen Moment staunende Stille in dem Raum, und Griese war der Erste, der sie brach.

»Jochen sagte es, Dorin Radu ist unser Toter und wahrscheinlich einer der Täter, die in der Villa Konrad geschossen haben. Ich denke, heute werden wir vom Schusswaffenerkennungsdienst des BKA die ersten Ergebnisse kriegen, was die Waffen und Projektile angeht. Und es sieht dann immer mehr so aus, als ob es sich um eine Auseinandersetzung im Rotlichtmilieu handelt. Die Frage ist nur, und da werden wir jetzt drangehen, ob es sich nur zufällig nach hier verlagert hat oder ob eine Dortmunder Gruppe da mit drinsteckt. Natürlich ist …«

Jana winkte Steiger unauffällig und zeigte auf ihre Uhr. Steiger nickte, und sie gingen zum Einsatztrupp.

48

Die Idee war ihr mitten in der Nacht gekommen.

Nadeschda hatte nicht schlafen können, obwohl das Bett in der kleinen Pension gut und das Zimmer sehr ruhig war. Sie musste etwas ändern, so wie der Beginn ihrer Suche gelaufen war, das war ihr schon nach dieser kurzen Zeit klar. Vier Mal hatte sie ihre Geschichte den Frauen und Mädchen erzählt, die meistens in einem Raum beim Fernsehen saßen, wenn sie keine Kunden hatten, oft in der Küche. Einmal stand das Bild eines Kindes auf dem Tisch, eines Mädchens von etwa drei Jahren, und am Rahmen steckte eine kleine Zopfspange in der Form eines Schmetterlings. In einer anderen Wohnung hatte eine der Frauen ein Kinderbild auf ihrem Handy betrachtet. Der Ausdruck im Gesicht dieser Frau war es, der sie jetzt auf die Idee brachte, bei ihrer Suche auch das Bild von Elena zu zeigen.

Am Abend hatte sie sich wieder auf den verschiedenen Internetportalen von jenen Seiten die Anschriften notiert, wo die Mädchen und Frauen sie angegeben hatten, denn bei vielen stand die Adresse dabei. Bei einigen bekam man die genaue Anschrift nur auf telefonische Anfrage, was ein Problem darstellte, denn viele der Prostituierten hatten keinen Sex mit Frauen im Programm und sagten nichts, wenn eine Frau anrief, nicht wenige reagierten sogar aggressiv. Vielleicht vermuteten sie eine forschende Ehefrau hinter dem

Anruf oder hatten andere schlechte Erfahrungen gemacht, irgendeinen Grund für ihre Ablehnung würde es geben. Dennoch hatte sie genug Adressen zusammen, um bis zum Abend unterwegs zu sein.

Es war die Nummer vier an diesem Tag, und dem Haus sah man es von außen nicht an, dass es darin die Illusion von Begehren für Geld gab. Manchmal, wenn es kleine Hotels oder Klubs waren, die oft ein wenig außerhalb lagen, war es nicht nur der Name, der darauf hindeutete, einige dieser Häuser hatten auch Neonreklamen wie Herzen oder Frauengestalten, die jedem auch im Vorbeifahren anzeigten, dass dort keine Autovermietung war.

Dieses lag in einer normalen Straße in einem normalen Stadtteil und sah auch von außen so aus, als ob hinter den Fenstern Menschen wohnten, die ihren Abend nach der Tagesschau ausrichteten, die sie sich auf einem Fernseher in einer Schrankwand ansahen.

Nadeschda schellte. Schon mit einer gewissen Routine stellte sie fest, dass es am Eingang keine Überwachungskamera, wohl aber einen Spion gab. Die Frau, die öffnete, trug den üblichen Bademantel, unter dem schlanke Beine in Netzstrümpfen hervorsahen. Sie hatte lange dunkle Haare und war weniger geschminkt als die meisten ihrer Kolleginnen.

»Guten Tag«, sagte Nadeschda, »sprichst du deutsch?«

Die Frau nickte.

»Ich bin Nadeschda und suche eine gute Freundin von mir.« Der Blick der Frau war nicht abweisend, aber auch nicht freundlich. »Darf ich hereinkommen? Ich habe ein Bild dabei, das ich gern zeigen würde.«

»Wer sagt dir, dass deine Freundin hier sein könnte?«

»Sie arbeitet als Prostituierte in Dortmund, das weiß ich, darum suche ich sie hier. Vielleicht kennt sie jemand.«

Mit leichtem Zögern öffnete sie die Tür, ließ Nadeschda herein und führte sie in einen Raum in der zweiten Etage.

Dieses Mal saßen die Frauen, die außer der Türöffnerin noch in der Wohnung waren, nicht in der Küche zusammen, sondern in einem der Zimmer. Eine trug normale Kleidung, alle anderen Bademäntel oder Korsagen.

Nadeschda stellte sich vor und sagte den Satz, den sie jetzt schon so oft gesagt und den sie sich gut überlegt hatte. Er sollte nicht zu dramatisch klingen, aber plausibel und ehrlich. Und er sollte dazu führen, dass sie weiterreden durfte.

»Das ist meine Freundin.« Mit diesen Worten zeigte sie schließlich das Bild. »Sie heißt Anastasia, und ich habe jetzt schon ein paar Monate nichts von ihr gehört.«

Eine vierte Frau erschien in der Tür. Sie war ein wenig älter als die anderen, hatte kurze rote Haare und fragte, wer die fremde Frau hereingelassen habe. Ihr Ton war ungehalten, und es war deutlich, dass ihr Erscheinen die anderen überraschte und erschreckte. Die Türöffnerin antwortete entschuldigend.

»Was tust du hier?«, richtete sich die Frau an Nadeschda.

»Ich suche eine Freundin, sie …«

»Wir können dir hier nicht helfen, du musst gehen. Wir wollen keine Frauen hier.«

Nadeschda zog noch das Bild von Elena aus der Tasche und zeigte es den anderen.

»Ich möchte nur noch sagen, dass Ana ein Kind hat in Russland, es heißt Elena und …«

Die Rothaarige fasste sie hart am Arm, zog Nadeschda aus dem Raum und schob sie Richtung Treppe.

»Ich sagte, du sollst gehen. Deine Freundin ist nicht hier.«

Ihr Blick war unmissverständlich und unbeugsam.

Nadeschda ging die Treppe hinunter, sah noch einmal nach oben und konnte die Frau schon nicht mehr sehen. Bevor sie hinausging, steckte sie die Bilder zurück in den Rucksack, dann trat sie ins Freie und schloss die Tür.

Sie war nur wenige Meter gegangen, als sie Schritte hinter sich wahrnahm. Es war jene der jungen Frauen, die in Jeans und Sweatshirt in der Runde gesessen hatte.

»Ganz schnell. Hör gut zu! Geh dort hin. Frag nach Galina. Nicht vor drei und nicht nach vier. Dort ist Ana.«

Sie wirkte gehetzt, gab ihr einen Zettel und rannte zurück.

Nadeschda sah ihr hinterher, wie sie im Haus verschwand. Langsam entfaltete sie das Stück Papier. Es stand eine Adresse darauf, die sie nicht kannte.

49

Es hatte angefangen zu regnen, und der Wind wehte Blätter durch die Luft, die nicht mehr grün waren. Steiger beugte sich auf dem Beifahrersitz ein wenig nach vorn, betrachtete die vielen Schattierungen von Grau am Himmel und fühlte zum ersten Mal in diesem Jahr den Herbst. So ging ihm das nur mit dem Herbst und dem Frühling, fiel ihm auf, dass es einen Tag gab, an dem man diese Jahreszeiten so zu spüren begann, als sei vorher davon nichts da gewesen, keine Ahnung, kein Hinweis, kein Hauch. Beim Sommer und Winter war das anders, in den Sommer glitt man irgendwie hinein, es wurde wärmer und heller, und irgendwann saß man in der Sonne und spürte, dass er schon länger da war. Selbst beim Winter fühlte er dieses Plötzliche nicht, wobei es dort am wahrscheinlichsten gewesen wäre, etwa am Tag des ersten Frosts oder Schnees. Aber beim Herbst trat man irgendwann morgens vor die Tür und fühlte etwas, was am Abend zuvor noch nicht da gewesen war.

Heute war dieser Tag.

Dass sie andere Dienststellen bei Durchsuchungen unterstützten, kam häufig vor, allerdings waren das meistens die Kommissariate, die Einbrüche oder Diebstähle bearbeiteten, und auch mit den Drogenleuten waren sie häufiger unterwegs. Heute halfen sie den Kolleginnen und Kollegen von der Wirtschaftskriminalität, und das war schon seltener der Fall. Der wesentliche Grund dafür hatte damit zu tun, dass man sich da auf einem Gebiet bewegte, das Polizisten zunächst fremd war und auf dem das Gegenüber meist einen Wissensvorsprung hatte, manchmal einen deutlichen, darum wurde man in diesen Dienststellen auch besonders ausgebildet. Das Außergewöhnliche zeigte sich auch daran, wonach gesucht wurde. Bei Drogenhändlern war ziemlich klar, worum es ging, außerdem übernahmen dabei oft die Rauschgifthunde den Suchpart, und bei den Einbrechern waren es meistens Handys, Computer und andere Elektronik, neben der üblichen Schore wie Schmuck. Aber bei den Wirtschaftsleuten suchte man meist nach irgendwelchen Schriftstücken, nach Rechnungen, Verträgen, Briefen oder Akten, was die Sache schwierig machte und in die Länge zog, es sei denn, der Beschluss gab her, dass man alles mitnehmen konnte, dann entfiel die Sucherei nach einzelnen Dokumenten. So war es glücklicherweise auch heute.

Das Objekt war die Privatwohnung eines Dozenten für internationales Wirtschaftsrecht, dem die Staatsanwaltschaft betrügerische Unregelmäßigkeiten mit Immobiliengeschäften im größeren Stil vorwarf. Die Durchsuchungsmannschaft hielt sich zunächst auch hier in gewohnter Manier im Hintergrund, weil der Eingang mit einer großen Kamera überwacht wurde, und es schien gewirkt zu haben, denn auf das Schellen meldete sich jemand.

»Klusmann, Polizei. Wir würden gerne mit Ihnen reden, Herr Schulze. Machen Sie mal bitte auf!«

Der Summer ertönte, und der Schlüsseldienst, den sie vorsorglich bestellt hatten, konnte den Heimweg antreten.

»Mein Gott, wie groß ist die Hütte, fünftausend Quadratmeter?«, fragte eine der Kolleginnen, und in der Tat hatte das Penthouse eine Ausdehnung, auf die von außen nichts hingedeutet hatte. Während Waldi Klusmann, der das Verfahren führte, und der Staatsanwalt dem Dozenten die Lage und den Beschluss erklärten, hatte sich der Rest der zwölf Leute jeweils schon zu zweit oder allein einen Raum vorgenommen. Sie suchten nach allem, was irgendwie mit Immobilien zu tun hatte.

Steiger fand sich allein in einem Raum wieder, der so aussah, als sei es die Bibliothek. Er zog zur Stichprobe hier und dort ein paar Bücher heraus und blätterte sie durch, stieg auf eine Leiter und sah weiter oben hinter die Buchreihen, aber in diesem Raum gab es tatsächlich nur Bücher, und es machte nicht den Eindruck, als ob hier brisante geschäftliche Unterlagen versteckt waren.

Er ging einen Raum weiter, in dem schon mehr zu holen schien, weil zumindest auf dem Tisch ein paar Aktenordner lagen. König, den alle nur den dicken König nannten, weil er mittlerweile so einen Umfang hatte, dass sich kaum jemand vorstellen konnte, wie er vor unzähligen Jahren bei der Einstellung durch den Sporttest gekommen war, hatte schon mit der Durchsuchung begonnen.

»Der Hammer«, sagte König. Er stand vor einem geöffneten hohen Schrank, als Steiger reinkam.

Steiger stellte sich daneben und sah den Grund für sein Staunen. Auf einer Schrankfläche von etwa drei mal drei Metern waren Pornofilmkassetten im VHS-Format auf der linken und Bildbände mit Aktfotografien auf der rechten Seite bis in eine Höhe von drei Metern säuberlich aufgereiht. Bei den Pornofilmen schien es, als wären es alte Exemplare aus den Siebzigerjahren. Die Bildbände sahen auf den ersten Blick teuer und hochwertig aus. Steiger nahm einen heraus und schlug ihn auf. Er trug den wenig überraschenden Titel *Nudes* und war von einem Fotografen, der Lee Friedlander hieß. Er blätterte und sah, dass das Buch im April 1994 offensichtlich vom Fotografen selbst signiert worden war. Die Fotos machten einen künstlerischen Eindruck, soweit er das beurteilen konnte, weil die Frauen darauf kein bisschen geschönt schienen. Steiger fragte sich, was wohl die Studenten des Professors gesagt hätten, wenn sie wüssten, dass ihr geachteter Herr Lehrer in seiner Freizeit Filme übers Vögeln sammelte und wahrscheinlich auch anschaute, denn neben jeder Kassette steckte auch die DVD-Version auf CD.

Er hatte mittlerweile unzählige solcher Situationen bei Durchsuchungen erlebt, dass man auch auf Dinge stieß, die völlig intim und unter normalen Umständen niemals für die Augen eines anderen bestimmt waren, wie etwa Aktaufnahmen der eigenen Ehefrau. Anfangs hatte ihn das noch unangenehm berührt, und er hatte sich wie ein Eindringling gefühlt, aber mit den Jahren war dieses Gefühl verflogen.

»Na, da werden wir doch mal in jedem Buch nachsehen müssen, ob der Beschuldigte hier drin keine verdächtigen Dokumente versteckt hat, wir kennen doch unsere Pappenheimer«, sagte König und kniff lächelnd ein Auge zu, während auch er sich einen der Bildbände nahm. »Verdammte blutige Hurenscheiße, Steiger, was es doch für Weiber gibt«, sagte er nach einer Weile, und Steiger fiel auf, dass der dicke König in dem Augenblick so illusionslos und sehnsuchtsvoll klang, weil er von etwas sprach, das für ihn so unerreichbar wie die nächste Milchstraße war, sodass er fast Mitleid mit ihm hatte.

Zwei Stunden später waren sie auf dem Rückweg zum Präsidium, und zwei Kombis, vollgestopft mit Aktenordnern, die nach Aussage von Klusmann gutes Material waren, folgten ihnen. Er hatte sich für die Unterstützung bedankt, und die Sache war damit beendet. Das Positive an solchen Unterstützeraktionen war, dass der Schreibkram sich danach in Grenzen hielt, weil die Verantwortung für alles bei jemand anderem lag. Steiger schrieb einen kurzen Vermerk zu seinem Part und ging dann zur MK.

Gisa war nicht da, sondern auf einem Gerichtstermin, und Steiger hatte sein Anliegen mit Spur 77 ihr gegenüber noch nicht erwähnt. Er wusste außerdem, dass sie am nächsten Tag dienstfrei hatte, weil sie eine ihrer beiden Töchter zum Flughafen bringen musste, und so konnte er die Sache erst übermorgen mit ihr besprechen – wie bedauerlich.

»Da ist was für dich angekommen, du externer Mitarbeiter«, sagte Beckmann mit besonderer Betonung zwischen zwei Bissen Fischbrötchen.

Steiger hatte vor der Durchsuchung noch den Beschluss und die Anfrage wegen der BMWs ans Kraftfahrtbundesamt gesandt. Bei den Dauerkarten war er nach einem etwas schwierigen Gespräch mit der Geschäftsstelle der Borussia einen anderen Weg gegangen. Er kannte einen befreundeten Kollegen bei der Kripo Mönchengladbach, dem er den Beschluss zuschickte und der dort persönlich vorgesprochen hatte. Mit Erfolg, denn im Postfach der Mordkommission fand Steiger neben den Listen mit den BMWs eine Antwortmail des Kollegen mit einer Datei, die dreißigtausend Datensätze mit Namen und Adressen der Personen enthielt, die in dieser Saison eine Dauerkarte der Borussia hatten.

»Ich brauche deine Hilfe«, sagte er zu Marcel Krone, der

an seinem Rechner mit irgendeiner Auswertung beschäftigt war.

»Kein Problem, Steiger, lass mich die Sache hier grad noch beenden.«

Das Programm, mit dem sie seit ein paar Jahren arbeiteten, hieß »Case« und war bei Mordkommissionen mittlerweile so unverzichtbar wie die DNA und das Rußpulver für die Fingerspuren. Den normalen Umgang damit hatte Steiger drauf, wenn es aber ans Eingemachte ging, musste er immer noch auf jemanden wie Marcel zurückgreifen, und dass er einer der Jüngeren war, war dabei sicherlich kein Zufall.

»Im Postfach der Mordkommission sind drei Dateien. Kannst du die gegeneinander laufen lassen?«

Marcel öffnete die Dateien und verschaffte sich einen ersten Überblick.

»Ich muss da ein wenig dran machen, wegen der unterschiedlichen Formate, aber lange dauert das nicht.«

»Okay. Ich rauch kurz eine, bin gleich wieder da.«

In der Raucherecke im Hof traf Steiger auf die üblichen Verdächtigen. Es war ein eigenartiges Gefühl von Gemeinschaft, das sich da entwickelt hatte, seit in den Räumen nicht mehr geraucht werden durfte, ein Wirgefühl, wogegen auch er sich nicht wehren konnte, obwohl er manchmal mit Kollegen rauchte, mit denen er im Leben kein Bier trinken würde.

Auf dem Rückweg zur MK ging er vorher durch die Räume des Einsatztrupps und traf Jana dabei an, wie sie die Hotelliste vor sich hatte und den Telefonhörer am Ohr.

»Was sehen meine entzündeten Augen. Du bist nicht mehr in der MK, Frau Goll«, sagte er, nachdem sie aufgelegt hatte.

»Das sagt mir der Richtige. Ich weiß, dass du dir die Spur mit dem Verletzten mitgenommen hast. Ich habe noch siebzehn Hotels auf der Liste, das mache ich grad noch zu Ende, habe ich mit Beckmann besprochen.«

Sie wählte die nächste Nummer, und Steiger ging nach oben.

»So, Steiger, das sind deine Ergebnisse.« Marcel Krone zeigte auf den Bildschirm. Dort standen drei Datensätze mit den Personalien der Personen, die einen schwarzen BMW X3 oder X5 mit Gladbacher Kennzeichen fuhren und gleichzeitig eine Dauerkarte bei der Borussia hatten.

»Ich könnte das auch, aber wo wir schon dabei sind, könntest du noch mal schauen, welche Handys auf die Leute angemeldet sind.«

»Das habe ich schon getan, und es sind diese sechs Anschlüsse, und bevor du fragst, ich habe sie auch schon durch die Funkzellendaten gejagt. Leider war von denen keins eingewählt zur Tatzeit.« Er sah Steiger von der Seite an und zuckte mit den Schultern. »Aber es gibt bei den Autos ein Problem.«

»Die Firmenzulassungen …«

»Genau. Die sind bei beiden Typen relativ hoch, was ja nicht verwunderlich ist.«

Steiger nickte.

»Okay, wäre ja auch zu schön gewesen, wenn es sofort geklappt hätte. Dann werd ich mal ein paar Gespräche führen, wer denn in der Firma das schöne große Auto fährt. Meistens dürfte es der Chef sein.«

Aber das wollte er in den Räumen des ET machen.

»Ach, danke, Marcel, super.«

Er sagte es, als er fast schon draußen war.

50

Schon seit einer Stunde stand Nadeschda an der Ecke und beobachtete das Haus. Zuerst hatte sie es von einem anderen Standort aus getan, aber nachdem ein alter Mann mit einem Hund dreimal an ihr vorbeigestapft war und sie jedes Mal misstrauischer gemustert hatte, war sie gegangen. Das Haus lag nicht so zentral in der Stadt wie viele andere, die sie in den zwei Tagen besucht hatte, sondern stand in kleinem Abstand zu den Nachbarhäusern und war etwas größer. Wie viele andere auch sah es normal aus mit seinen roten Klinkern und den weißen Fenstern, dem Blumenkübel und der geschmiedeten »38« an der Hauswand.

Die halbe Nacht hatte sie überlegt, warum die Frau, die mit der Zettelaktion etwas riskiert zu haben schien und von der sie nicht einmal den Namen wusste, ihr nur diese eine Stunde ans Herz gelegt hatte. Dafür konnte es viele Gründe geben. An eine Falle glaubte Nadeschda nicht, dafür war das alles zu eigenartig gewesen. Sie schien sie vor etwas bewahren zu wollen. Eine Viertelstunde bevor sie gehen und klingeln wollte, bekam sie einen Hinweis, der damit zu tun haben könnte. Solange sie das Haus beobachtet hatte, war niemand hineingegangen oder herausgekommen. Jetzt bog aus der Einfahrt, die zwischen den Häusern in den hinteren Bereich führte, ein Auto auf die Straße ein und fuhr weg. Sie kannte sich mit Autos nicht besonders aus, aber dass dieses flache schwarze Auto ein Sportwagen war, erkannte selbst sie.

Die letzten Minuten bis zur vollen Stunde ertrug sie kaum, und sie hätte dringend auf die Toilette gemusst, aber das war jetzt nicht möglich. Als es drei Uhr war, blieb sie aus Sicherheitsgründen noch drei Minuten an ihrem Platz, dann ging sie los.

Sie schellte, und die Zeit, bis die Tür geöffnet wurde, war gefüllt mit einem inneren Beben, das sie kaum beherrschen konnte.

Jemand drehte innen einen Schlüssel, und in dem Spalt, der sich dann öffnete, erschien das Gesicht einer jungen Frau mit dunklen, halblangen Haaren und braunen Augen, die neugierig, aber nicht misstrauisch waren.

»Guten Tag«, sagte Nadeschda, »ich bin Nadeschda, und ich suche eine Freundin. Und ich soll sagen, dass ich Galina sprechen möchte.«

Obwohl sich in der Mimik der Frau kaum etwas tat, ging mit dem letzten Satz eine solch deutliche Veränderung in ihr vor, als wechsele sie die Hautfarbe.

»Komm rein«, sagte sie und öffnete die Tür ganz.

Drinnen standen sie sich einen endlosen Moment gegenüber, und die Frau betrachtete Nadeschda wortlos und staunend und mit einem unsicheren Lächeln.

»Ich war gestern in einem Haus an der Hamburger Straße. Ich suche eine Freundin von mir, eine gute Freundin, sie heißt Anastasia, das ist sie.« Sie entfaltete das jetzt schon etwas zerknitterte Bild und hielt es der Frau hin.

»Du bist Nadeschda?«, sagte sie, ohne auf das Bild zu schauen, »du bist tatsächlich Nadeschda?« Mit diesen Worten streckte sie ihren Arm aus und berührte Nadeschda an der Schulter, ganz sacht und vorsichtig und so, als wolle sie sich vergewissern. »Ich habe von dir gehört.«

Dann streifte sie endlich mit flüchtigem Blick das Bild.

»Ich bin Galina, und du hast deine Freundin gefunden, Nadeschda, aber du wirst nicht glücklich darüber sein. Komm, wir müssen uns beeilen.«

Sie ging die Treppe voran und noch eine weitere in die zweite Etage. Unterwegs kam ihnen ein Mädchen entgegen, das nur rote Unterwäsche und Pumps trug und leere Augen hatte. Vor einer Tür am Ende des Gangs blieb Galina stehen.

»Es geht ihr nicht gut, Nadeschda, erschrick nicht.«

Sie öffnete die Tür, und vor Nadeschda lag ein Raum, der abgedunkelt war, dennoch ließ ein kleiner Spalt, den die Jalousien offen ließen, genug Licht hinein, um alles zu erkennen. Sie ging zu dem Bett, das in der Mitte stand, und setzte sich auf den Rand neben den Menschen, der dort mit einem Kopfverband lag und das unverbundene Augen geschlossen hatte. Obwohl von dem Gesicht einiges verdeckt war und sie es vor ein paar Jahren zuletzt gesehen hatte, wirkten diese Züge in einer Weise vertraut auf sie, dass ihr die Tränen kamen.

Sie war kein Typ, der schnell weinte. Nicht weil sie es für eine Schwäche hielt, unpassend fand oder es bewusst vermeiden wollte, es war einfach so, bei ihr kamen die Tränen meist später als bei anderen Menschen, sie hatte es in unzähligen Situationen erlebt, aber jetzt musste sie weinen. Sie wusste gar nicht so genau, warum. Vielleicht, weil sie dieses Mädchen wiedergefunden hatte, das so sehr in ihrem Herzen war und tatsächlich auch mal so sehr Teil ihres Lebens, vielleicht, weil dieser Mensch sich in solch einem erbärmlichen Zustand befand, den sie sich einbildete schon lange gefühlt zu haben, vielleicht auch, weil sie sich die Verantwortung dafür gab, nicht auf Anastasia aufgepasst zu haben.

»Anastasia. Anastasia.« Ein paarmal musste sie den Namen sagen, leise, fast tonlos, aber so, dass es für alle zu hören gewesen wäre.

»Du musst wieder gehen«, sagte Galina, »wenn Christo dich hier sieht, weiß ich nicht, was passiert.«

»Ich kann doch jetzt nicht gehen, ich habe sie doch grad gefunden. Wann kommt er zurück?«

»Ich weiß es nicht, aber bald. Er geht jeden Tag um drei zum Frisör, um sich rasieren und die Haare machen zu lassen. Manchmal lässt er sich nur rasieren, dann geht es schnell. Komm morgen wieder.«

Nadeschda streichelte Anastasias Wange, die ganz rot und heiß war, beugte sich nach unten und küsste die Freundin auf die Stirn.

In diesem Augenblick öffnete Anastasia das Auge und sah ihr ins Gesicht. Ganz allmählich, keineswegs gleichmäßig, sondern mit kleinen, zweifelnden Rückfällen erschien ein Lächeln auf ihrem Gesicht, das, auch als es deutlicher zu erkennen war, ungläubig blieb.

»Nadeschda …«, sagte Ana mit leiser Stimme.

»Das ist sie.«

Nadeschda und Galina fuhren herum, und in der Tür stand die Frau mit den kurzen roten Haaren, die sie am Tag zuvor gezwungen hatte, das Haus an der Hamburger Straße zu verlassen.

»Das ist sie. Siehst du, ich wusste gleich, dass sie Ärger bedeutet.«

Mit ihr kam der Mann ins Zimmer, den sie nur wenige Minuten vorher in dem Auto hatte wegfahren sehen. Als er näher kam, konnte sie selbst in diesem Dämmerlicht erkennen, dass er nicht frisch rasiert war.

51

Zuerst sah er auf die Uhr und dann aus dem Fenster hoch zum Himmel.

Steiger drückte auf den Knopf der Schreibtischlampe, obwohl es noch längst nicht Abend war. Er hatte zweimal die falsche Nummer gewählt. Aber diese Wolkendecke schluckte so viel Licht, dass es schon um diese Uhrzeit düster war und er bestimmte Zahlen auf dem Ausdruck verwechselte.

Die brillenlose Zeit in seinem Leben ging zu Ende, das spürte er deutlich, aber er wollte es so lange wie möglich rauszögern. Weniger aus Eitelkeit, er wusste, dass er nicht aussah wie Brad Pitt oder Clint Eastwood oder Batto, sondern deshalb, weil ihn der Gedanke störte, für so etwas Alltägliches wie Lesen immer ein Instrument parat haben zu müssen, ohne das es nicht ging. Es war so, als wäre Essen plötzlich ab einem bestimmten Tag ausschließlich mit einem besonderen Einführungsstutzen für den Rachen möglich und Atmen nur noch mit einer Nasenklammer. Ihm fiel auf, dass das keineswegs üble Fantasien waren, sondern es tatsächlich irgendwann so kommen könnte, und er musste lachen, weil ihm Battos Penispumpe einfiel, die auch in diese Kategorie fiel. Scheiße, dachte er, scheiße, es war doch alles ein langsames Sterben, von Anfang an, und es beschleunigte sich mit jedem Tag.

Er hatte jetzt anderthalb Stunden lang mit Baufirmen, Computergeschäften, Baustoffhändlern und Dachdeckerbetrieben telefoniert, auch ein Institut für chemisch-biologische Analytik und ein Schiffsbauer waren dabei gewesen. In einer Firma konnte die Angestellte keine Angaben darüber machen, wer den X5 fuhr, einmal hatte er niemanden erreicht. Trotzdem lag vor ihm eine beträchtliche Liste mit Namen, und bei den Haltern, die er persönlich erreicht hatte, meist auch schon deren Handynummer. Er versuchte es noch einmal beim Computerhandel, bei dem er niemanden erreicht hatte, aber auch jetzt hätte er dort keinen Rechner kaufen können.

Eine Stunde später, in der Steiger Namen für Namen nachgesehen hatte, welche Handys darauf zugelassen waren, saß er wieder neben Marcel Krone. Er sah ihm dabei zu, wie der die Nummern mit den dreiundneunzigtausendachthundertneunundsiebzig Datensätzen verglich, die zum Zeitpunkt der Tat in der Funkzelle des Tatorts eingewählt waren.

»Bingo«, sagte er plötzlich und sah Steiger von der Seite an. »Hermann Maier, schreibt sich wie der Skifahrer, kommt aus Mönchengladbach.«

Steiger sah in seiner Liste nach. Hermann Maier war Chef eines Bauunternehmens und fuhr einen schwarzen BMW X3.

»Noch mal Bingo, du hast ’ne Serie Steiger. Dr. Volker Schwarz, auch aus Mönchengladbach, war ebenfalls zu der Zeit in der Gegend, zumindest sein Handy.«

Volker Schwarz war Chef des chemischen Untersuchungsinstitutes, und er fuhr einen schwarzen BMW X5.

»Das war’s«, sagte Marcel, als er die letzte Nummer überprüft hatte.

»Möchtest du einen Kaffee?«

»Lass gut sein, Steiger, ich mach hier meinen Job.« Er lächelte. »Und für einen alten Sack bist du sogar ganz fit, was den Computer angeht, alles gut.«

Steiger schlug ihm auf die Schulter und suchte sich ein Telefon.

»Du bist ja nicht mehr Teil der MK und kriegst hier oben nicht mehr alles mit, darum informier ich dich mal«, sagte Gernot Griese, bevor Steiger gewählt hatte, und setzte sich daneben. »Wir haben die Ergebnisse des Schusswaffenerkennungsdienstes. Was dich interessieren wird: Mit einer der beiden Waffen, die in dem Wohnmobil gefunden wurden, ist unsere Tote erschossen worden. Wir haben also für den Mord den Täter. Eva Kramer ist allerdings, wenn wir das Spurenbild richtig lesen, sehr wahrscheinlich mit einer anderen Waffe verletzt worden, die wir nicht kennen, und zwar mit derselben Waffe, die auch Radu verletzt und letztlich getötet hat, denn das Projektil aus seinem Körper konnten die Schusswaffenexperten identifizieren. Richtig erklären kann ich mir das mit unserer Verletzten im Moment noch nicht, aber vielleicht kommt das noch. Ansonsten sind die ersten Ergebnisse vom Tatort echt ernüchternd. Dass wir keine bekannte Fingerspur haben, weißt du wahrscheinlich schon, und bei der DNA sieht es genauso aus, wäre ja auch mal was gewesen. Aber es gibt eine eindeutige Verbindung nach Bochum. Wenn ich Zeit habe, fahre ich nachher mal rüber und seh mir deren Spuren an. Ansonsten …«, er blätterte in seinen Papieren und wurde von Beckmann ans Telefon gerufen.

Steiger wartete noch einen Moment, und als es nach einem längeren Gespräch aussah, wählte er die Handynummer von Hermann Maier. Er war einen Moment sprachlos, weil der Mann sich tatsächlich mit österreichischem Akzent meldete, erklärte ihm dann den Grund seines Anrufs und belehrte ihn.

»Herr Maier, Sie fahren in der Regel den auf ihr Unternehmen zugelassenen BMW X3 und sind auch Dauerkartenbesitzer von Borussia Mönchengladbach?«

»Ja.«

»Wir ermitteln zurzeit in einer Mordkommission, ich sagte es, und haben eindeutige Hinweise darauf, dass zumindest ihr Handy am Nachmittag und frühen Abend des zehnten September hier in Dortmund war.«

»Letzten Dienstag, das ist richtig«, sagte Maier sofort.

»Was war der Grund Ihres Aufenthalts?«

»Ich war in einer Besprechung, bis gegen 20.00 Uhr, es ging um ein Bauprojekt in der Nähe des Phönix-Sees.«

»Kann mir das jemand bestätigen?«

»Ja, natürlich.«

Maier nannte Steiger Namen und Handynummern von zwei Besprechungsteilnehmern, konnte aber sonst keine Angaben machen. Er erinnerte sich noch, dass sie das Fenster geschlossen hatten wegen der vielen Martinshörner, hatte aber von der Sache nichts weiter gehört, weil er noch am Abend nach Gladbach zurückgefahren sei.

Steiger verzichtete zunächst darauf, einen der Zeugen anzurufen, weil Maier zu überzeugend geklungen hatte, und wählte die Nummer von Dr. Volker Schwarz.

»Schwarz.« Die Stimme des Mannes war leise.

»Adam, Kripo Dortmund. Guten Abend, Herr Dr. Schwarz. Sie sind vielleicht überrascht, von der Polizei auf ihrem Handy angerufen zu werden, aber ich erkläre es Ihnen gleich. Vorweg: Wir ermitteln derzeit in einer Mordkommission, und ihre Aussage kann eine Zeugenaussage sein. Darum möchte ich Sie belehren, dass Sie die Wahrheit sagen müssen, weil Sie sich sonst strafbar machen. Wenn Sie sich selbst belasten, können Sie die Aussage verweigern, aber so weit sind wir ja noch nicht.« Steiger versuchte es mit ein wenig Humor, weil der Mann eigenartig befangen wirkte, auch wenn er nichts sagte. »Auf Ihr Institut ist ein schwarzer BMW X5 angemeldet, den Sie in erster Linie fahren, hat zumindest eine Ihrer Mitarbeiterinnen mitgeteilt, ist das richtig?«

»Ja.« Mit leichtem Zögern.

»Und Sie sind auch im Besitz einer Dauerkarte von Borussia Mönchengladbach.«

»Ja.«

»Und dieses Handy, auf dem ich Sie erreiche, wird in der Regel von Ihnen benutzt?«

»Äh, ja.«

»Gut, Herr Schwarz, wir haben eindeutige Hinweise darauf, dass dieses Handy sich am letzten Dienstag, also am zehnten September, am Nachmittag und frühen Abend hier in der Dortmunder Innenstadt über mehrere Stunden in eine Funkzelle eingewählt hat. Waren Sie in der Zeit in Dortmund, Herr Dr. Schwarz?«

Einen Augenblick lang tat sich nichts am anderen Ende.

»Herr Dr. Schwarz?«

»Äh, ja, das muss sich um einen Irrtum handeln.«

»Nein, handelt es sich nicht. Dieses Handy war hier für etwa vier Stunden im Bereich einer innerstädtischen Funkzelle.«

»Ja, also … Sie erreichen mich jetzt auch sehr ungünstig,

Herr … wie war Ihr Name? Können wir morgen noch einmal sprechen. Ich rufe Sie an.«

Dann war das Gespräch beendet.

Steiger starrte auf den Telefonhörer in seiner Hand und fragte sich, was er da grad erlebt hatte. War der Mann verwirrt, wirklich beschäftigt oder panisch. Er fragte sich auch, ob er gleich noch einmal anrufen sollte. Aber er hielt es für besser, sich den Mann mal persönlich anzuschauen.

52

Es verhinderte, dass jemand ungebeten hereinkam, aber vielleicht hatte der Mann, den sie Christo nannte, es auch gespürt und darum die Tür abgeschlossen. Denn seit sie von ihm und der rothaarigen Frau überrascht und festgehalten worden war, hatte Nadeschda nur den Gedanken im Kopf, wie sie fliehen könnte. Ihr war zwar noch nicht viel passiert, aber sie spürte die Gefahr, in der sie sich befand. Den Schlüssel hatte er stecken lassen, trotzdem war es fast unmöglich, bis zur Tür zu kommen. Sie versuchte, sich genau zu erinnern, wie der Weg nach draußen war. Ein kleiner Flur, zwei Treppen nach unten und wieder ein kleiner Flur. Nur erst weg hier, um Anastasia kümmerte sie sich später, und auch alles Weitere würde sich finden. Das Mädchen, das Galina hieß, hatte Christo hinausgeschickt, und er hatte es in einer Weise und mit einem Ton getan, die Nadeschda an ein Märchen erinnerten, das Babuschka ihr immer vorgelesen hatte. Die Worte der Königin, mit denen sie Schneewittchen den Apfel anbot, mussten ähnlich geklungen haben.

Die Rothaarige schien keine Bulgarin zu sein, denn die beiden unterhielten sich in deutscher Sprache, welche die Frau ohne Akzent sprach. Darum nahm Nadeschda an, dass sie eine Deutsche war. Sie durchwühlte ihren Rucksack, fand den Pass und blätterte darin.

»Sie ist vor drei Tagen eingereist, als Touristin.«

Der Mann sah kurz hin und entfaltete die drei Fotos. Die Frau blickte von der Seite darauf und wühlte dann weiter im Rucksack.

»Sieh an, sieh an.« Auch die Visitenkarte mit der Telefonnummer der Polizistin hielt sie hoch wie eine kleine Trophäe, bevor sie sie weiterreichte.

Jana Goll war der Name gewesen, und Nadeschda versuchte, sich auch die Handynummer in Erinnerung zu rufen, was ihr gelang.

Als Christo sah, von wem die Karte war, stellte Nadeschda zum ersten Mal eine Regung in seinem Gesicht fest, das ansonsten verschlossen wirkte. Der Mann sah gut aus, aber von seinem Blick, seiner Mimik, seiner ganzen Erscheinung ging etwas lautlos Bedrohliches aus.

Nach und nach entnahm die Frau dem Rucksack alles, was darin war, und legte es auf einen kleinen Tisch.

Christo betrachtete Dajanas und Anastasias Fotos und kam zu ihr an den Stuhl.

»Warum bist du hier?«

Nadeschda überlegte, was in ihrer Lage klug war, um sie nicht noch aussichtsloser zu machen, um jede noch so kleine Chance, worauf auch immer, nicht zu zerstören, aber ihr fiel nichts Besseres ein als die Wahrheit.

»Es sind meine Freundinnen, ich habe nach ihnen gesucht.«

»Und jetzt? Du hast sie gefunden? Was willst du jetzt tun?«

»Was kann ich denn tun?«

»Du stellst hier keine …«

Die Türklinke wurde betätigt, erst vorsichtig, dann heftiger, dann klopfte jemand von außen an die Tür, und die Frau schloss auf und öffnete. Noch ein Mann kam herein, er war ein wenig größer als Christo, und ihm floss ihm Gegensatz zu diesem der Zorn offen aus jeder Pore.

Er fragte etwas auf Bulgarisch, und Christo antwortete ihm. Dabei zeigte er auf die Sachen, die auf dem Tisch ausgebreitet waren, und hielt das ein oder andere Stück hoch. Nadeschda verstand zwischendrin lediglich den Namen Ana und Galina, hin und wieder nickte der Zornige, nur als Christo ihm die Visitenkarte der Polizistin zeigte, zuckte er mit den Schultern und schüttelte dann den Kopf.

»Wenn ihr Deutsch redet, Niki, könnte ich euch folgen und vielleicht das ein oder andere erklären«, sagte die Frau, die die ganze Zeit unbeteiligt danebengestanden hatte.

»Sei still, was bildest du dir ein«, sagte der Zornige, der offenkundig Niki hieß, und sah sie bei den letzten Worten schon nicht mehr an.

»Wir werden sie hierbehalten, alles andere ist in dieser Situation unmöglich.«

Niki nahm das Foto der toten Dajana und kam auf Nadeschda zu. Er hielt ihr das Bild dicht vor das Gesicht. »Warum hast du das Bild dabei, was willst du hier?«

»Sie ist meine Freundin … war meine Freundin. Ich habe mir um Ana …«, sie blickte zum Bett und sah, dass Anastasia wach war und ihnen zusah, »… Sorgen gemacht.«

»Warum hast du eine Karte von der Polizei in der Tasche.«

»Es war Zufall, die Polizistin hat sie mir gegeben.«

»Hast du was mit der Polizei zu tun?«

»Nein, ich habe die Karte bekommen …«

In dem Moment schlug er ihr mit der flachen Hand ins Gesicht.

»Lüg mich nicht an!«

Es war weniger der Schmerz als der Schrecken, der sich in Nadeschda ausbreitete, Schrecken, dem Zorn folgte, so heftig, dass sie all ihre Beherrschung aufbringen und sich das Wissen um die Aussichtslosigkeit jeder noch so kleinen Reaktion ins Bewusstsein rufen musste, um sitzen zu bleiben.

»Lass es«, sagte Christo, »es bringt nichts. Und es ändert nichts. Wir müssen sie hierbehalten, so oder so.«

Niki ging zurück zum Tisch, hob ein paar der Sachen auf, betrachtete sie und legte sie zurück. Zum Schluss hatte er den Schlüssel mit dem Namensschild der Pension in der Hand. Christo nahm ihn und las auf dem Schild den Namen.

»Wohnst du da?«, fragte er Nadeschda.

»Ja.«

Er gab den Schlüssel der Frau und fingerte aus seiner Hemdtasche ein paar Geldscheine.

»Hier, nimm das, fahr dort hin, zahle und hol ihre Sachen. Wenn nach ihr gesucht wird, hilft uns das nicht.«

»Was soll ich sagen?«

»Lass dir was einfallen. Sag, sie hatte einen kleinen Unfall und sei im Krankenhaus und sie sei eine Freundin von dir. Nimm Galina mit, das klingt echt. Und ihren Pass.«

Die Rothaarige nahm die Sachen und verließ den Raum.

Die beiden Männer unterhielten sich noch eine Zeit lang auf Bulgarisch, zeigten dabei hin und wieder auf Nadeschda.

Sie versuchte, an der Mimik oder am Tonfall zu erkennen, was sie sprachen, und es klang nicht gut und sah auch nicht so aus. Irgendwann ging Niki und kam mit Handschellen zurück, wie Nadeschda sie von der Polizei kannte. Er legte ihr einen Bügel um die rechte Hand, den anderen schloss er um eine der Streben des schweren Messingbetts. Dann gingen beide und verschlossen die Tür von außen.

Nadeschda stand auf und versuchte, das Bett Richtung Fenster zu ziehen, aber es ließ sich nicht bewegen. Dann setzte sie sich wieder hin, sah, dass Anastasia wach war, und konnte endlich die Hand der Freundin streicheln.

»Warum bist du gekommen?«, fragte sie.

»Um dich zu holen.«

Sie sah, dass sich aus Anastasias Auge eine Träne löste, quer über die Nasenwurzel lief und auf der anderen Seite vom Verband aufgesogen wurde.

»Du bist in Gefahr.«

»Du auch«, sagte Nadeschda, »darum bin ich hier. Konntest du verstehen, was sie gesagt haben.«

»Ja«, sagte Anastasia, schwieg dann aber.

»Und worüber haben sie gesprochen, komm, sag es!«

Wieder löste sich eine Träne und nahm denselben Weg.

»Ich glaube, das Wort heißt ›beseitigen‹.«

Nadeschda streichelte ihr die Hand. »Schlaf, Ana«, sagte sie, »schlaf!«

Nadeschda war eingeschlafen und erwachte, weil jemand sie anfasste. Es war Niki, der versuchte, zwischen ihre Beine zu fassen.

»Wollen doch mal sehen, ob du nicht doch zu gebrauchen bist.«

Sie roch, dass er Alkohol getrunken hatte, und spürte an seinen Bewegungen, dass er betrunken war.

Die erste Benommenheit nach dem Erwachen hatte ihm den Vorteil gebracht, dass er schon zwischen ihren Beinen war. Sie trat, schlug mit der einen freien Hand, aber er war zu nah, um von den Füßen erwischt zu werden. Sie spürte, wie sich Panik in ihr ausbreitete, als er ihre Hose öffnete. Um sie ihr von den Beinen zu ziehen, musste er einen Schritt zurücktreten, und sie traf ihn mit dem rechten Fuß auf dem Brustbein. Er fiel rückwärts, ließ ein grollendes, gurgelndes Räuspern hören, lallte etwas und stand wieder auf.

Sie fühlte ein verwirrendes Bombardement von Gefühlen, bodenloser Angst, Wut, Hilflosigkeit und beißendem Ekel, aber alles wurde verdrängt von dieser verzehrenden Machtlosigkeit, von dem Gefühl, etwas mit sich geschehen lassen zu müssen, was sie mit allem, was in ihr war, nicht wollte. Sie war von Gennadi geschlagen worden, ungerechtfertigt und maßlos, aber diese Schläge waren nichts gegen das Empfinden, ausgeliefert zu sein. Sie musste würgen, weil sein Körpergeruch mittlerweile den Alkoholdunst verdrängte, aber sie kämpfte.

Irgendwann hatte er ihr die Hose von den Beinen gezogen, und sosehr sie sich auch wehrte, er kam näher und näher. Einmal traf sie ihn noch, aber es warf ihn nicht mehr entscheidend zurück. Er sprach die ganze Zeit kein Wort, sondern atmete schwer und schnaufend. Mit einer Hand hielt er ihre linke fest, öffnete mit der anderen seine Hose und ließ sie zu Boden gleiten.

Nadeschda ließ den Kopf zur Seite sinken und sah im Lichtkegel, der vom Flur hereinfiel, dass Anastasia schlief.

Als er in sie eindrang, hatte sie nur den einen Gedanken, ihm etwas anzutun.

53

Irgendwann in der Nacht hatte Nadeschda sich die Hose wieder angezogen, so gut es mit einer ans Bett gefesselten Hand ging. Der Slip war zerrissen und nicht mehr zu gebrauchen. Ihr Unterleib schmerzte, aber schlimmer war dieses Gefühl, das in ihr keinen festen Ort zu haben schien, sondern sie ganz und gar ausfüllte und dem sie keinen Namen geben konnte, weil sie es noch nie gefühlt hatte. Es war wie bis zum Hals in Erbrochenem stehen, es war wie Schreien wollen, aber keinen Mund zu haben.

Wenn sie nah genug heranging, sah sie im wenigen Licht, das der schmale Spalt am Fenster durchließ, dass Anastasias Auge halb geöffnet war, aber seit gestern Abend schien sie nichts mehr wahrzunehmen. Sie hatte noch sagen können, das Wort »beseitigen« verstanden zu haben, und Nadeschda wusste, was das bedeutete. Aus irgendeinem Grund war sie eine Gefahr, eine große Gefahr für diese Leute, wenn sie sie laufen ließen. Vielleicht warteten sie noch eine Weile, um festzustellen, ob nach ihr gesucht wurde, ob es wirklich keine Verbindung zur Polizei oder zu irgendwem gab, ob die Karte der Polizistin wirklich keine Bedeutung hatte, aber letztlich gab es keinen Zweifel, was sie mit »beseitigen« meinten. Vielleicht war in der Pension jemandem etwas eigenartig vorgekommen, wenn eine Fremde ihre Sachen holte und für sie zahlte, aber auch das war unwahrscheinlich.

Das alles war ihr klar geworden, seit die Gedanken in ihrem Kopf aufgehört hatten zu schlagen, zu spalten, zu zerstören und sich von etwas Hohem hinabzustürzen. Seitdem suchte sie nach einem Ausweg, nach einer Möglichkeit, diesen Ort zu verlassen; viele würde es nicht mehr geben, vielleicht keine, da machte sie sich nichts vor. Mit all ihrer Kraft hatte sie in der Nacht noch einmal versucht, das Bett zu bewegen, denn sie waren im zweiten Stock, und das Fenster war nur verschlossen. Aber das Bett war zu schwer und rührte sich keinen Zentimeter.

Draußen waren Stimmen zu hören, sie erkannte die von Niki und noch andere, unbekannte. Der Schlüssel wurde gedreht, die Tür öffnete sich, und zuerst trat der Mann ein, der sie noch vor Stunden vergewaltigt hatte. Ihm folgten zwei andere Männer, die sie nicht kannte, Christo war nicht dabei. Die Männer sprachen bulgarisch, und Nadeschda verstand kein Wort. Die beiden Unbekannten gingen zum Bett, hoben Anastasia hoch und trugen sie, jeder einen ihrer Arme über der Schulter, zwischen sich Richtung Tür. Sie gab keinen Laut von sich, und ihr Kopf hing kraftlos nach vorn. Niki schloss ihr die Handfessel auf, die sie ans Bettgestell fesselte, und keine Regung in seinem Gesicht zeigte, dass ihm bewusst war, was am Abend geschehen war. Mit ignorierender Härte schloss er den freien Bügel um ihr anderes Handgelenk und führte sie aus dem Zimmer. Als sie die Tür passierten, sah Nadeschda den Schlüssel im Schloss stecken. Schon als er die Handschelle gelöst hatte, war ihr das Handy in seiner Gürteltasche aufgefallen. In fliegender Hast wanderte ihr Blick durch den Raum, suchte und suchte und fand eine Flasche auf einem kleinen Tisch vor dem Treppenabgang. Jetzt ist der Moment, vielleicht der letzte, dachte sie. Jetzt. In dem Moment, als Niki mit den beiden anderen sprach, riss sie sich mit einem Ruck los, nahm die Flasche und schlug damit auf eine metallene Schale, die ebenfalls auf dem Tischchen gestanden hatte. Die Flasche zersplitterte, und dann war alles eine Bewegung. Sie rammte Niki die Spitze des Flaschenhalses ins Bein, er schrie, griff sich an den Oberschenkel. Sie zog das Handy aus der Tasche, rannte zurück zum Zimmer, zog den Schlüssel aus dem Schloss, wozu sie ihn erst drehen musste, und schlug die Tür hinter sich zu. Mit dem Handy und den gefesselten Händen hatte sie Schwierigkeiten, den Schlüssel wieder im Schloss unterzubringen, er hakte, schien nicht zu passen und glitt schließlich hinein. Sie drehte ihn, dann setzte das Poltern ein. Das Display war ihr unbekannt, sie tippte auf Symbole, fand irgendwie das Tastenfeld und wählte mit zitternden Fingern die Nummer, die sie sich gemerkt hatte. Serjoschas Warnung ging ihr durch den Kopf, aber es war ihre letzte Chance, da war sie sich sicher. Jemand trat von außen gegen die Tür, und ein erster Splitter löste sich aus dem Türrahmen. Sie hörte ein Freizeichen. Das Holz des Rahmens brach und hielt das Schloss nur noch mit einem kleinen Rest. Es klingelte zum vierten Mal.

»Dies ist die Mailbox von Jana Goll, bitte sprechen Sie nach dem Freizeichen.«

Ein letzter Tritt, die Tür flog auf, sie sah den unbändigen Zorn auf Nikis Gesicht.

»Hier ist Nadeschda, schnell, sie töten uns, schnell, Hilfe, Niki …«

Niki humpelte zu ihr, seine Faust traf sie mitten ins Gesicht, dann wurde es schwarz.

Abendrot – Gutwetterbot'.

Scheint doch was dran zu sein an diesen Wettersprüchen, dachte Steiger, als er am Morgen auf der A40 Richtung Mönchengladbach fuhr und im Rückspiegel die aufgehende Sonne sah. Gestern Abend hatte er beim üblichen verbotenen Zigarillo in der achten Etage einen großartigen Sonnenuntergang über Dortmund gesehen und sich gefragt, ob dieser spektakuläre Herbsthimmel sein Versprechen aus der Bauernweisheit würde halten können. Damals in der Polizeischule hatte einer der Kollegen in seinem Zimmer ein Poster, das aus der Vogelperspektive eine achtspurige Autobahn zeigte, auf der acht Autoschlangen in einem glutroten Horizont verschwanden. Es hatte den Titel »Sonnenuntergang am Santa Monica Freeway« und sah damals so sehr nach großer weiter Welt aus, dass an diesem Morgen, dreißig Jahre später, mit dem Bild auch das Gefühl bei ihm wiederkam. Wahrscheinlich war es die ersehnte Ferne, die ihn damals daran so berührt hatte, die Verheißung auf ein Leben, in dem man den Horizont hinter sich lassen würde.

Er war für seine Verhältnisse früh dran, weil er vor dem Dienstbeginn am Mittag beim Einsatztrupp wieder in der Dienststelle sein wollte, aber für die A40 reichte das immer noch nicht. Er ärgerte sich, nicht den kleinen Umweg über die 1 genommen zu haben, und sich jetzt irgendwie durch Gelsenkirchen auf die 42 zu schlagen brachte um die Zeit auch nichts, das wusste er, also kämpfte er sich durch den Stau.

Sein Plan war es, den guten Herrn Dr. Schwarz zu überraschen. Der Mann hatte am Telefon zu eigenartig reagiert. Und er wollte ihn sehen. Die Beschreibung von Sven Arnold war nicht überragend und relativ ungenau, aber einen

Dicken mit Stirnglatze konnte man damit schon ausschließen. Er hatte sich entschlossen, ihn im Institut zu besuchen, das ein wenig außerhalb lag, unangemeldet, und er hoffte, dass das nicht zu gewagt war und er den Mann richtig eingeschätzt hatte.

Sein Handy klingelte, es war Toni Sawitzki.

»Guten Morgen.«

»Morgen Steiger.«

Sie hatten sich noch auf ein Bier im »Totenschädel« getroffen, weil Toni ein paar Verfahrensfragen hatte. Sie war an einer Story in Recklinghausen dran, bei der die Staatsanwaltschaft kein gutes Bild abgab. Dabei waren sie auch auf die Geschichte in der Villa Konrad gekommen.

»'tschuldigung, dass ich so früh störe, aber ich wusste ja, dass du schon unterwegs bist. Noch kurz zu gestern Abend. Du hast in der Sache doch was von einem Institut Dr. Schwarz gesagt, oder?«

»Ich hab es beiläufig erwähnt, Toni, ohne Zusammenhang, nur mal so.«

»Mach dir nicht ins Hemd, Steiger, du weißt, dass du dich auf mich verlassen kannst. Ich hab mal recherchiert, weil ich da irgendwas im Hinterkopf hatte. Also, die machen unter anderem auch Untersuchungen für die EU, und da gab es mal, tja, wie soll ich sagen …? Also, bei Leuten, die das im Auge haben, sind da schon mal Auffälligkeiten vorgekommen. Ich hab heut Nacht noch 'ne E-Mail an ›WtL‹ geschrieben, das ist eine dieser Organisationen, und die haben mir echt schon geantwortet.«

»Was heißt denn ›WtL‹?«

Vor Steiger löste sich der Stau auf, und er gab Gas.

»›Watching the Lobby‹«, und die sagen, da könnte was

gelaufen sein bei einem Gutachten über ein Pestizid. Es ging da wohl um Fristen, aber ihnen war wichtig, dass das nur ein Verdacht sei, weil die sich wohl sehr in Acht nehmen, zumindest nichts Falsches zu schreiben, weil sonst die Rechtsabteilungen der Firmen sofort Druck machen.«

»Okay, und was soll das heißen.«

»Ich meine ja nur, ihr wisst doch immer noch nicht, was da gelaufen ist, sagst du doch, oder? Und vielleicht hat es irgendwie damit zu tun.«

»Meinst du nicht, dass du da das Gras wachsen hörst?«

»Ich wollte es dir nur gesagt haben, dass die kein ganz unbeschriebenes Blatt sind.«

»Gut, Toni, danke.«

Er drückte das Gespräch weg und fuhr auf die A52, wo der Verkehr wieder schleppend lief.

Eine halbe Stunde später parkte er auf einem der vier Besucherparkplätze des Instituts Dr. Schwarz. Es war ein eingeschossiger Flachbau in einer Art Industriegebiet vor den Toren von Mönchengladbach. Steiger sah den schwarzen X5 auf einem Parkplatz hinter einer beschrankten Einfahrt und blätterte noch einmal in der Spur, um Sven Arnolds Beschreibung zu lesen, dann ging er zur Tür.

Die Dame, deren Büro auch so etwas wie eine Rezeption war, kam mit einem rot geschminkten Lächeln zu ihm.

»Guten Morgen, was kann ich für Sie tun.«

»Adam, Kripo Dortmund«, er zeigte ihr den Ausweis mit der Bewegung, bei der er sich vor Jahren einmal überlegt hatte, dass er sie demonstrieren würde, hätte Robert Lemke ihn zum heiteren Beruferaten eingeladen. »Ich würde gern Herrn Dr. Schwarz sprechen.«

»Haben Sie einen Termin.«

»Nein.«

»Dann wird es vielleicht schwierig sein.«

»Sagen Sie ihm, wir hätten gestern Abend schon gesprochen, er wird sich erinnern. Und ich kann gern warten.«

Sie zögerte, verlor für einen Moment ihr Lächeln und ging. Nach wenigen Sekunden kam sie zurück.

»Herr Dr. Schwarz hat einen kurzen Moment Zeit für Sie.«

Na, also, dachte Steiger, läuft doch.

Dr. Volker Schwarz saß hinter einem Glasschreibtisch, und Steiger schätzte ihn um die vierzig. Er war etwa so groß wie er selbst, hatte dunkle Haare mit beginnendem Grau und war nicht ganz so schlank, wie er der Beschreibung nach hätte sein sollen. Aber vom Typ her passte es. Schwarz blieb sitzen und bot Steiger einen Platz vor dem Schreibtisch an.

»Guten Morgen«, sagte Steiger, machte noch einmal die Robert-Lemke-Geste und setzte sich. »So schnell hört man sich wieder, oder?« Er versuchte es mit einem Scherz, aber schon am Abend zuvor war Schwarz auf Humor nicht eingegangen. Der Mann saß bewegungslos in seinem Stuhl, dennoch ging eine Unruhe, fast ein Vibrieren von ihm aus. Steiger wiederholte noch einmal die Belehrung vom Abend.

»Ich habe noch einmal nachgesehen, und ich habe mich geirrt, Herr Adam. Ich war tatsächlich in Dortmund an dem Tag, auf einem Geschäftstermin.«

Steiger war so überrascht, dass er einen Moment brauchte.

»Hatten Sie das vergessen?«

»Ja, ich war wohl etwas verwirrt gestern und hab mich im Datum vertan.«

»Mit wem hatten Sie den Termin.«

»Einem Geschäftspartner.«

»Kann der das bestätigen.«

»Ich befürchte nicht. Ich hatte mich spontan entschlossen und habe ihn nicht angetroffen.«

Volker Schwarz' Handy klingelte. Er sah auf das Display, zögerte einen Moment und nahm das Gespräch an.

»Hallo Schatz.«

Er wandte sich ab und sah zu Boden.

»Nein.«

Jetzt sah er Steiger kurz an.

»Nein, nur etwas Geschäftliches, kennst du nicht.«

Er drehte sich noch weiter ab.

»Nein, wirklich nur geschäftlich, sagt dir nichts.«

Er lügt, dachte Steiger, er lügt die ganze Zeit.

Volker Schwarz hörte mit dem üblichen bestätigenden Räuspern zu, dennoch hatte Steiger das Gefühl, dass ihm seine Gesellschaft bei dem Gespräch unangenehm war.

»Okay, dann weiß ich Bescheid.«

Wieder ein schneller Blick zu Steiger.

»Ja, bis heute Abend.«

Er drückte das Gespräch weg und sammelte sich einen Moment, einen Moment zu lange, dachte Steiger.

»Wie kommen Sie überhaupt auf mich?«, fragte er.

»Wir haben eine Zeugenaussage, Herr Schwarz, von einem Arzt, der einen Mann gesehen hat, der sich an einem schwarzen X5 selbst das Bein verbunden hat, weil er verletzt war. Und dieser Mann hatte – wie Sie – eine Dauerkarte von Borussia Mönchengladbach. Und, wenn ich das hinzufügen darf, die Personenbeschreibung des Mannes ist ihrer zumindest nicht völlig unähnlich.«

Wieder brauchte Volker Schwarz einen Moment zu lange.

»Ja, aber wie gesagt, ich kann Ihnen da nicht helfen, Herr Adam, und ich bin auch nicht verletzt.«

»Sie waren vier Stunden in Dortmund, obwohl ihr Gesprächspartner nicht da war. Was haben Sie die ganze Zeit gemacht.«

Ich sehe, wie es in dir arbeitet, dachte Steiger.

»Ich habe es ein paarmal versucht und mir zwischendrin die Zeit vertrieben, einen Kaffee getrunken.«

»Können Sie mir noch den Namen Ihres geschäftlichen Gesprächspartners vom Dienstag nennen?«

»Ich sagte doch, ich habe ihn nicht angetroffen.«

»Ich würd ihm trotzdem gern ein paar Fragen stellen.«

Schwarz atmete dreimal tief durch.

»Ich würde den Mann da ungern mit hineinziehen«, sagte er.

»Es ist eine belanglose Frage.«

»Verstehen Sie mich bitte, Herr Adam, zumindest nicht, ohne mich vorher rückzuversichern.«

Steiger war klar, den richtigen Mann vor sich zu haben, aber er sah im Moment keine Möglichkeit, ihn festzunageln. Einem Foto, das er nach Afrika hätte schicken können, würde er nicht zustimmen, Fingerabdrücken erst recht nicht. Aber das lief ja nicht weg. Vielleicht war es klüger und schneller, es jetzt zu lassen, anstatt einen Anwalt auf den Plan zu rufen.

»Gut, Herr Dr. Schwarz. Ich bin sicher, wir hören noch voneinander.«

Steiger stand auf.

»Wie gesagt, ich kann Ihnen da nicht helfen, Herr Adam. Ansonsten: Sie haben ja meine Handynummer. Sollten Sie noch eine Frage haben, bin ich da am besten zu erreichen.«

Steiger verließ das Büro, grüßte den roten Lippenstift und ging.

Der erste Blick galt ihrem Schreibtisch, und als sie das Handy dort liegen sah, war sie beruhigt, auch wenn sie es erwartet und nicht ernsthaft geglaubt hatte, es verloren zu haben. Jana holte sich einen Kaffee, begrüßte die Chefin und die drei Kollegen, die schon da waren, und setzte sich. Auf ihrer Mailbox waren drei Nachrichten. Sie wählte die Nummer und hörte die erste ab. Sie war von ihrem Bruder Robert, der ihr erzählte, dass er seinen Kampf am Wochenende gewonnen hatte. Robert war Boxer in einer Mannschaft. Jana freute sich, dass ihre ständigen Ermahnungen wirkten und er deutsch mit ihr sprach. Die zweite Nachricht war von ihrer Mutter in Russisch. Wieder lächelte sie, denn sie wusste, dass ihre Mutter es hasste, mit einer Maschine zu sprechen.

Die dritte Nummer war unterdrückt, und Jana hörte die Nachricht ab.

»Hier ist Nadeschda, schnell, sie töten uns, schnell, Hilfe, Niki …«

Die Stimme war hektisch, fast aufgelöst, dann gab es ein Geräusch, das sie nicht einordnen konnte, dann war die Sequenz zu Ende. Sie starrte regungslos auf das Gerät in ihrer Hand.

»Scheiße.«

Sie wusste sofort, wer das war, brauchte aber einen Moment, um zu begreifen und ihre Gedanken zu ordnen, dann rannte sie zu Gisa, stellte den Lautsprecher an und spielte es ab.

Gisa machte ein besorgtes und überraschtes Gesicht.

»Wer ist das?«

»Eine Frau, die Steiger und ich vorgestern auf dem Straßenstrich kontrolliert haben. Sie hat mit Bildern nach zwei Frauen gesucht, eine davon war unsere Tote aus der Villa Konrad.«

Gisa nickte. »Ganz sicher, dass sie das ist?«

»Ja, Nadeschda. Ich hab ihr diese Nummer gegeben.« Sie hielt das Handy hoch.

»Okay, geh zu Griese, ich informiere den Polizeiführer.«

Als Steiger das Ortsausgangsschild Mönchengladbach passierte, klingelte sein Handy. Es war Jana.

»Was gibt's?«

»Morgen Steiger, wo bist du?«

Steiger ging automatisch vom Gas, weil ihr Tonfall ihn erschreckte.

»Auf dem Rückweg von Gladbach, was ist denn los?«

»Ich hatte mein Handy im Büro vergessen und habe einen Anruf auf meiner Mailbox von 6.06 Uhr. Er ist von Nadeschda, du weißt schon, die Frau von der Mallinckrodtstraße mit den Fotos, die Russin. Sie klingt völlig panisch, sagt, dass man sie töten will, sie und eine Niki, und das Gespräch wird nach wenigen Sekunden unterbrochen, gewaltsam, wie es sich anhört. Hier stufen das alle als echt ein, und es wird wahrscheinlich eine BAO eingerichtet. Wann kannst du hier sein?«

»Das dauert noch 'ne Stunde, wenn ich mich beeile. Wisst ihr, von wo der Anruf kam?«

»Aus Dortmund Innenstadt. Wir haben den Sektor, aber der ist relativ groß, also nicht genau, von wo er kommt.«

»Und auf wen ist das Handy angemeldet.«

»Ein Fantasiename, gibt es nicht, das Übliche.«

»Ich beeile mich.«

Er drückte das Gespräch weg und gab Gas, um gleich wieder zu bremsen und rechts ran zu fahren. Einen Moment überlegte er, wendete den Wagen und fuhr zurück.

Dieses Mal parkte er direkt vor dem Eingang, ging zügig am roten Lächeln vorbei und sofort in Volker Schwarz' Büro.

»Was wollen Sie, was ist, hören Sie …«

Weiter kam er nicht. Steiger war schon um den Schreibtisch herum, stand jetzt direkt vor dem Mann, der eine Haltung eingenommen hatte, als würde er gleich geschlagen.

»Ich darf mal«, sagte Steiger und ergriff mit der rechten Hand mit festem Griff Schwarz' linken Oberschenkel.

Schwarz schrie auf, und Steiger fasste noch einmal nach, um die richtige Stelle zu erwischen.

»Soll ich die Polizei holen, Herr Dr. …?«

Der Lippenstift stand in der Tür.

»Ich glaube nicht, dass Herr Doktor so viel Aufsehen möchte, oder? Außerdem ist die Polizei schon hier.«

Dr. Volker Schwarz atmete schwer, hielt sich den linken Oberschenkel und versuchte offensichtlich, einen klaren Gedanken zu fassen. Steiger sah, dass sich auf dem hellen Stoff der Hose ein kleiner roter Fleck gebildet hatte, der größer zu werden schien. Da hatte er wohl etwas fest zugegriffen.

»Danke, lassen Sie uns allein, Frau Berger.«

Sie ging und schloss die Tür.

»Meine Belehrung haben Sie noch im Kopf, Herr Schwarz, okay. Mir ist scheißegal, was Sie am letzten Dienstag in Dortmund gemacht haben und mit wem Sie gevögelt haben …«

»Bitte …!« Er blickte Richtung Tür.

»… aber Sie waren da, in dieser verdammten Villa, Sie sind der Mann, den ich suche. Und seit eben haben sich die Dinge geändert, weil es gut sein könnte, dass Sie jetzt mit Ihrer Aussage ein Leben retten können. Ich will irgendetwas, einen Namen, eine Telefonnummer, irgendetwas, womit ich rausfinde, wer da seine Finger im Spiel hatte.«

Schwarz sah ihn von unten an, und Steiger hatte das Gefühl, er brauchte noch etwas Motivation.

»Aber ich kann natürlich auch zu Ihnen nach Hause kommen, und wir reden dort miteinander, wenn Ihnen das recht ist, mit großer Mannschaft. Vielleicht müssen wir auch Ihr Arbeitszimmer durchsuchen.«

Schwarz zeigte ein kurzes, verzweifeltes Grinsen.

»Wollen Sie mich erpressen?«

»Erpressung? Es ist die exakte Ankündigung bevorstehender polizeilicher Maßnahmen, Herr Schwarz, taktisch völlig unklug, ich bin quasi auf Ihrer Seite.«

Er richtete sich ein wenig im Stuhl auf, der Fleck auf seiner Hose wurde tatsächlich größer. Schwer atmend blickte er zu Boden und schüttelte den Kopf.

»Ich wollte doch nur mit dem Hund gehen, verdammt.«

»Bitte?«

Wieder Kopfschütteln.

»Vergessen Sie es.« Er schien zu überlegen. »Und Sie werden nicht bei mir zu Hause erscheinen?«

»Wenn das hier zum Ergebnis führt, nicht.«

»Ich habe nur zwei Anrufe bekommen.«

»Von wem?«

»Der Mann hieß Göking.«

»Göking. Aus Dortmund?« Bei dem Namen fiel bei Steiger ein Groschen, aber er wusste nicht, ob es der richtige war.

»Ich weiß es nicht. Er rief mich an, irgendwas mit ›Events‹, um mir die Adresse und den Zeitpunkt mitzuteilen.«

»Den Zeitpunkt wovon.«

Er ließ sich wieder Zeit.

»Eine … eine Feier. Aber das tut nichts zur Sache, bitte. Das hilft Ihnen nicht weiter.«

»Sie haben zwei Anrufe bekommen.«

»Ja. Letzte Woche wollte er wissen, ob ich …«, er stockte einen Moment, »… ob ich Sonderwünsche hätte.«

»Sonderwünsche?«

»Ja, er meinte wegen der Frauen.«

»Klingt echt nach kaltem Büfett oder Getränkekarte. Haben Sie die Nummer noch.«

»Sie war unterdrückt, aber er hat sie mir gegeben, für einen Rückruf. Sie müsste noch auf der Unterlage stehen.«

Seine Abreiß-Unterlage war übersät mit Nummern und Adressen und Namen. Er tippte auf eine Nummer oben rechts.

»Das ist sie.«

»Sie haben ihn zurückgerufen? Konnten Sie sich nicht gleich entscheiden, oder hat man Ihnen erst die Menükarte geschickt?«

Steiger notierte sich die Nummer und wollte gehen.

»Und meine Frau erfährt nichts davon?«

Steiger war überrascht. Endlich kam er auf den Punkt.

»Wenn ich es vermeiden kann, dann nicht, Herr Dr. Schwarz.«

Der Mann hat einen Doktor in Chemie und macht sich

die Hose mit der Kneifzange zu, dachte Steiger. Aber vielleicht hindert ihn auch die Angst am Denken, zum Glück.

Als er im Auto saß, wählte er die Nummer. Es klingelte vier Mal.

»Hieronymus Göking, very special events. Was sind Ihre Wünsche?«

Steiger erkannte den Ton und die herablassende Überlegenheit sofort wieder.

»Der Hero, tatsächlich. Hier ist Thomas Adam von der Kripo Dortmund. Lange nicht gesehen.«

Marcel Krone fand für den zivilen Transporter eine Parklücke dem Café schräg gegenüber, schaltete den Motor ab und kam nach hinten zu Jana und Tom, dem Techniker, der das Abhörgerät bedienen konnte.

Die Sache war als Entführungsfall eingestuft worden, und es wurde zwangsläufig eine BAO, eine Besondere Aufbauorganisation eingerichtet. Damit hatten sie jetzt einen Polizeiführer, und Steiger hoffte, dass das nicht Schröder war, aber an der Arbeit der Mordkommission änderte das eigentlich nichts.

Steiger hatte auf dem Rückweg von Mönchengladbach angerufen, von seinem Gespräch mit Schwarz berichtet und angekündigt, dass er sich in einer Stunde mit einem Informanten im Café am Wall treffen würde, einem Mann, den er lange kenne. Er wisse nicht, wie das Gespräch laufe, aber für alle Fälle könnte es günstig sein, sich mit einem IMSI-Catcher in der Nähe zu positionieren, um dessen Telefon vor Ort abzuhören, auch wenn die Zeit dafür knapp sei.

Tom gab das Zeichen, dass alles bereit war. Jana sah auf die Uhr: noch drei Minuten.

Sie wussten nicht, ob der Mann schon im Café war, weil sie ihn nur von einem Foto in der Akte kannten, das ein paar Jahre alt war. Sie wählte Steigers Nummer, und er meldete sich sofort. »Wir sind so weit«, sagte sie.

Vier Minuten später sah Jana Steiger ins Café gehen.

Er hatte Hieronymus Göking Jahre nicht gesehen, und er war sichtlich älter geworden, hatte aber das Glatte nicht verloren. Der Mann war früher selbst im Rotlichtmilieu aktiv gewesen, und es gab dort meist zwei Typen. Jene, die hart und brutal und menschenverachtend waren, und jene, die kühl berechnend mit Gefühlen belohnten, mit falschen, wohlgemerkt, und menschenverachtend waren, und Steiger wusste nicht, wer die schlimmeren waren. Göking gehörte zu Letzteren und hatte seine Finger noch in anderen krummen Geschäften gehabt, obwohl er aus einer Akademikerfamilie stammte, ein Umstand, dem er seinen Namen verdankte, der in der Szene zum »Hero« geworden war. Etwa ein Jahrzehnt seines Lebens hatte er im Knast verbracht, knapp drei Jahre davon verdankte er Steiger. Vielleicht war das der Grund für den Respekt, den er vorgab ihm entgegenzubringen. Aber Steiger wusste, dass das eine berechnende Show war.

Göking saß in einer Ecke und hatte schon einen Kaffee vor sich.

»Der Hero, lange nicht gesehen«, sagte Steiger und setzte sich gegenüber.

»Ja, Steiger, du bist älter geworden.«

Steiger vermied es, sich mit den Leuten zu duzen, die er einsperrte. Beim Hero war es mal in einer längeren Vernehmung aus taktischen Gründen dazu gekommen, was Steiger jetzt bereute, weil es damals zu nichts geführt hatte. Aber zurücknehmen konnte er es nicht mehr.

Sie unterhielten sich ein paar Minuten wie zwei alte Bekannte, die sich Jahre nicht gesehen haben, und Steiger gefiel das nicht.

»Very special events? Was soll das sein? Organisierst du mir ’ne Strip-Poker-Fete oder eine nackte Nonne, die aus der Torte steigt?«

»Wenn’s sein muss. Ich organisier dir, was du willst, von ganz sauber bis ganz schmutzig.«

»Und davon kann man leben?«

Die Bedienung kam, er bestellte einen Cappuccino.

»Sogar gut, du glaubst gar nicht, was die Menschen für Ideen haben. Ich hab zehn Jahre im Knast verbracht, Steiger, bin jetzt fast fünfzig, da geh ich nicht mehr rein. Aber ich kenn natürlich noch ’ne Menge Leute, mit denen alles zu machen ist. Und apropos Nonne: Letztens wollte einer mit seinem Herrenklub ’ne Vögelparty mit Nonnen. Auch das geht, sogar in einem richtigen Kloster mit richtigen Zellen.«

»Was ist in der Villa Konrad gelaufen, Hero?«

»Ich habe keine Ahnung.«

»Verarsch mich nicht, Hero, du hast einen Doktor Schwarz in Gladbach angerufen und nach Sonderwünschen gefragt.«

Er musste einen Moment lang überlegen.

»Von dem hast du die Nummer?«

»Richtig.«

»Ich weiß wirklich nicht, was gelaufen ist. Ich plane und bereite vor, kriege meine Kohle in bar, danach bin ich raus.«

»Hero, ich habe wenig Zeit, es geht wirklich um Menschenleben. Was war da los?«

»Ich weiß es nicht, verdammt noch mal. Mit meinen Auftraggebern habe ich zum Schutz beider Seiten oft nur telefonisch Kontakt, das ist denen meistens auch ziemlich recht. Und dann bekomme ich vorher einen dicken Umschlag, und das war's, so läuft das meistens.«

»Aber du organisierst die Frauen. Woher kamen die vom letzten Dienstag.«

Wieder sah er Steiger schweigend an, bevor er antwortete: »Aus der Szene.«

»Hero, ich hab's eilig. Woher?«

Er räusperte sich.

»Kannst du meinen Namen da raushalten?«

»Ich kann es versuchen, du weißt, dass das nicht einfach ist.«

Er atmete einmal tief durch.

»Steiger, verdammt, du weißt, wie es läuft.«

»Hero, es geht ganz konkret um Menschenleben, und wir sind in einer Mordermittlung. Dies ist die absolut verträgliche Variante, sei sicher. Ich kann dich auch vorführen lassen und alle Räume, die wir von dir kennen, durchsuchen. Und bei deiner nächsten Party machen wir mal eine kleine Personenkontrolle, ob die rumänischen Teenies auch wirklich alle achtzehn sind und hier arbeiten dürfen. Nach dem zweiten Mal haben sich sogar Kindergeburtstage für dich erledigt. Du hast es organisiert, du weißt, mit wem du gesprochen hast. Und hast du nicht gesagt, du wolltest nicht mehr in den Knast.«

Hieronymus Gökings Blick verlor für ein paar Momente das Glatte, Anbiedernde.

»Die Leute heißen Christo und Niki. Es sind Bulgaren.«

»Hast du auch ganze Namen?«

»Steiger, verflucht … Mit denen ist nicht zu spaßen.« Er wandte sich einmal ab und atmete tief durch. »Christo heißt Jankow, glaub ich, beim anderen weiß ich es nicht genau, ich glaube Petrow. Ansonsten habe ich Handynummern.«

Die Namen sagten Steiger nichts.

»Wie läuft das bei denen? Wo haben die ihre Läden?«

»Sie haben Wohnungen, kleine Häuser, genau weiß ich das auch nicht. Aber mit höherem Standard als die meisten.«

»Hier in Dortmund?«

»Ja.«

»Warum hast du die Frauen von denen?«

»Sagte ich doch, gehobener Standard war gefordert. Und die haben die beste Ware. Superjung, keine operierten Puppen, naturschön und vor allem keine schlechten Zähne und blaue Flecke, wie sonst viele von denen.«

»Und du weißt nicht, was gelaufen ist?«

»Nein, ehrlich nicht, das ist mein Prinzip. Wenn's losgeht, ist alles bezahlt, dann bin ich raus und weg. Ich will gar nicht wissen, welche Vorstandsriege mal zur Feier des abgeschlossenen Vertrags ein wenig mit achtzehnjährigen Teens vögeln möchte, dann kann ich auch nichts ausplaudern. Ich hatte in der Sache einen einzigen Kontakt bei der Bezahlung, das läuft immer in bar, und ein paar Anrufe, mehr kann ich dir nicht sagen. Was passiert ist, hab ich nur hinterher gelesen.«

Steiger ließ sich die Nummern geben, legte drei Euro neben den Cappuccino und ging. Er war schon fast am Ausgang, als er noch einmal wendete.

»Noch eine Frage: Warum war die ältere Deutsche dabei?«

»War ein Sonderwunsch von einem der Gäste. Irgendein jahrelanger Stammfreier.«

Steiger spürte ein leichtes Brennen in sich.

Jana sah Steiger aus dem Café kommen, rief ihn an und teilte ihm mit, wo sie standen, aber er hatte den Transporter schon entdeckt. Nach fünf Minuten kam er von der anderen Seite und klopfte an die Tür. Langsam wurde es eng in dem Wagen.

»Hat er schon angerufen.« Er legte einen Zettel mit den gerade erhaltenen Handynummern neben den Bildschirm des Notebooks.

»Nicht von der Nummer, auf der du ihn erreicht hast.«

»Er wird sicher mehrere Handys haben. Er ist 'ne Ratte, aber er ist nicht blöd.«

»Das könnte er sein«, sagte Tom und stellte etwas lauter, aber es war jemand, der Britta anrief und sich für den schönen Abend bedankte.

Eine Weile tat sich nichts, was für diesen Innenstadtbereich ungewöhnlich war.

»Achtung, neue Chance.« Tom tippte auf den Bildschirm.

Das Freizeichen ertönte drei Mal.

»Ja.« Eine Frauenstimme ohne Akzent meldete sich.

»Hier ist Hieronymus. Caro?«

»Ja.«

»Caro, die Bullen waren bei mir, grad eben wegen Dienstag. Einer der Kunden hat offensichtlich was erzählt.«

»Und?«

»Sie haben nach Christo und Niki gefragt, ich wollte sie noch da raushalten, aber sie hatten die Namen schon. Vielleicht doch von einer eurer Frauen, es hörte sich so an. Ich wollte euch warnen, ich glaube, da kommt was auf euch zu, schon bald, seid vorsichtig.«

Ein paar Sekunden lang war es still.

»Haben sie nur die Namen genannt?«

»Ja, nach dir haben sie nicht gefragt.«

»Gut«, sagte die Frau, »danke.«

Dann war das Gespräch beendet. Alle sahen Steiger an.

»Er hat mir die zwei Namen gegeben, die habe ich Griese schon mitgeteilt. Und ich hab doch gesagt, er ist 'ne Ratte. Jetzt will er die Mädels reinreißen. Nur, um seinen Arsch zu retten.«

Steiger blickte einen Moment ins Leere.

»Caro, Caro, wer ist Caro …?« Langsam begann er zu nicken. »Scheiße.«

Er sprang auf und rannte zum Wagen.

Nadeschda kam zu sich, aber sie hielt es für klüger, das nicht zu zeigen, weil sie Stimmen hörte, eine Männer- und eine Frauenstimme. Langsam öffnete sie die Augen und war einen Moment verwirrt, weil ihr linkes geschlossen blieb. Erst jetzt spürte sie, dass ihr Gesicht spannte und sich anfühlte wie aufgeblasen. Ihre Perspektive sagte ihr, dass sie auf dem Bett liegen musste, und jetzt fühlte sie auch einen Körper an ihrem Rücken, von dem sie annahm, dass es Anas war. Ihre Hand war wieder ans Bett gefesselt. Durch den Spalt, den die Jalousien frei ließen, sah sie, dass es heller Tag sein musste.

Die Stimmen, die sie hörte, waren vor der Tür, trotzdem konnte sie alles verstehen, weil sie laut waren. Die Tür wurde geöffnet, das Reden wurde noch lauter, und jetzt erkannte sie auch die Stimme der rothaarigen Deutschen.

»Sie müssen hier weg, so schnell wie möglich, es ist zu gefährlich.«

»Und wohin.« Das war Niki, diese Stimme würde sie nie mehr in ihrem Leben vergessen.

»Ins Schlösschen, das werden sie noch weniger kennen als dieses hier.«

»Warum machen wir sie nicht jetzt gleich ganz weg?«

»Weil es jetzt zu gefährlich ist. Was glaubst du? Wir halten die Füße still. Und du sollst deine Handys ausschalten. Christo meint, wenn sie eure Namen kennen, hören sie vielleicht schon die Telefone irgendwie ab. Dimitar und Vasil sind gleich hier, die erledigen das.«

»Woher weißt du das alles?«

»Das ist völlig egal. Gute Verbindungen von früher. Und du solltest ein paar Tage verschwinden. Fahr nach Witten zu meiner Schwester, die weiß Bescheid. Mit meinem Wagen, hier sind die Schlüssel.«

Nadeschdas Gedanken überschlugen sich, um nach einem Weg aus diesem Raum zu suchen, aus diesem Raum, diesem Haus, dieser Situation. Wenn es den überhaupt noch gab, würde sie ihn ohne Anastasia gehen müssen, das wurde ihr mit Traurigkeit klar. War dann alles umsonst gewesen?

Steiger drückte den Code an der Tür zur Kriminalaktenhaltung, begrüßte Katja und fragte nach der Akte von Hieronymus Göking. Sie sah im Rechner nach, ging an einen der Schränke und legte ihm den grauen Umschlag auf den Tresen.

Steiger blätterte und sah, dass der Mann seit fast drei Jahren ohne Eintrag war. Er blätterte weiter zurück und fand seinen Bericht von 2009. Es ging um den Verkauf von teuren Uhren, die unterschlagen worden waren. Und er hatte sich richtig erinnert. Mittäterin war damals Carola Kuntze, geboren am 11. August 1978.

»Kannst du mal nach der Akte von Carola Kuntze schauen, mit Toni Zeppelin, 11.08.78.

Katja tippte, nickte und lächelte.

»Kommt sofort.«

Sie stand auf und legte ihm auch diesen Umschlag auf den Tresen.

Die Akte war sehr viel dünner als die des Heros, denn sie enthielt neben dem Fingerabdruckbogen und den Fotos nur die Unterschlagung, die für sie mit einem Strafbefehl glimpflich ausgegangen war. Aber keinen weiteren Hinweis auf andere Personen, wie er gehofft hatte.

»Letzter Versuch. Kannst du sie mal in der Vorgangsbearbeitung abfragen?« Er hatte keine große Hoffnung.

»Hab ich schon«, sagte Katja mit Blick auf den Bildschirm. »Sie hat vor neun Monaten einen Unfall gebaut, das ist alles.«

»Wer war der Unfallgegner?«

»Ein Walter Blomeyer. Willst du die Personalien?«

»Nein. Sonst keine weiteren Hinweise?«

»Hinweise weiß ich nicht, du hast ja nicht gesagt, wonach du suchst, aber Halter des Wagens, mit dem sie den Unfall hatte, war ein Christo Jankow. Willst du die Personalien?«

»Verdammt, nein. Die hab ich schon.«

Nadeschda war wieder eingenickt, nachdem Niki und die Frau den Raum verlassen hatten. Jetzt hatte sie kaum Zeit wahrzunehmen, dass sie zurückgekommen waren und mit ihnen zwei Männer den Raum betraten, als ihr schon der Mund verklebt und sie hochgehoben wurde.

»Bringt sie ins Schlösschen, ins Turmzimmer«, hörte Nadeschda die Rothaarige sagen.

Die Männer trugen sie zwei Treppen hinab, über einen Flur und noch einmal ein paar Stufen in eine Garage. Der Transporter, der dort stand, war weiß, das konnte sie erkennen, sie legten sie nach hinten auf die Ladefläche und schlossen die Tür.

Wird das meine letzte Fahrt sein?, dachte sie. Zum ersten Mal, seit sie in Deutschland war, hatte sie einen solchen Gedanken.

Die Hektik im MK-Raum war so greifbar, wie Steiger sie in den Tagen zuvor noch nicht erlebt hatte. Alle telefonierten oder schrieben oder sprachen laut miteinander. Griese erklärte drei Kollegen etwas, dann kam er zu ihnen.

»Gute Arbeit, Leute, hoffen wir, dass es was nützt. Also, ganz auf die Schnelle, weil es ja eilt.«

Steiger hätte einen Kaffee gebraucht, weil er am Morgen auf das Frühstück verzichtet und außer dem Cappuccino mit dem Hero noch nichts zu sich genommen hatte, verschob das aber auf später.

»Christo Jankow und Nikolay Petrow haben jeweils eine Wohnung, wahrscheinlich wirklich deren Wohnadressen, und es sind drei Autos auf ihre Namen angemeldet. Auf Carola Kuntze sind tatsächlich sieben Objekte gemeldet, mit ziemlicher Sicherheit alles Bordelle, wie eine erste vorsichtige Aufklärung vor Ort ergeben hat. Die werden im Moment schon alle observiert. Von diesen Wohnungen liegen zwei in dem Sektor, aus dem der Notruf an Jana kam, nämlich hier und hier.« Er zeigte auf zwei Kreuze auf einer Karte, die in einem schraffierten Feld lagen. »Ach, ja, Notruf … Das Handy ist seitdem tot, auch ein Indiz dafür, dass es ernst war. Wir haben jetzt mit etwas Mühe neun Vierer-Teams zusammengestellt und gehen in ein paar Minuten in alle Objekte, die Beschlüsse reichen wir nach. Das Mobile Einsatzkommando ist auf Jankow, Petrow und Kuntze angesetzt und bringt sie her, sobald sie irgendwo einen von denen antreffen. Christo Jankow scheint in seiner Wohnung zu sein, wenn ich eben richtig gehört habe, dann haben wir ihn gleich hier. Da das Rotlichttypen sind, die übrigens beide keine Erkenntnisse bei uns haben, was kaum zu glauben ist, schlage ich vor, ihr zwei«, er nickte Richtung Jana und Steiger, »macht die Vernehmungen, ihr kennt euch da aus. Dolmetscher, wenn ihr sie braucht, sind da.« Er blickte in die Runde, atmete einmal tief ein und aus und setzte sich auf eine Tischkante. »Und dann wollen wir mal hoffen, dass deine Ermittlungskette stimmt, Steiger, und wir die Richtigen haben. Denn die einzige wirkliche Verbindung unserer Toten zu dieser Nadeschda ist die Aussage der Nutte auf dem Straßenstrich, der sie ihr Bild gezeigt hat. Schon ungewöhnlich, dass der Richter das alles so mitmacht. Hoffentlich hat sich das Mädel nicht geirrt.«

»Und der Niki aus dem Anruf. Das könnte Nikolay Petrow sein.«

»Ja, könnte sein«, sagte er.

Christo Jankow gehörte eindeutig zu der Kategorie der leisen, undurchsichtigen Vortäuscher, das sah Steiger sofort, als er ihm gegenübersaß, und der Mann hatte kluge Augen. Die ersten Fragen waren allgemein gewesen und konnten ihn nicht aus der Ruhe bringen, aber er bemühte sich um den Eindruck, dass es auch weiterhin nichts gab, dem er nicht gewachsen wäre, das wurde deutlich.

Nach einem ersten Vorgeplänkel nahmen ihn zwei Kollegen aus der Mordkommission mit, um seine Fingerabdrücke zu nehmen und ihn zu fotografieren, so war es abgesprochen. Manchmal hatten diese Dinge eine Wirkung, wenn man es am Anfang machte. Auch wenn Christo nicht so aussah, als ließe er sich von so was beeindrucken.

Steiger nutzte die Zeit und ging in den MK-Raum zu Jana, um die Ergebnisse der Durchsuchungen zu erfahren. Bisher waren zwei Teams fertig, aber sie hatten keine Nadeschda Barbashina oder Anastasia unter den Mädchen gefunden, und es gab in sämtlichen Räumen auch sonst keine Hinweise auf eine Entführung. Während Steiger sich einen weiteren Kaffee holte und Jana einen mit Milch und Zucker organisierte, kamen die beiden nächsten Negativmeldungen, eine davon betraf eines der Bordelle aus dem relevanten Handysektor.

»Scheiße«, sagte Jana. »Was machen wir, wenn wir nirgendwo etwas finden, keinen Hinweis, keine kleine Spur?«

»Bist du überzeugt, dass wir auf der richtigen Spur sind?«, fragte Steiger.

Sie überlegte einen Moment und begann dann zu nicken.

»Ja, es sei denn, einer der Leute lügt, aber dafür passen zu viele Dinge.«

»Dann lass uns den Abend abwarten. Der Anruf war echt, sie sind in Gefahr, und sie müssen irgendwo sein.«

Das Telefon klingelte, Jana nahm ab, hörte einen Moment zu und strich eine weitere Adresse auf ihrem Zettel durch.

»Jetzt haben wir noch drei Chancen.«

»Ich hab sie.« Der junge Kollege am großen Tisch sagte es etwas zu laut und zu euphorisch, aber er war noch in der Ausbildung und hatte die undankbare Aufgabe bekommen, jede Adresse herauszufinden, wo man in Dortmund für Geld wohnen konnte, und dort nachzufragen. Jana stand auf und ging zu ihm.

»Ein Pension in Dortmund-Wambel. Nadeschda Barbashina hat dort bis gestern gewohnt.«

»Und dann ist sie abgereist?«

»Nein, dann sind ihre Sachen von einer Freundin abgeholt worden, und auch die Rechnung ist bezahlt worden, weil sie angeblich einen Unfall hatte.«

»Und wer hat das gezahlt?«

»Eine junge Frau, die offensichtlich auch Russin war.«

Griese stand hinter Jana, hatte alles mit angehört und schickte sofort ein Team zur Pension.

Es war ziemlich dunkel in dem Raum, er war fensterlos und hatte einen eigenartigen erdigen Geruch. Nadeschda hatte eine Ohnmacht simuliert, dennoch war sie gefesselt worden, und auch ihr Mund war noch verklebt. Sie hatte sich an Old Shatterhand erinnert, der bei solchen Gelegenheiten einen Trick anwandte, indem er alle Muskeln anspannte, um die Fesseln nicht mit der letzten Festigkeit schließen zu lassen. Sie hatte es versucht, und ob das der Grund war oder die Nachlässigkeit desjenigen, der sie gefesselt hatte, wusste sie nicht, aber es schien zu funktionieren, denn jetzt war sie kurz davor, ihre rechte Hand zu befreien. Sie hatte großen Durst, fühlte sich völlig kraftlos und lehnte sich einen Moment sitzend an die Wand. Dann unternahm sie einen letzten Versuch, und ihre rechte Hand rutschte mit Schmerzen aus der Plastikschlinge, weil sie sich trotz des Schweißes an den Knöcheln die Haut abstreifte. Vorsichtig zog sie sich das Klebeband vom Mund und öffnete ihn, so weit sie konnte. Es war ein großartiges Gefühl, und sie wusste nicht, ob es daran lag, dass sie ihre Hände wieder bewegen konnte, oder am Triumph, die Fesseln aus eigener Kraft überwunden zu haben. Sie kroch zu Anastasia und fühlte, dass sie noch atmete. Gut, dachte sie, sie lebt, aber wie lange noch? Nadeschda stand auf und begann, die Wände abzutasten und abzusuchen, nach einem Hinweis, nach dem winzigen Rest einer Chance, vielleicht doch entkommen zu können.

Eine halbe Stunde nach dem Anruf aus der Pension waren alle Chancen dahin. Jana nahm die Absage des letzten Teams entgegen und saß eingesunken auf ihrem Stuhl. Auch die beiden, die zur Pension gefahren waren, teilten nichts mit, was sie weitergebracht hätte. Die Inhaberin hatte sich ein wenig gewundert, und sie hatten eine alltägliche Personenbeschreibung der Frau, die gezahlt hatte, aber das war es auch.

Die brodelnde Hektik, die noch vor einer Stunde im MK-Raum geherrscht hatte, war vollkommen verflogen. Christo Jankow hatte sich entschlossen, den unschuldig Verfolgten zu geben und ohne einen Anwalt nichts mehr zu sagen. Alle gingen davon aus, dass der Anruf echt gewesen war, und sie hatten alles versucht, aber im Moment hatte keiner eine Idee.

»Manchmal reicht es nicht«, sagte Steiger.

Jana winkte ab und ging zum Fenster. Es war dunkel geworden.

Steigers Handy klingelte.

»Adam.«

»Hier ist Anita Eckard vom ›Schwalbennest‹, ’n Abend, Herr Adam. Entschuldigen Sie die späte Störung, aber ich bin nicht eher dazu gekommen. Erinnern Sie sich an unser letztes Gespräch? Es ging um eine traumatisierte Prostituierte, die vor ein paar Wochen vor dem Frauenhaus gefunden wurde und die nicht sprach.«

»Ja, ich erinnere mich.«

»Ich war jetzt bei ihr, denn es geht ihr ein wenig besser. Über das, was sie so traumatisiert hat, kann sie immer noch nicht reden, und welche Gewalt sie genau erlebt hat, wissen wir auch nicht. Aber sie schreibt immer einen Namen, ich weiß mittlerweile zumindest eine Adresse, wo sie mal gearbeitet und gewohnt zu haben scheint, ich weiß nicht, ob Sie das interessiert. Sie schreibt immer den Namen Niki.«

Eine dreiviertel Stunde später standen Jana, Steiger und zwei weitere Teams vor einem zweigeschossigen Klinkerbau mit weißen Fenstern und einer geschmiedeten »38« an der Wand. Ihre Überprüfung hatte ergeben, dass das Haus auf den Namen Magdalene Schwertfeger eingetragen war und dass Magdalene Schwertfeger eine Tochter namens Carola Kuntze hatte. Darum hatten sie das Haus nicht auf dem Plan gehabt. Und es lag in dem Sektor, aus dem der Anruf erfolgt war.

Steiger musste zwei Mal klingeln, bevor eine Frau mit kurzen roten Haaren öffnete.

»Adam, Kripo Dortmund.« Die Robert-Lemke-Geste fiel dieses Mal flüchtig aus. »Das sind Kollegen von mir. Wer sind Sie, wenn ich fragen darf?«

»Ich bin Carola Kuntze.«

»Das habe ich gehofft. Frau Kuntze, wir würden uns gern mit Ihnen unterhalten.«

»Mit mir?«

»Ja. Denn wir ermitteln in einem Mord- und einem Entführungsfall und würden uns gern Ihr Haus ansehen.«

Carola Kuntze spitzte den Mund und spielte mit den Knöpfen ihrer Jacke.

»Ich kenn's nur aus dem Fernsehen, aber brauchen Sie da nicht einen Durchsuchungsbefehl.«

»Es heißt ›Beschluss‹, und das müssten Sie auch aus dem Fernsehen kennen, manchmal braucht man den nicht, jedenfalls nicht sofort. Das ist hier der Fall.«

Sie teilten sich auf und hatten in wenigen Minuten das Parterre und die erste Etage durchsucht.

Jana und Steiger gingen die Treppe nach oben, und Carola Kuntze war die ganze Zeit hinter ihnen geblieben. Sie habe keine Ahnung, was die Polizei wolle, dies sei ein Haus, wie es viel gebe. Und eine Nadeschda kenne sie nicht, von den Mädchen hier heiße keines so.

»Und sie arbeiten mit Christo Jankow und Nikolay Petrow zusammen?«

»Ja.« Sie sagte es nach einem Zögern.

»Wissen Sie, wo sich Herr Petrow derzeit aufhält?«

»Nein.«

»Können Sie mir sagen, ob ihn alle Leute so nennen?«

»Wenn Sie darauf anspielen, dass er Niki genannt wird. Ja, Leute, die ihn kennen, nennen ihn Niki.«

Sie blieben vor der Tür mit dem zersplitterten Rahmen stehen.

»Was ist denn hier passiert?«, fragte Jana.

»Ach, eine Unachtsamkeit, es ist schon ein paar Tage her. Ich muss unbedingt den Schreiner kommen lassen.«

»Eine Unachtsamkeit?«

»Ja.«

Jana schob die Tür ganz auf und ging in das Zimmer. Es war das letzte Zimmer, das sie durchsuchten, und es roch anders als die anderen. Steiger folgte ihr. Sie setzte sich aufs schwere Messingbett und strich einmal über die glatt gezogene Decke.

»Tja, das war's«, sagte sie und sah Steiger an.

Der zuckte mit den Schultern. Ihr Handy klingelte.

»Jana Goll.«

»Jana, hier ist die Leitstelle, wo seid ihr?«

Hin und wieder hörte Nadeschda außerhalb des Raums Geräusche, als ob jemand ginge, aber sie war sich nicht sicher. Darum war es besser, leise zu sein, sonst würde er vielleicht nachsehen und ihre Fesseln erneuern. Noch einmal suchte sie die Wände ab, die mit einer Tapete beklebt waren, aber es gab kein verdecktes Fenster, keine Ritze, keine Hoffnung. Vielleicht ließ man sie hier einfach sterben, bei Anastasia dauerte das nicht mehr lange, und auch sie selbst würde ohne Wasser nicht mehr lange durchhalten, schon jetzt war ihr Durst unerträglich. Noch einmal ging sie die Wand ab, fühlte sie den Übergang zu der schrägen Decke, die schon in Kopfhöhe begann, und nahm an einer Stelle wahr, wie sich der Ton änderte, wenn sie darüberstrich. Das hatte sie vorher nicht bemerkt. Sie klopfte vorsichtig, und es klang dunkler. Es klang wie ein Hohlraum. Vorsichtig drückte sie ein wenig stärker, und das Material federte etwas und gab nach. Sie legte eine Faust auf die Stelle, legte die andere

Hand darauf, drückte so mit beiden Armen dagegen und hörte, wie leise etwas brach. Jetzt konnte sie eine Ecke hin und her bewegen und fühlte einen Riss in der Tapete. Mit Mühe bekam sie eine Kante zu fassen, und es löste sich etwas, das so groß wie ihr Handteller war. Sie fasste nun mit beiden Händen an die Bruchkante und brach ein so großes Stück heraus, dass sie erschrak. Es rieselte ihr etwas ins Gesicht, das nach altem Staub schmeckte, und durch das Loch fühlte sie Dachziegel. Auch die Geräusche von draußen hatten sich geändert, sie waren lauter. In der Nähe schien eine Straße zu sein, die vorher nicht zu hören gewesen war. Mit aller Kraft brach sie ein weiteres Stück heraus und befürchtete, dass das Geräusch zu laut gewesen war, aber vor der Tür blieb alles still. Da waren Dachziegel, die sich bewegen ließen, das konnte sie ertasten. Noch vor wenigen Minuten war sie kaum in der Lage gewesen aufzustehen, jetzt war plötzlich eine Stelle in ihr, aus der Kraft zu fließen schien, die wie ein Kribbeln selbst ihre Fingerspitzen erreichte. Die Ziegel ließen sich bewegen, aber wenn sie einen herausnehmen wollte, machte es mehr Lärm, als ihr recht war. Sie stemmte eine Reihe nach oben und ergriff aus der darunterliegenden einen Ziegel. Es war schwierig, und er hakte, aber sie hielt ihn schließlich in Händen. Durch das Loch sah sie den Himmel, und dieser Anblick ließ eine Euphorie in ihr Herz rieseln, dass sie sich im nächsten Moment selbst zur Besinnung rufen musste. Es bedeutete nichts. Der Ziegel war kleiner als normale Ziegel, und sie musste fünf weitere entnehmen, bis ein Loch entstanden war, das groß genug war.

Sie ging zu Anastasia, küsste sie auf die Wange und spürte dabei, dass sie noch atmete.

»Die Seelen dieser drei jungen Kriegerinnen mögen ineinander übergehen, dass sie eine einzige Seele bilden, weißt du noch? Ich komme zurück.«

Dann stand sie auf, griff die Latte, auf der die Ziegel gelegen hatten, und zog sich durch den engen Spalt nach oben. Der erste Versuch misslang, beim zweiten Mal hatte sie den Punkt, dass sie wieder fiel, fast überwunden. Beim dritten Mal strampelte sie, fand den Widerstand der Wand und konnte sich nach oben drücken. Sie zog ihre Beine nach und saß auf einem kleinen, runden Dach.

Es war das Dach eines angebauten Turms, der niedriger als das Haus selbst war. Das Haus schien eine Art Villa zu sein und war von Bäumen umgeben. Nadeschda hörte eine Straße, die vielleicht hundert Meter entfernt war, und sah hin und wieder durch die Bäume kurz die Lichter der Autos aufblitzen. Das kleine Dach hatte einen Überstand, sodass man die Wand darunter nicht erreichte. Sie kletterte auf die andere Seite, aber auch hier gab es keinen Weg nach unten. Mit Mühe suchte sie an der Fassade nach einem Vorsprung, aber da war nichts. Das nächste Fenster war viel zu weit weg, und das Dach des Hauses war unerreichbar. Sie setzte sich, lehnte sich an die Wand, und der Raum der Freiheit, der sich vor wenigen Augenblicken in ihr beim Blick durch dieses Loch an den Himmel aufgetan hatte, schrumpfte wieder auf die Größe einer muffigen Dachkammer. Sie blickte nach oben, es war noch immer derselbe Himmel.

Aber auch wenn diese Situation einzigartig bedrohlich war in ihrem Leben, wusste sie, dass sie nicht aufgeben würde. Sie würde jetzt nicht wieder in dieses Loch zurückkriechen. Sie versuchte zu berechnen, wie hoch sie über dem

Erdboden war. Durch den Dachüberstand war es ihr nicht möglich, am Turm hinab nach unten zu sehen, aber an der nächsten Ecke des Hauses war noch ein Turm angebaut. Trotz der Dunkelheit konnte sie an den kleinen Fenstern erkennen, dass es zwei, vielleicht sogar drei Etagen waren, es mochten also zehn oder zwölf Meter sein. Der andere Turm schien ein Zwilling zu sein, mit dem Unterschied, dass vor ihrem ein Baum stand, eine Buche, wenn sie das in der Dunkelheit richtig erkannte. Sie stand vielleicht vier oder fünf Meter entfernt und war noch ein junger Baum, weil der Wipfel ihren Sitzplatz nur wenig überragte. Sie stellte sich aufrecht hin und schätzte die Entfernung zu den nächsten Ästen erneut, aber es war zu weit weg. Rufen konnte sie nicht. In der Nähe war in der Dunkelheit kein Haus zu erkennen, wo sie jemand hätte hören können, und die Straße war hinter einem Baumgürtel. Außerdem war wahrscheinlich jemand im Haus, der es gehört hätte, dann wäre alles zu spät gewesen. Sie blickte auf die Blätter der Buche, die selbst in dieser Dunkelheit ein wenig glänzten, hörte auf deren Rascheln im leichten Wind, und nach und nach wurde ihr klar, dass diese Buche ihre einzige und letzte Chance war. Mit zusammengekniffenen Augen versuchte sie auszumachen, wo ein Ast war, den sie greifen könnte, aber der Blättervorhang ließ das nicht zu.

Sie musste eine Entscheidung treffen. An der Struktur der Blätter, soweit sie zu erkennen war, versuchte sie zu berechnen, wo ein dickerer Ast sein musste, den sie greifen könnte, und suchte sich eine Stelle aus. Es würde wehtun, das war ihr bewusst. Sie kletterte auf die flache Spitze des kleinen Daches, hielt noch einmal einen Moment inne und sah auf das Loch.

»Ich komme zurück«, sagte sie, nahm auf den Ziegeln zwei unsichere Schritte Anlauf und sprang. Ihr schlugen Blätter ins Gesicht, und für einen Moment fasste ihre rechte Hand einen Ast, der ihr wieder entglitt, und sie fiel mit dem Gefühl, das man in manchen Träumen hatte, wenn dieses Fallen endlos zu sein schien, in eine bodenlose Finsternis. Während der ganzen Zeit versuchte sie, nach allem zu greifen, was ihre Hände berührten, bekam mal Blätter, mal einen dünnen Zweig zu fassen, aber nie so lange, dass sie sie hätte halten können. Schließlich schlug sie heftig mit den Beinen auf, wodurch ihr Körper in eine eigenartige Drehung versetzt wurde, bevor der restliche Körper auf den Boden schlug. In diesem Augenblick spürte sie einen Schmerz im Rücken, von dem sie sofort wusste, dass etwas Bedeutendes passiert war. Es war nicht die Intensität des Gefühls, sondern die Art, wie dieser Stich sich ausbreitete, wie diese Explosion in ihren Lenden, in jeder Zelle ihres Körpers ihren Widerhall fand.

Ohne jedes Gefühl, wie lange sie so gelegen hatte, erwachte sie wie aus einer Ohnmacht. Der Schmerz war einer dumpfen Taubheit gewichen, und sie wollte aufstehen, aber es ging nicht. Was sie auch versuchte, ihre Beine ließen sich nicht bewegen. Es war, als schreie man jemanden an, der direkt vor einem stand und trotzdem nichts hörte. Sie ließ ihren Kopf ins Gras sinken und nach links kippen, und ihr Blick fiel auf den Turm.

Anastasia, dachte sie.

Mit Mühe drehte sie sich auf den Bauch und hörte auf die Geräusche der Straße. Dann begann sie, sich mit den Armen nach vorn zu ziehen, es gelang ihr ein kleines Stück, dann ein weiteres und noch eines. Auch jetzt versuchte sie, mit den Beinen nachzuhelfen, aber es ging nicht, was so viel Kraft kostete, dass sie sich nach wenigen Zügen ausruhen musste, dann kroch sie weiter. Ihr Durst war mittlerweile unerträglich. Nach ein paar Minuten hatte sie völlig erschöpft den schmalen Baumgürtel erreicht, der das Haus von der Straße trennte, was ihr Mut machte und neue Kraft gab, aber wieder nur für wenige Meter. Sie ließ den Kopf nach unten in das Laub sinken und musste an Anastasia denken. Sie roch den würzigen Duft der vermoderten Blätter, und in diesem Moment erschien eine Erinnerung nicht nur vor ihren Augen, sondern erfasste ihren ganzen Körper, eine Erinnerung, wie sie als Kind durch den Wald gelaufen war, durch das Laub, auf dem die Tritte weich federten, wie sie über morsche Stämme und Baumstümpfe gesprungen war, über Gruben und Ameisenhaufen, Ästen auswich und immer weiter rannte. Manchmal war sie gestolpert, hingefallen und hatte ihre Hände in den Boden unter dem Laub gegraben, dass sie hinterher ganz würzig nach Erde gerochen hatten, so wie jetzt. Und manchmal, ganz ohne sich anzukündigen, geschah es, als würde sie beim Laufen den Kontakt zum Boden verlieren, als gösse jemand Schwerelosigkeit über ihr aus, die ihren Körper anzuheben schien. Dieses Gefühl, wenn es kam, setzte immer schon ein, kurz nachdem sie losgelaufen war, oft war es sogar so, als sei sie nur deshalb losgelaufen, um diesem Gefühl Raum zu geben. Und dieses Gefühl stieg jetzt so stark in ihr auf, diese Kraft, die ihre Arme ganz leicht und ihre Bewegungen mühelos machte, sodass sie keine Müdigkeit spürte, keine Atemnot, kein Stechen in den Schultern und immer weiter kroch, Zug um Zug, wie damals, als sie auch dann weiterrannte, wenn der Wald zu Ende war und die endlosen Wiesen begannen.

Fast hätte sie laut gejuchzt, geschrien, weil da etwas war, was raus musste, und es fühlte sich an, als sei sie vollkommen frei und stark und unverwundbar.

Sie hatte kein Gefühl, wie lange dieser Zustand angehalten hatte, aber irgendwann spürte sie, dass sie nicht mehr über altes Laub kroch, sondern Grashalme ihr Gesicht kitzelten. Wie nah sie der Straße war, sah sie erst jetzt, als ein Auto nur einen Meter vor ihr vorbeifuhr. Mit letzter Kraft machte sie noch ein paar Züge und legte sich auf die Fahrbahn. Sie sah die Lichter, die näher kamen und näher und näher und dann dicht vor ihr hielten. Im nächsten Moment sah sie das Gesicht einer Frau über sich.

»Was ist mit Ihnen? Sind Sie verletzt?«

»Jana Goll«, sagte Nadeschda, »Jana Goll von der Polizei. Holen Sie Jana Goll ...«

Die Frau starrte sie einen Moment an, dann lief sie zum Auto.

Jana fuhr auf der Wittbräucker Straße hundertvierzig Sachen, und Steiger hatte in einigen Kurven die Befürchtung, dass sie rausflogen, sagte aber nichts. Die Blaulichter von zwei Streifenwagen und dem Notarzt waren schon von Weitem zu sehen. Jana bremste hart und sprintete aus dem Auto. Steiger folgte ihr und begrüßte Batto, der auch da war, obwohl das nicht zu seinem Wachbezirk gehörte.

»Ich bin da«, sagte Jana zu der Frau und beugte sich über sie, die Frau, die sie vor ein paar Tagen kontrolliert hatten. Jetzt lag sie auf der Trage, die nur halb in den Notarztwagen geschoben war, offensichtlich, weil sich die Frau mit einer Hand an einem Bügel der Tür krampfhaft festhielt.

»Sie hat sich gewehrt wie eine Verrückte und wollte erst

fahren, wenn die Polizistin hier ist …« Der Notarzt schüttelte den Kopf. »Hab ich echt noch nie erlebt so was.«

»Was ist mit ihr?«, fragte Steiger.

Der Arzt nahm ihn ein paar Schritte zur Seite.

»Ich weiß es nicht genau«, er sprach leise, »ich befürchte, das Rückgrat hat was abbekommen, sieht ziemlich danach aus.«

»Anastasia ist da drin«, sagte die Frau zu Jana und zeigte in Richtung eines Hauses, das hinter den Bäumen lag. »Sie stirbt, du musst gehen, jetzt, schnell, es geht ihr sehr schlecht.«

»Anastasia ist in dem Haus dort?« Auch Jana deutete in die Richtung.

»Ja, im Zimmer im Turm, ganz oben. Du musst jetzt gehen, sie stirbt.« Ihre Stimme wurde immer schwächer.

»Ist noch jemand in dem Haus?«

»Ich glaube, sei vorsichtig. Du musst jetzt gehen, sofort, sonst ist es zu spät.«

»Wir gehen jetzt.«

»Versprich es!«, sagte Nadeschda und fasste ihr mit der freien Hand vorn in die Jacke.

Jana sagte etwas auf Russisch, die Frau nickte, ließ Janas Jacke und den Bügel der Tür los, und sie schoben sie in den Wagen. Der Fahrer schaltete das Martinshorn ein und gab Gas.

Batto, die drei anderen Streifenkollegen und Steiger standen um Jana herum und sahen sie an.

»Wir müssen da rein«, sagte sie.

Batto nickte. »Ja, sehe ich auch so. Es ist eindeutig eine Lage für die Spezialeinheiten, aber es klang grad nicht danach, als ob wir diese Zeit noch hätten, wenn wir ernst nehmen, was sie gesagt hat. Aber wir warten noch zwei unserer Wagen ab, die sind gleich hier.«

»Dann los«, sagte Steiger.

»Wir machen es wie bei einer Amok-Lage«, sagte Batto, »und ich schlage vor, Steiger und ich als die mit der meisten Erfahrung gehen als Erste, dann die anderen Teams. Aber erst mal fahren wir dichter ran, so weit, wie es geht, und besprechen alles Weitere dort.«

Batto hatte wie selbstverständlich die Sache in die Hand genommen, was Steiger aufgefallen war. Führungskraft bleibt eben Führungskraft, dachte er, das war der Unterschied. Aber er hatte kein schlechtes Gefühl dabei, nicht bei Batto.

Sechs Minuten später waren sie so nah herangefahren, dass die Autos von Bäumen verdeckt blieben, sie aber das Haus sehen konnten. Es waren noch drei Streifenwagen eingetroffen, und die Leitstelle schickte weitere Unterstützung. Zwei Diensthundführer waren in einen Einsatz in der Nordstadt eingebunden und konnten frühestens in zwanzig Minuten da sein. Steiger war einmal verdeckt zum Haus gegangen und hatte dahinter einen schwarzen Jeep entdeckt, der auf einen Vasil Ilchev zugelassen war.

»Okay, es scheint also jemand drin zu sein. Dann los, wie besprochen«, sagte Batto.

»Apropos wie besprochen.« Steiger fasste ihn am Arm. »Ich hätte dabei gern Jana an meiner Seite.«

Batto sah ihn eine Weile an, und in der Dunkelheit konnte Steiger sein Gesicht nur undeutlich erkennen, aber er wusste, dass sein Freund lächelte. Sie versammelten sich vor der Eingangstür, zogen ihre Waffen und hielten in der anderen Hand die Taschenlampen.

Steiger fühlte einen festen Griff auf seiner Schulter.

»Wo ist deine Weste, Junge?« In Battos Stimme war ärgerliches Entsetzen.

»Keine Ahnung. In Schrank im Büro, glaub ich.«

»Äiih«, der Freund schüttelte den Kopf, »du bist echt nicht zu retten. Wenn dir was passiert, trete ich dir in den Arsch, zusätzlich.«

Die Tür war unverschlossen, ein weiterer Hinweis darauf, dass noch jemand im Haus war. Steiger und Jana stellten sich Rücken an Rücken, hielten ihre Waffen hoch, und auch die anderen Teams nahmen diese Position ein. Sie machten im Dunkeln die ersten Schritte durch die Tür, hielten ständig Kontakt am Rücken und gingen sofort zur Seite. Steiger fand den Lichtschalter, drückte darauf, und in der Eingangshalle wurde es hell.

»Bingo«, sagte er, »das ist schon mal die halbe Miete.«

»Hier ist die Polizei!«, schrie Steiger, so laut er konnte, »wir kommen jetzt rein. Zeigen Sie sich mit erhobenen Händen.«

Die anderen Teams kamen schnell nach, alle in dieser Position, die Steiger seit dem ersten Training an eine Strandkrabbe erinnerte, was wahrscheinlich daran lag, dass dabei immer einer der beiden rückwärts gehen musste, um den Dreihundertsechzig-Grad-Blick sicherzustellen, und das sah nun mal ungelenk aus.

Mit ständig wandernden Blicken auf der Suche nach der kleinsten Bewegung stiegen Steiger und Jana wie besprochen die Treppe nach oben, was in dieser Position nicht einfach war. Treppen machten diese Situationen noch gefährlicher, als sie ohnehin schon war. Er spürte, wie sein Atem schneller ging und an der Auflagefläche am Rücken alles nass war. Batto mit seinem Partner folgte ihnen, so war es abgesprochen. Sie hatten den oberen Flur erreicht, und sein Puls raste. Ein schneller Blick um die Ecke in den Gang hinein, alles sauber. Unten meldeten die ersten Teams die Räume sicher. Das Haus war fast ausgeräumt, was dabei ein großer Vorteil war. Aber irgendwo hier war jemand, und mit jeder »Sicher«-Meldung der anderen war die Wahrscheinlichkeit größer, dass er einem selbst über den Weg lief. Steiger kannte das aus unzähligen Einsätzen. Wer es auch war, der sich dort versteckte, er wusste jetzt, dass sie kamen, und saß vielleicht in einer Ecke und machte sich grad vor Angst in die Hose, was nicht selten vorkam. Viel gefährlicher an diesem Stress war aber, dass sie nicht mehr Herr ihrer Sinne waren und dann Dinge taten, die sie selbst hinterher bereuten.

»Hier ist die Polizei, wir gehen jetzt in jedes Zimmer! Kommen Sie jetzt mit erhobenen Händen auf den Flur!«, rief Jana. Wieder tat sich nichts. Battos Team bog in den rechten Gang ab, Steiger und Jana hatten sich jetzt so gedreht, dass Jana vorging. Sie blieb stehen, öffnete die Tür zum ersten Zimmer, stieß sie auf und wartete ab. Nichts tat sich. Sie sah mit schnellem Blick hinein, fasste um die Ecke und schaltete das Licht an, auch das funktionierte. Noch ein kurzer Blick im Hellen.

»Erster Raum sicher!«, rief sie und ging weiter, Steiger hielt weiter Kontakt am Rücken, betätigte den Lichtschalter für den Flur, der jetzt in greifbare Nähe kam, und auch hier gingen drei der vier Lampen an.

Sie hielten vor der zweiten Tür. In diesem Augenblick hörten sie von drinnen ein Rascheln.

»Hast du es auch gehört?«

»Ja«, sagte Steiger.

Steiger nahm sein Funkgerät aus der Tasche und meldete die Geräusche an die anderen Teams. Jana stieß die Tür auf, worauf wieder ein Geräusch aus dem Zimmer kam, das Steiger nicht einordnen konnte. Sie gingen einen Schritt zurück.

»Hier ist die Polizei. Kommen Sie bitte mit erhobenen Händen heraus.«

Nichts geschah, und alles blieb still. Jana ging langsam vor und tastete ohne Blick nach dem Schalter. Das Licht ging an, und wieder war das Geräusch zu hören.

Steiger spürte, wie ihm der Schweiß von der Nase tropfte und die Hand so nass war, dass er bei der Waffe nachgreifen musste. Er überlegte einen Moment, dann griff er mit der Linken nach hinten, umfasste Jana an der Hüfte, hielt sie fest und drehte sie beide so, dass er vor der Tür stand.

»Steiger, was soll … nein, Steiger …«

Er spürte ihren heftigen Atem.

»Darüber reden wir noch.«

Steiger ging dicht an die Tür heran, atmete einmal tief durch und beugte sich blitzschnell vor.

»Entwarnung, Mädchen, es ist ein Vogel, eine Scheibe in einem der Fenster ist kaputt.«

Jana teilte es den anderen über Funk mit.

»Glück gehabt.«

Sie gingen weiter und hielten vor der dritten Tür, als drei Meter weiter die vierte aufgerissen wurde und ein Mann auf den Flur sprang. Er richtete seine Pistole auf Steiger, der sofort seine Waffe in Anschlag brachte.

»Waffe runter, nimm die Waffe runter«, schrie Steiger, »die Scheißwaffe runter!«

Er spürte, wie Jana ihre Position an seinem Rücken aufgab, auf die andere Seite des Flurs ging und auch ihre Waffe auf den Mann richtete.

»Du hast keine Chance«, sagte sie ganz ruhig, »einer von uns beiden erwischt dich, du hast keine Chance, darum leg die Waffe weg.«

Steiger sah, wie der Mann schwitzte und zu zittern begann, immer heftiger. In seinem Kopf überschlugen sich die Gedanken, keiner war zu fassen. Er blickte in das schwarze kleine Rund der Mündung und hatte die Fantasie, die Kuppe des Projektils ganz am Ende des Laufs glänzen zu sehen. Wenn er in drei Sekunden das Ding nicht weglegt, schieße ich ihm ins Bein, dachte er. Eins, zwei …

Jana begann, etwas auf Russisch zu brüllen, so laut und heftig, dass Steiger erschrak, sie hörte nicht auf, brüllte weiter und ging mit vorgehaltener Waffe langsam auf den Mann zu.

Plötzlich geschah alles gleichzeitig. Der Mann ging in die Knie, klappte seine Pistole ab, hob sie nach oben, tat dasselbe mit der anderen Hand. Dann legte er die Waffe auf den Boden und sich selbst daneben.

»Batto, wir brauchen Unterstützung«, rief Steiger und zog die Waffe des Mannes mit dem Fuß in seine Richtung. Aber Battos Team war schon da. Steiger und Jana behielten weiter den Flur in beide Richtungen im Auge.

Batto fesselte den Mann.

»Bist du allein?« Auch Batto schrie. »Bist du allein?«

»Ja, ja …« Der Mann nickte hektisch. »Ja, allein.«

»Wo ist die Frau?«

»Im Turm, da.« Er zeigte so gut es mit gefesselten Händen ging den Gang entlang.

»Wo? Da?«

»Kleines Zimmer, Treppe hoch.«

Er hob den Mann auf und übergab ihn an ein weiteres Team, das jetzt nach oben gekommen war.

»Vorsichtig bleiben, vielleicht lügt er«, sagte Jana.

Sie nahmen ihre alte Position wieder ein und öffneten die restlichen Türen. In dem Raum, aus dem der Mann gekommen war, standen ein Tisch, ein paar Stühle und eine Liege, alle anderen Räume waren leer.

Jana sprang die kleine Treppe zum Turmzimmer hoch, der Schlüssel steckte von außen. Sie schloss auf und trat in einen kleinen runden Raum, Steiger folgte ihr und leuchtete mit seiner Taschenlampe, weil es kein Licht gab. Die Frau lag auf dem Boden und bewegte sich nicht, Jana beugte sich über sie.

»Sie atmet noch.«

Als Steiger das Loch in der Decke betrachtete, wurde er zur Seite geschoben.

»Darf ich?«

Die Notärztin und ein Assistent hasteten vorbei und kümmerten sich um die Verletzte, die immer noch reglos auf dem Boden lag.

Steiger sah eine Zeit lang den Bemühungen des Notarztes zu, stieg die kleine Treppe hinab, ging über den Flur und die große Treppe durch die Eingangshalle nach draußen. Vor der Tür sah es mittlerweile aus wie auf dem Hof des Polizeipräsidiums, und er schnappte den ein oder anderen Gruß eines Kollegen auf. In der Nähe fand er eine Bank, setzte sich darauf und sah, wie die Frau, schon an einen Tropf angeschlossen, in den Notarztwagen verfrachtet und abgefahren wurde.

Er steckte sich einen Zigarillo an und inhalierte tief. Sonst beruhigte ihn das immer, aber jetzt hatte es kaum eine Wirkung.

Jana kam auf ihn zu, blieb einen Meter vor ihm stehen, streckte den Kopf vor, und Steiger sah, wie erregt sie war. Er hatte das Gefühl, angeschrien zu werden, aber sie sagte keinen Ton. Nach einer Weile setzte sie sich neben ihn auf die Bank, nahm ihm den Zigarillo aus der Hand und inhalierte tief einen Zug. Er wusste, dass sie vor Jahren das Rauchen aufgegeben hatte.

»Trotzdem danke«, sagte sie.

Sie sah ihn an, und ihr Gesicht blieb ernst.

54

Der Tipp kam von Batto. Tipps in diese Richtung kamen immer von Batto, dem alten Seelenklempner. Er hatte sich angeboten mitzukommen, aber Steiger wollte lieber mit Jana allein dort sein, was er nicht nur verstand, sondern begrüßte.

Steiger hatte in den ersten beiden Nächten nach der Geschichte noch schlechter geschlafen als sonst, heute war es etwas besser gewesen.

Noch am Abend nach der Festnahme hätte er mit jemandem sprechen können, mittlerweile gab es für solche Situationen Kollegen, die sich mit so was auskannten, und Jana hatte es getan. Er war noch mit Batto im »Totenschädel« gewesen, das hatte ihm genügt, und er wusste nicht, ob es daran lag, dass Batto das auch mal gelernt hatte oder dass er einfach nur sein Freund war.

Von den KTUlern hatte er sich den Schlüssel besorgt. Sie hatten einen Nachmittag in der Villa gepinselt und geklebt, waren aber jetzt auch schon seit zwei Tagen fertig.

Jana lenkte den Wagen von der Wittbräucker Straße auf die lange Zufahrt, und als das Haus hinter den Bäumen erschien, hätte Steiger es für möglich gehalten, dass etwas in ihm passierte, aber es geschah nichts. Es stieg nur die Erinnerung an den Abend in ihm auf und daran, wie sie in dieses Haus gegangen waren, das war alles.

Beim Aufschließen entdeckte er Reste von Rußpulver an der Tür. Sie traten in die Halle, die jetzt mit dem Sonnenlicht, das durch die Fenster fiel, ganz anders wirkte als bei Dunkelheit.

»Weißt du, warum sie die beiden hierhergebracht haben?«, fragte er.

»Ja. Sie hatten es schon gekauft, es lief aber noch auf den Namen des Vorbesitzers. Darum hielten sie es für sicher.«

»Na ja, war es ja auch. Von allein wären wir nicht draufgekommen.« Er ging ein paar Schritte und sah sich den Stuck an der Decke an. »Sollte ein Edelpuff werden, genau wie die Villa Konrad, hätte schon gepasst.«

Langsam stiegen sie die Treppe nach oben, und jetzt spürte er seinen Puls am Hals. Der Flur lag still, und am Ende sah er die kleine Treppe, die ins Turmzimmer führte. Sie gingen beide weiter und blieben fast genau in der Position stehen, in der sie der Täter bedroht hatte. In Steiger kam dieses Bild wieder hoch, wie es seit drei Tagen immer wieder geschah, manchmal ganz unvermittelt in Situationen, wenn er mit den Gedanken ganz woanders war. Und wieder hatte er die abstruse Fantasie, er könne im Lauf der Waffe die Kuppe des Projektils am Ende des Dunkels glänzen sehen, als wolle er es beschwören, an seinem Ort zu bleiben. Jetzt nahm er auch ein Zittern in sich wahr, aber es war nicht so schlimm, wie er befürchtet hatte. Er blickte zu Jana hinüber, aber sie sah aus, als ginge nichts in ihr vor, sie stand einfach nur da.

»Batto hat gesagt, ich solle mich fragen, was mir in der Situation geholfen hat, sie zu bewältigen, denn es wäre ja gut gelaufen«, sagte Steiger. »Was hat dir geholfen?«

Sie schwieg eine Weile und schien zu überlegen.

»Zu wissen, du bist neben mir.«

Sie sagte es, ohne seinen Blick zu erwidern, sah nach unten und nickte kaum merklich.

Es war zehn vor elf, als sie in den Fahrstuhl stiegen, grad noch rechtzeitig, um den Anfang nicht zu verpassen. Die Mordkommission war seit zwei Tagen beendet, aber es hatte noch keine abschließende Besprechung gegeben.

Bevor die Tür sich schloss, zwängte sich noch Ottmar Gräfe hinein. Ottmar war einer der Leichensachbearbeiter der Behörde, und Steiger kannte ihn lange. Er schien auch jetzt von einer Leiche zu kommen, auf seinem Klemmbrett erkannte Steiger den Totenschein.

»Moin Ottmar«, sagte er, »na, wieder 'ne Leiche zum Frühstück.«

»Schon die zweite heute Morgen, und ich schwör's dir, irgendwann geb ich Kurse an der Volkshochschule, ›Selbsttötung, aber richtig‹. Wenn man es denn schon will, kann man es doch richtig machen und erspart uns viel Arbeit. Schön den Raum verschlossen, Schlüssel steckt von innen, um Fremdverschulden auszuschließen, Abschiedsbrief mit Ankündigung auf'm Tisch, Ausweis daneben, und wenn es geht, nicht solche Sauereien wie vor den Zug oder so. Der jetzt grad war Jäger, hat sich mit der Schrotflinte den oberen Schädel weggeschossen.« Gräfe schüttelte den Kopf. »Wahrscheinlich auch zu viel Hemingway gelesen.«

Er wünschte noch einen schönen Tag und stieg aus.

Steiger wusste, dass Gräfe eine behinderte Tochter hatte und seine erste Frau vor Jahren früh bei einem Unfall gestorben war. Wenn man jeden Tag Menschen abschnitt und einsammelte, die dieses Leben von sich aus zurückgegeben hatten, weil sie nichts mehr damit anfangen konnten, fiel es vielleicht leichter zu unterscheiden, welches das Leid der anderen war und welches das eigene, das es wirklich zu tragen galt, ging es Steiger durch den Kopf.

Der MK-Raum war bis auf den letzten Platz gefüllt. Beckmann hantierte wie immer mit seinen Akten, und Griese stand schon vorn. Steiger besorgte sich und Jana noch einen Kaffee.

»Guten Morgen, Kolleginnen und Kollegen«, begann Griese, »ich begrüße euch. Die ›MK Villa‹ ist natürlich noch nicht beendet, da ist noch einiges zu tun, aber seit gestern sind die meisten von euch wieder in ihren Dienststellen, da wollte ich mal die Infos loswerden.« Er schaute auf seinen Zettel. »Lasst mich zunächst etwas Grundsätzliches sagen: Auch wenn wir jetzt mit kleiner Mannschaft weitermachen, sind uns manche Sachen noch überhaupt nicht klar. Wir können die Täterschaft bei der Toten und der Verletzten nachweisen, wir können unsere vier Blutspuren zuordnen, aber was zum Beispiel in der Villa genau gelaufen ist, wissen wir nicht. Aber im Einzelnen. Also, wie ihr wisst, sitzen unsere beiden Haupttäter in U-Haft. Bei Christo Jankow wartet da noch einige Arbeit auf uns, denn bei ihm haben wir so ganz konkret nur die Freiheitsberaubung und ein paar Mittäterschaften. Vielleicht ist auch Zuhälterei drin, denn neben unserer Hauptzeugin haben wir zwei der Mädchen zum Reden bringen können, mal sehen, was dabei rauskommt. Bei Nikolay Petrow sieht es da ganz anders aus. Die Projektile unseres Toten aus Österreich und des schwer verletzten Petrescu aus Bochum können eindeutig der Waffe zugeordnet werden, die wir bei ihm gefunden haben. Außerdem, und das ist zunächst unerklärlich, ist es nach der Spurenlage so, dass auch Eva Kramer durch ein Projektil aus dieser Waffe verletzt wurde. Heiner Thees sagt, anders geht es nicht.«

Leichtes Raunen in der Runde.

»Dann sind da die Freiheitsberaubung und die Vergewaltigung von Nadeschda Barbashina, einer der beiden Hauptzeuginnen. Tja, und dann noch eine Sache, da müssen wir mal sehen, wie sich das weiterentwickelt. Denn Stichwort Hauptzeugin: Mit der zweiten Hauptzeugin, Anastasia Nikolajewa, konnten wir – und das ist jetzt wirklich ganz frisch und neu für euch – heute Morgen zum ersten Mal ’ne Viertelstunde sprechen, weil es ihr ein wenig besser geht, und das war wirklich ein Hammer, das muss man so sagen. Sie ist, das hatte Barbashina ja gestern schon in ihrer Anhörung angedeutet, vor etwa zwei Jahren nach Deutschland gekommen, gemeinsam mit unserer Toten, die übrigens Dajana Pertseva hieß, und deren Mann, einem Oleg Pertsev. Die Frauen sind hier mit falschen lettischen Pässen der Prostitution nachgegangen, wobei noch ein Dimitri Strelzow als Drahtzieher eine Rolle gespielt hat. Anastasia Nikolajewa sagte heute Morgen, sie habe gesehen, wie Nikolay Petrow, unser Beschuldigter, Oleg Pertsev in einem Streit getötet habe, und zwar in jener Wohnung, die wir kennen, was auch die Herkunft des Blutflecks erklärt.« Wieder Gemurmel. »Und es besteht die Möglichkeit, dass auch Dimitri Strelzow nicht mehr lebt, denn seit dem Tag hat sie auch ihn nicht mehr gesehen. Wie gesagt, das sind die Ergebnisse eines ersten, ganz kurzen Gesprächs, ganz schnell, weil die Ärztin ständig Druck gemacht hat. Wir wissen keine Details, etwa, wo die Leiche sein könnte, und die genaue Tatzeit auch nicht. Heute Nachmittag können wir noch einmal kurz mit der Zeugin reden, und wir hoffen sehr, da in den nächsten Tagen Fleisch dran zu kriegen. An der Stelle übrigens noch einmal besonderen Dank an Jana Goll. Wäre es ihr nicht gelungen, so ein Vertrauensverhältnis aufzubauen, wüssten wir das alles wohl noch nicht.«

Steiger sah zu Jana, die ein verlegenes Gesicht machte und auf ihre Schuhe blickte. Er wusste, dass ihr das unangenehm war.

»Wir hoffen«, fuhr Griese fort, »dass wir die Frauen Anfang der Woche richterlich vernehmen können.«

»Was ist mit der beschuldigten Frau?«, fragte jemand aus der Runde.

»Ach, ja«, Griese nickte, »Carola Kuntze ist erst mal raus, weil ihr zum jetzigen Zeitpunkt nicht eindeutig nachzuweisen ist, dass sie an der Freiheitsberaubung beteiligt war. Ähnlich verhält es sich mit der Zuhälterei. Ansonsten war sie die Strohfrau, die viele amtliche Sachen vor allem für Christo erledigt und eben auch ihren Namen hergegeben hat. Die beiden waren zumindest mal zusammen, ob das immer noch so ist … schwer zu sagen. Da sind wir intensiv dran, aber alle Beschuldigten haben mittlerweile einen Anwalt. Wir haben sehr viel Material bei den Durchsuchungen sichergestellt und sind sicher, dass wir sie noch mit drankriegen.«

»Kannst du irgendwas zur Motivlage sagen?«, wollte Dieter Grundmann wissen.

»Nicht wirklich«, sagte Griese. »Es scheint um Revieranteile gegangen zu sein. Jankow und Petrow wollten dick einsteigen, das zeigt auch der Kauf des Schlösschens, und bei der Villa Konrad sitzt Jankow auch dahinter, da sind wir dran. Sind sich wohl irgendwo mit den Bochumern in die Quere gekommen.«

Es gab noch ein paar belanglose Fragen, dann war die Besprechung beendet.

Steiger stand auf und traf an der Tür auf Werner Schröder, der sich Grieses Infos im Stehen angehört hatte.

»Hab gehört, was passiert ist, Herr Adam. Ganz schön weitreichende Entscheidung, die Sie da für sich getroffen haben, ich meine, dort in das Haus reinzugehen.«

Steiger sah ihn an.

»Ich hatte ja Frau Goll an meiner Seite, Herr Schröder, da ist mir die Entscheidung leichtgefallen. Außerdem ... wir waren ja in einer BAO, und ich wusste nicht, wer Polizeiführer war. Es hätten ja auch Sie sein können, und wissen Sie, da nehm ich das Schicksal lieber in die eigenen Hände.«

Schröder presste die Lippen ein wenig aufeinander und schüttelte den Kopf. »Mich wundert bei Ihnen gar nichts mehr, Herr Adam, gar nichts. Ich hatte es nämlich eigentlich anerkennend gemeint.«

»Ich nicht«, sagte Steiger und ging zu Griese, der schon wieder an seinem Schreibtisch saß und etwas schrieb. »Noch kurz zwei Fragen, Gernot?«

Griese nickte.

»Haben wir eine Erklärung dafür, dass Petrow auf Eva Kramer geschossen hat?«

»Ne, nicht wirklich. Wir haben gestern Abend länger mit Heiner Thees diskutiert, der ja nun unzählige Tatorte gemacht hat. Der sagte, wenn da so rumgeballert wurde, kann es vielleicht ein Versehen gewesen sein. Das kennst du doch aus den Amok-Trainings auch. Du bist völlig unter Druck, die Tür geht auf, es kommt jemand schreiend auf dich zu, und du schießt. Und dann war es gar nicht der Täter, sondern eine der Geiseln.«

Steiger sah ihn eine Weile wortlos an.

»Und deine zweite Frage, weil, ich muss gleich …«

»Ja, sorry«, sagte Steiger, »wie geht es Nadeschda?«

Griese verzog das Gesicht zu einer hilflosen Grimasse.

»Der Arzt sagt, dafür, was sie getan hat, hat sie erstaunlich wenig innere Verletzungen, eigentlich gar keine, und auch dem Kopf ist nichts passiert, aber …«, er machte eine Pause, »… sie wird ihr Leben im Rollstuhl verbringen.«

Steiger bedankte sich und ging. Er brauchte dringend einen Zigarillo.

Ein Versehen.

55

Es war noch keine halbe Stunde gespielt im Topspiel am Samstagabend, und die Blauen lagen zu Hause 0:2 gegen die Bayern zurück. Nachdem der Reporter im Autoradio zum zweiten Mal das Wort »chancenlos« benutzt hatte, schaltete Steiger ab. Das schien das Ende der kurzen Erholungsphase nach dem Katastrophenstart der Schalker zu werden.

Als er zum Restaurant kam, sah er Tonis Auto schon davorstehen. Toni wollte ihm Marc vorstellen. Marc war Mitglied bei »Watching the Lobby«, und als Steiger die beiden an einem Tisch in der Mitte des Lokals sitzen sah, war ihm nach wenigen Augenblicken klar, dass Marc seit Kurzem offensichtlich auch Mitglied bei »Watching the Toni« war.

»Das ist Marc«, sagte Toni, »Marc, Steiger. Das heißt, eigentlich heißt er Thomas, aber so hat ihn nur seine Mutter genannt.«

Toni grinste.

»Und noch ein paar wenige andere Menschen«, sagte Steiger.

Marc war deutlich jünger als Toni, hatte dunkle Locken, graue Augen und sah aus wie einer dieser unzähligen jungen Schönlinge, die einem am Zeitungsregal im Supermarkt mit Waschbrettbauch entgegenlächelten. Er studierte Chemie und fraß die temperamentvolle Reporterin mit Blicken auf, wenn sie sprach.

»Marc kann dir einiges über das Institut Volker Schwarz erzählen. Seid ihr da eigentlich weitergekommen.«

Steiger hatte am Tag zuvor mit dem Kollegen von der Wirtschaftskriminalität in Mönchengladbach gesprochen. Sie prüften nach Steigers Hinweis gemeinsam mit der Staatsanwaltschaft die Voraussetzungen für einen Anfangsverdacht wegen Bestechlichkeit, aber es war alles sehr dünn und eher unwahrscheinlich, dass es zu einer Anklage kam.

»Die Sache läuft noch, aber es sieht nicht so aus, als ob ein Verfahren eröffnet werden könnte. Es gibt einfach keinen konkreten Hinweis.«

»Ja«, sagte Marc, »und auch wir können da natürlich nichts beweisen, aber es ist schon auffallend, und in der Vergangenheit sind in ähnlichen Fällen immer Gelder geflossen. Die Abstimmung über das Verbot von HBZ9714, ein sogenanntes Breitbandherbizid, sollte im Frühjahr sein und stützte sich im Wesentlichen auf das Ergebnis der Untersuchung des Instituts Schwarz. Diese Untersuchung verzögerte sich aber wegen unvorhergesehener Schwierigkeiten. Daraufhin wurde die Abstimmung verlegt, und zwar um ein Jahr. Das Besondere daran: Es war eigentlich schon vorher klar, dass HBZ9714 im Langzeittest durchfällt, in Asien sind die nämlich schon gelaufen, und mittlerweile liegt ja auch das Ergebnis des Instituts Schwarz vor. Es kommt zu derselben Einschätzung wie die Institute in Asien, dass nämlich die Auswirkungen auf die Umwelt einen Einsatz verbieten, mal grob zusammengefasst. Es wird also verboten, das ist klar. Durch die Verzögerung hat die Firma aber die Möglichkeit, die Substanz noch ein Jahr zu verkaufen und die Lager leer zu machen. Wir kennen die Zahlen nicht genau, aber wir gehen davon aus, dass das für das Unternehmen mindestens einen Gewinn im mittleren zweistelligen Millionenbereich bedeutet, vielleicht mehr.«

Steiger hatte sich das mit Kopfschütteln angehört.

»Kommt so was öfter vor?«

»Es kommen noch ganz andere Dinge vor. Was in Brüssel lobbymäßig läuft, stellt sich der Normalbürger nicht mal vor, darum versuchen wir ja, Öffentlichkeit herzustellen, aber es interessiert oft keine Sau, auch die Medien nicht. Es gibt Gesetzestexte, die sind von den Rechtsabteilungen der Unternehmen formuliert, denen sie nützen, das weiß jeder.«

»Darum wäre es ja so wichtig gewesen zu wissen, wer hinter der Geschichte in der Villa Konrad gesteckt hat«, sagte Toni.

Der Hero war nach der Festnahme von Jankow und Petrow natürlich noch einmal eingehend vernommen worden, aber er hatte angegeben, es habe nur ein paar Telefonate und ein Treffen mit einem Auftraggeber gegeben, bei dem er ihm das Honorar von zwanzigtausend Euro in Vorkasse ausgehändigt habe. Er konnte von dem Mann nur eine Handynummer nennen, die wie erwartet auf einen Fantasienamen angemeldet war und mittlerweile ins Leere lief.

Steiger erinnerte sich an ein Verfahren, das Jahre zurücklag. Beim Versuch, eine marode Firma, die kurz vor dem Bankrott stand, anzustecken, waren zwei Kleinganoven aus dem Dortmunder Norden festgenommen worden. Sie hatten sich fast selbst abgefackelt, waren aber zu blöd gewesen, eine Möbelfirma anzustecken, die bis oben hin voll war mit Holz und Lacken und Lösungsmitteln. Allen war klar, dass der Firmenchef hinter der Sache steckte, aber sie konnten es ihm nicht nachweisen.

Die beiden aßen ihren bestellten Salat, und Steiger nahm

noch ein Bier. Dabei teilte das Lockenköpfchen noch ein paar unglaubliche Informationen über das Lobbygeschäft mit, bis Steiger stark den Eindruck hatte, dass Toni und Marc den Abend gut ohne seine Gesellschaft verbringen konnten. Er zahlte und ging.

Im Autoradio hörte er, dass die Schalker 0:4 untergegangen waren, und das im eigenen Stadion gegen die Bayern. Kurz nachdem er losgefahren war, bimmelte an seinem Handy der SMS-Ton. An der nächsten roten Ampel sah er nach. Jenny hatte ihm ein Foto geschickt. Sie saß mit einem Brad-Pitt-Typen an einem runden Tisch bei einer Cola. Darunter stand: Das ist Jan. Steiger musste lachen und fragte sich, wie es Leon jetzt wohl ging. Er steckte das Handy ein und fuhr weiter. Es bimmelte noch mal. An der nächsten roten Ampel sah er nach. Es war noch eine SMS von Jenny. Sie schrieb: Danke.

Er hatte keine Ahnung, wofür genau sie sich bedankte, aber es war ein gutes Gefühl.

56

Während der gesamten Hinfahrt hatte es geregnet. Jetzt war die Wolkendecke aufgerissen, und die späte Oktobersonne warf ihr blasses Licht auf die Dorfstraße. Sie hatten sich am Dorfeingang absetzen lassen, und jetzt lag die Straße in ihrer gesamten Länge vor ihnen. Die beiden erdigen Spuren waren aufgeweicht, und auf den Resten des Grasstreifens, den die Reifen der Autos und Wagen in der Mitte der Dorfstraße verschont hatten, glitzerten Wassertropfen. Anastasia schob den Rollstuhl mit etwas Mühe und versuchte, die Pfützen zu umfahren und auszulassen. Elena lief voraus und versuchte das gerade nicht. Sie trat in jede Lache und war offensichtlich froh, sich nach der langen Fahrt endlich bewegen zu können. Ein Hund kam ihr entgegen, sie blieb stehen und blickte angstvoll ihre Mutter an. Aber das Tier war freundlich und leckte ihr die Hand.

Als sie an Gennadis und Veronikas Haus vorbeikamen, sah Nadeschda flüchtig hin, ließ sich aber weiterschieben.

»Darf ich mitfahren?«, fragte Elena, nachdem sie den Hund verabschiedet hatte.

»Wenn deine Mutter stark genug für uns beide ist«, sagte Nadeschda und ließ sie auf ihre Oberschenkel klettern.

Am Ende der Strecke, die man vom Ortseingang aus einsehen konnte, kurz bevor die Straße den kleinen Knick machte, stand Babuschkas Haus.

»Warte«, sagte Nadeschda.

Anastasia lenkte den Rollstuhl zur Seite, vor das hölzerne Tor, und Nadeschda stellte die Bremse fest, weil es hier ein wenig abschüssig war. Rauch stieg aus dem Schornstein, es schien also wieder jemand dort zu wohnen. Sie blickte in den Garten, zu der Stelle, an der sie Babuschka gefunden hatte. Es kam ihr vor, als sei es in einem anderen Leben gewesen. Jetzt wuchsen dort keine Erdbeeren mehr, sondern irgendeine Art von Kohl, die Nadeschda nicht kannte.

Die Tür zum Haus öffnete sich, und ein kleiner Junge kam heraus, den sie etwa so alt einschätzte wie Elena. Er kam zum Tor, blieb aber auf der anderen Seite stehen. Zuerst sah er zu Elena, dann konnte er seinen Blick nicht von dem Rollstuhl lösen. Er sah abwechselnd in ihr Gesicht, auf ihre Beine und zu Elena.

»Kann ich auch mal mitfahren?«

Nadeschda lachte.

»Wie heißt du?«

»Kolja.«

»Heute nicht, Kolja, morgen vielleicht.«

Sie löste die Bremse und ließ sich weiterschieben.

Sie sahen Serjoscha schon von Weitem. Er stand auf der kleinen Veranda vor dem Haus, rauchte und lächelte. Anastasia schob den Rollstuhl bis vor die beiden hölzernen Stufen, die auf die Terrasse führten.

»Guten Abend, Ana«, sagte er.

»Guten Abend, Serjoscha.«

»Willkommen, ihr drei.« Jetzt sah er auch Nadeschda an, presste die Lippen aufeinander und zuckte mit den Schultern. Sie kannte solche Reaktionen, seit sie Leute traf, die sie von früher kannten. Sie wusste nicht genau, was sie davon halten sollte, sie war noch ein wenig ungeübt in der Einschätzung dessen, was die Menschen ihr in diesem Zustand entgegenbrachten. Sicher hatte es mit Mitleid zu tun, sicher auch mit Unsicherheit und der Angst, etwas Falsches zu tun oder zu sagen. Manchmal ertrug sie das nur schlecht, aber bei Serjoscha war es anders. Vielleicht, weil sie ihn kannte und wusste, dass er ein guter Mensch war.

»Und wer bist du?«

»Ich bin Elena«, sagte das Kind. »Mama sagt, du hast Tiere.«

»Das ist wahr.«

»Was hast du denn für Tiere?«

»Ich habe Hühner, zwei Schweine und Kaninchen.«

»Kaninchen!« Sie rief es, sprang von Nadeschdas Schoß und lief die beiden Stufen hinauf. Oben blieb sie stehen und drehte sich um.

»Kommt!«, sagte sie und lächelte.

57

»Ich glaube, Frau Kramer ist im Garten und genießt die letzte Oktobersonne.«

Steiger war erst einmal hier gewesen, trotzdem schien die Frau an der Rezeption sich sein Gesicht gemerkt zu haben.

Er ging in den Garten und sah sie schon von Weitem. Eingehüllt in eine Decke saß Eva in einem Liegestuhl, der in der Sonne stand, und schlief. Er nahm sich leise einen Stuhl und setzte sich so vor sie, dass er sie ansehen konnte. Die Haare um ihre Wunde, die abrasiert worden waren, bedeckten die Stelle schon wieder vollkommen. Wenn sie vom Scheitel ein paar längere Strähnen darüberkämmte, konnte sie es schon jetzt verbergen. In ein paar Wochen würde man gar nichts mehr sehen.

Ein Versehen, dachte er, ein Versehen, und wieder fühlte er Wut in sich aufsteigen.

Er hatte sich den Hero noch einmal vorgenommen, um von ihm die Handynummer des Kunden zu erfahren, für den Eva ein Sonderwunsch gewesen war. Aber dessen Kooperationsbereitschaft hatte übel gelitten, seit klar war, dass Steiger seinen Namen nicht aus der Sache rausgehalten hatte.

Vielleicht hatte er es sich am Anfang nicht gestattet, weil er ja wusste, dass sie mit anderen Männern schlief, für Geld mit anderen Männern schlief, und vielleicht hatte er es lange nicht zugelassen, dass es ihn störte, keine Ahnung, warum.

Dafür konnte es eine Million Gründe geben. Aber seit einiger Zeit stellte er fest, dass er den Gedanken vermied, manchmal war er sogar unerträglich, gerade in letzter Zeit. Er hätte nicht genau sagen können, wann es angefangen hatte, aber er wusste, dass es mit der Vorstellung zusammenhing, dass sie Stammfreier hatte. Dieses Wort hatte eine Vertrautheit, die ihn schmerzte und die er nicht wollte. Und einer dieser Stammfreier, der sie bestellt hatte wie einen Lieblingschampagner, trug die Verantwortung dafür, dass sie fast ihr Leben verloren hätte, und das vielleicht nur aus Versehen.

Er habe diese Nummer nicht mehr, hatte der Hero behauptet, und Steiger war sicher, dass er log. Aber er konnte ihn nicht zwingen, und vielleicht war es tatsächlich so. In seiner Fantasie war Steiger zu dem Mann nach Hause gefahren, hatte ihn in Anwesenheit der Familie nach Eva Kramer gefragt, die er als Sonderwunsch angegeben hatte für eine Party mit Nutten in einer Villa in Dortmund, hatte ihn vor aller Augen bloßgestellt, fertiggemacht.

Steiger atmete aus, lehnte sich im Stuhl zurück und unterdrückte den Wunsch, sie anzufassen, um sie nicht zu wecken. Die Decke, in die sie sich eingehüllt hatte, klaffte vorn ein wenig auf, und er sah ihre Hände im Schoß liegen. Die Nägel waren jetzt kurz und unlackiert, was sonst aus beruflichen Gründen nie der Fall war, er konnte sich kaum erinnern, sie je so gesehen zu haben. Ihm war von Anfang an aufgefallen, dass sie schöne Hände hatte. Er hätte gar nicht sagen können, warum, sie waren gar nicht besonders schlank, aber es waren Hände, die er gern anfasste und von denen er sich gern anfassen ließ. Und wie bei ihrem Gesicht schien erst diese ursprüngliche Natürlichkeit deren Schönheit ganz und gar zur Geltung zu bringen.

Er rückte seinen Stuhl ein wenig näher heran, so nah, dass ihre Beine sich fast berührten. Von ihren Händen ließ er seinen Blick nach oben gleiten, folgte der Kontur ihres Gesichts, der Linie ihrer Lippen, dem Bogen ihrer Brauen. Als er ihre Wimpern betrachtete, zuckten ihre Lider, und er erschrak fast. Sie atmete tief ein, bewegte rekelnd die Arme und öffnete die Augen. Ihr erster Blick traf ihn, und ganz allmählich, als steige es aus ihrem Innern in ihr auf, begann sie zu lächeln.

»Steiger«, sagte sie, »ach …«

Dank

Oft werde ich gefragt, wie denn meine Kolleginnen und Kollegen bei der Polizei zu meinen Büchern stehen, die ja in weiten Teilen von ihrer Arbeit handeln. Die Resonanz ist durchweg sehr ermutigend, auch wenn ich denke, dass dabei vielleicht manch Positives eher gesagt wird als Negatives. Dennoch überwiegt das Positive so sehr, dass ich annehmen darf, die meisten finden sich darin in einer Weise wieder, die ihnen gefällt.

Wenn das aber so ist, dann liegt das ganz entscheidend daran, dass ich in meinem direkten Umfeld in Bielefeld und in Dortmund Polizistinnen und Polizisten neben mir habe, die mich stets mit Freude, ja mit Begeisterung an ihrem großen Wissen teilhaben lassen.

Darum ist es mir ein großes Bedürfnis, mich zu bedanken.

Ich danke Sven Beckmann und Thomas Böckler sehr für all die wichtigen speziellen Infos aus dem Rotlichtbereich, die gerade für dieses Buch so wichtig waren, und ein riesiges Extra- Dankeschön für die wunderbare Möglichkeit, mit ihnen einmal ganz real einen Tag auf Steigers Spuren wandeln zu können. Es war großartig.

Ein besonderer Dank an Christine Schmitt für all die unzähligen Tipps, Anregungen und Infos, die so hilfreich waren, u. a. dabei, Batto als DGL realistisch erscheinen zu lassen, auch wenn ich da nicht immer alles befolgt habe. Ich hoffe sehr, sie verzeiht mir das.

Großer Dank an Oliver Schrader für die vielen »Ich-komm-mal-grad-rübers« und all die Gespräche, die zwischen Weltgeschehen und Behördentratsch so viele wertvolle polizeiliche Infos für dieses Buch enthielten.

Sehr großer Dank wie immer an Ralf Östermann, dem auf dieser Erde – da bin ich sicher – keiner mehr etwas über Todesermittlungen vormachen kann und der mir in dem Bereich jede Frage nicht nur beantworten kann, sondern sich seit sechs Romanen stets die Zeit nimmt, das auch zu tun.

Ich danke Wolfgang Wittrien von der Dortmunder Polizei sehr, einem Dortmunder Jungen, der dort groß geworden ist und Dienst versehen hat, wo meine Bücher spielen. Seine Hilfe, seine Exkursionen und Einblicke sind für die Steigerromane von unschätzbarem Wert.

Ich danke ganz herzlich Frau Corinna Dammeyer von der Frauenberatungsstelle Nadeschda für Opfer von Menschenhandel in Herford. Durch unser Gespräch bekam ich tiefe Einblicke in das Leben und Leiden von Frauen wie Dajana und Anastasia. Wegen ihrer segensreich wirkenden Organisation heißt meine Heldin Nadeschda.

Ich danke der großen Gruppe der Frauen und Männern ganz herzlich, die bei der Aufstellung des Buchs in die Rollen meiner Figuren schlüpften und mir damit wie immer tiefe und einzigartige Einblicke verschafften.

Großen Dank auch an Hans Jürgen Rogall für das spontane Mitlesen. Seine fundierten Rückmeldungen waren große Motivation und Orientierung.

Ganz speziellen und großen Dank an Barbara Heinzius, die in einer wahrhaft schwierigen Situation dieses Buch noch so wunderbar auf die Reise geschickt hat, u. a. durch die Vermittlung an Gerhard Seidl als Lektor, dem ich sehr für die absolut angenehme und reibungslose Zusammenarbeit danke.

Und ich danke von Herzen meiner Familie, denn so, wie ich schreibe, bin ich in dieser Zeit sehr auf Nachsicht und Verständnis angewiesen. Aus diesem Grunde gebührt meiner Frau Elke ein ganz einzigartiger Dank, auch für die professionelle Arbeit an diesem Text, viel mehr aber für die Art, wie sie mich in diesen Phasen begleitet. Wie alle meine Bücher wäre auch dieses ohne sie so nicht möglich gewesen.

Norbert Horst

ist im Hauptberuf Kriminalhauptkommissar und hat in zahlreichen Mordkommissionen ermittelt. Der Autor ist verheiratet und hat zwei Kinder. Für seinen ersten Roman »Leichensache« erhielt er den Friedrich Glauser Preis 2004 für das beste Krimidebüt; »Todesmuster« wurde mit dem Deutschen Krimipreis 2006 ausgezeichnet. »Splitter im Auge«, den ersten Roman aus der Serie um Kommissar Steiger, zählte die KrimiZEIT-Bestenliste zu den zehn besten Spannungsromanen des Jahres 2012.

Mehr von Norbert Horst:

Leichensache. Roman Auch als E-Book erhältlich.
Todesmuster. Roman Auch als E-Book erhältlich.
Blutskizzen. Roman Als E-Book erhältlich.
Sterbezeit. Roman Auch als E-Book erhältlich.
Splitter im Auge. Kriminalroman Auch als E-Book erhältlich.